客製化自殺

THE GOOD SAMARITAN

John Marrs

約翰・馬爾斯 ——著

陳岳辰 ——譯

對他人付出，是我們給世界的房租。

——穆罕默德・阿里❶

想要復仇，得挖兩個墳——一個留給自己。

——道格拉斯・霍頓❷

---

❶ Muhammad Ali，常獲譽為拳王阿里，為知名拳擊手。

❷ Douglas Horton，美國新教教士與知名學者。

序章

「你在哪兒？」我朝著話筒輕聲說，語調冷靜鎮定。

「計程車停在停車場，我正在把剩下的零錢給司機。」

「幹嘛給他？」我問。

「用不到了。」

「我懂。」其實我翻了下白眼，暗忖他在浪費時間，而且或許是緩兵之計，但也不能催。「覺得怎麼好就怎麼做。記住，每一步都有我陪著。」

他向司機唏哩呼嚕說了幾句以後下車關門。橡膠刷抹過擋風玻璃，每隔幾秒便能聽見一次，可見外頭大概下著小雨。後來計程車駛離。

「我們進行還算順利？」故意強調是「我們」，讓他覺得彼此同一陣線，無論距離多遠都能心意相通。地點不是我選的，萬一他意識到事情牽連多廣遲疑了未免可惜，假使他回心轉意，我無計可施只能暫時放棄。但事到如今當然得推他一把，反覆提醒兩個人努力多久才走到這步。

他察覺我心思，主動開口說：「別擔心，我沒猶豫。」

我鬆了口氣。

「嗯，」他繼續：「找到了個好地方，也做足了心理準備。過來以後，看見前面這片風景，我百分之一百二十確定這是正確決定。」

我相信他。他沒對我撒過謊，也沒有理由要撒謊，還常說自己這輩子沒對別人這樣坦白。我聽了挺得意。

「看見她了嗎？」我問：「開的是紅色 Vauxhall Astra，車牌號碼 V987——」

「——THG。嗯，她朝我打了燈，感覺好像在演諜報片，我要給她什麼機密文件一樣。」他緊張笑了笑，我也假笑回應。

「好，我打電話過去。你留在原地，別嚇著人家。」

撥號以後前一個通話自動保留，響了七次她才接聽，對我而言久得不大舒坦。「嗨，」我輕聲道：「我們現在狀況還好？」

「不確定。」聲音不像男方那邊充滿自信。我陪伴過許多同樣處境的人，足以判斷她正處於高度焦慮狀態，必須謹慎引導。

「能和妳說上話就好，」我語調放輕：「路上還好？覺得這兒如何？」

「一小時之前到的，先去前面小館子喝了杯茶。」代表她有獨立思考的時間——又立了一面紅旗。

「開始之前有什麼想談談？」我問。

她果然動搖了：「真的很抱歉，但是到了這裡之後，我開始懷疑這麼做是不是不對。」

我忍不住咬牙。事已至此，不能讓計劃淪為泡影，得重燃她的信念感。

「是因為孩子？」我淡淡問。

「嗯。」

「妳擔心這樣做太自私。」

「對。」她再回答時聲音小得幾乎聽不見。

我靠上椅背：「很合理，不過妳得明白，這些念頭其實不是妳能控制的，都是荷爾蒙作祟。內分泌讓妳產生錯誤期望，以為時間一久事情就會回歸正軌。但我是過來人，聽我一句勸吧。孩子生下來之後，狀況會比現在還糟糕很多。醫生開始增加劑量，妳每天更渾渾噩噩，根本沒辦法做個稱職的母親。何況妳長期服藥，胎兒早就受到影響，長大了會和妳經歷同樣的症狀、同樣的痛苦，屆時重蹈覆轍是妳樂見的結果嗎？旁觀者清，我都看得到將來什麼情況了。世界容不下妳這孩子，妳內心深處明白的，對吧？」

「沒錯。」她克制不住啜泣，說話帶著哭腔。

扮完黑臉就得扮白臉。

「從早到晚我都在擔心。」我繼續說：「幾個星期之前講上話之後，看妳勇敢堅強一路走來，真的很為妳驕傲。這種心情，妳也能體會吧？」

「嗯。」她回答的口氣沒我期待的那麼肯定，看來得再上一檔。

「我也想了想妳家人的立場。妳用妳的勇敢無私為他們帶來解脫，這並非誰都能做到的事情。雖然剛開始大家無法諒解，但日子久了一定會懂。妳是太愛他們呀，才會將他們的需求放在自己前面。妳提了好幾次，說自己沒辦法變成丈夫想要的樣子。但那不是妳的錯，是他為什麼硬要拱妳上神壇呢。我們討論好多次，眼前只剩下這一條路，妳不向前，其他人也走不下去。我真的很佩服妳。」

好幾週時間我來來回回和她對話，不斷重複相同概念，讓她相信除此之外別無他法。男方那邊簡單很多，他性格極端、黑白分明，沒有灰色地帶，曾經將我比喻成繩子，不僅拖他逃離流沙，還將他拉上正道。

「說得對，」她抽了下鼻子：「謝謝。」

「嗯，那先擤鼻子、深呼吸，我會陪著妳。首先開門，朝他走過去。」我想像自己就在兩人身旁：「妳能不能仔細說說，現在看到什麼呢？」

「應該是他在等我。」她回答：「他笑了，背後陽光從雲層後頭射出來。外面有點涼，但不算太冷。」

話筒傳來很多聲音：踩過礫石的沙沙作響，一月細雨打在大衣肩上滴滴答答，海鷗盤旋天際陣陣鳴叫。感覺彷彿能嗅到吹拂兩人的海風。我切換線路，與男方通話。

「嗨，」我說：「她朝你過去了，不過情緒比你緊張些。麻煩你好好照顧。」

「沒問題。」語調是至今最堅定的一次。

雙方初次面對面，在我腦海中相視微笑。我將兩個通話都開啟，聽見衣料摩擦，他們可能先來了個擁抱。事前提醒過女方穿大外套遮掩孕肚，只差一步了，別在這時候嚇著對方。

我感覺襯衫底下自己渾身發熱，腎上腺素在總長六萬英里的靜脈內不停穿梭，無與倫比的幸福即將降臨。

爭取時間，保持鎮定，還有太多地方可以出差錯。

我想像兩人站在原地，儘管素昧謀面卻無需言語也心意互通。他們有共同的目的，在我指引下相遇，也因為我的緣故生命將永遠糾纏難解。我不知道該笑還是該哭。

「你們都聽得見吧？」我問。

「可以。」異口同聲。

「如果願意，我想陪你們越久越好。準備好的話，都先深呼吸一口氣，牽起彼此的手，邁出第一步。無論感覺多辛苦、腿變得多重，彼此扶持就能走下去。別回頭，別停下腳步，我們做得到。」

「謝謝。」男方說：「沒有人懂我，真的很難得。」

「我的榮幸。」我回答。以前到這節骨眼我依舊堅強，不過他在我生命佔了太大一部分，不可能不痛。我雙手握拳，迎接旅程終點。故事得由他們往下寫。

接著我緊閉眼睛，配合兩人吸氣吐氣的節奏，聽著他們自停車場出發越走越遠。地面從沙礫變成雜草，雨滴越來越大。她哭了起來，但我知道那是歡喜的淚水。他將手握得更緊給對方依靠，我就欣賞他這點。

然後，沒有然後。

電話裡，兩人最後的氣息被呼嘯海風吹散。他們墜入五百三十呎（一百六十一點五公尺）水底，身體下沉靈魂卻得到揚升。我用力咬住下唇，嚐到血腥味。結束了。

呆了半晌，我不甘願地擱下話筒，從辦公桌抽屜取張面紙擤擤鼻涕、放鬆身體。專注回想自己的支柱，情緒逐漸冷靜，身體再度受控。

我匆匆抬頭朝周圍睨一圈，確定小隔間外沒其他人聽見。

「還好嗎？」瑪麗柔美的聲音從旁傳來嚇我一跳。她察覺不對勁，離開廚房悄悄晃到我桌邊，那張臉上佈滿歲月痕跡。

「沒事。」我說。

「又是那種電話？」

「嗯。」

「該不會一邊跟妳講話就一邊……？」

我點點頭，瑪麗輕輕拍我手臂。未經同意就碰我，我皮膚會湧出一股麻癢，所以從來不喜歡人家這樣安慰。

「別難過。」她繼續說：「我們都希望電話進來的時候，只要好聲好氣、耐心聆聽，就能讓他們暫時打消尋短的念頭。」

「嗯。」當然我並不這麼想。

「雖然我們不必勸阻，甚至不該給意見，但總盼望他們重燃生命的動力。」

「對啊，」我點點頭：「真希望他們也看得見世界多麼美好。」

今天下午有點忙，志工人數不足，瑪麗趕快回去角落位置。眼前電話亮起紅燈，又有人打進來了。我清清喉嚨，按照規定趕在五聲之內接聽。

「你好，」我開口：「這裡是『終點線』，我叫蘿菈，請問怎麼稱呼？」

第一部 蘿菈

1

大衛死後四個月

上樓梯進門前就聽見聊天聲模模糊糊傳過來。

算了算，終點線接聽室內有五個人，都在自己位置上。有些人戴耳機手撐桌子，有些人話筒貼耳靠著椅背，還有一個拿著報紙的填字遊戲畫三角。

值班時間還沒到，我朝凱文和柔伊用力揮揮手。他們都在接電話，我就指了指夾在腋下的一盒蛋糕然後走進廚房。單位最資深的瑪麗坐在靠前面的角落隔間，對著耳機講話同時手裡毛線無聲中全速穿梭，今天的料是灰色，與她頭髮一樣。

我鑽進勉強當作廚房的小房間，午餐餐盒放進冰箱，旁邊有昨晚剩下的焗麵。丟了一堆過期塑膠牛奶瓶騰出位置，我掀開蓋子方便大家取食冷藏好的杯子蛋糕，分量足夠所有午班同仁享用，多出來的還能分給小夜班和大夜班。

推開上下滑窗，五月暖風稍微吹開滯留二樓的霉味，然後我回去接聽室，從包包拿出筆記本，找到後邊自己喜歡的隔間。官方立場上，座位沒有硬性規定，我們沒有獨佔權，但現場默契是資深者先選喜歡的位子，像我就挑比較隱蔽的地方，旁邊是封起來的維多利亞式壁爐。隔板擋住以後，我聲音平靜輕柔一些就完全不會被聽見。沒人承認自己偷聽，但誰不會偶爾好奇呢。

四年半裡我總透過同扇窗望向北安普敦鎮中心連綿的屋頂，暗忖不知會是誰打來今天第一通被我接聽的電話。一般而言晚班比較精采，脆弱的心靈在夜幕降臨以後變得更敏感。沒了白天那些事情分散注意力，人會更清楚意識到生命多絕望。黑夜是敵人，也是他們求援的時刻。

理論上，我們接聽電話要保持一貫的同情、尊重和專業。藉由聆聽使對方感受自身價值，至於幫助、甚至喜愛打電話過來的人可就不切實際。一旦講起生活過得多糟，有些案例是可憐人必有可恨之處，也有些案例就好像看見過去的自己。我們偶爾想緊緊扣住對方，指甲嵌進去扎出血那種程度，就希望他們頭腦清醒些。也偶爾願意毫無批判，單純給對方可以倚靠的肩膀。

不過歸根究底，在這兒擔任志工只有一個重點：提供能夠傾訴和發洩的地方。

但也有例外。我照自己的計劃走。

「竟然有杯子蛋糕！」凱文興高采烈撕開包裝紙朝我桌子走近。

「你衣服在我車上，下班前提醒我。」我答道。

「妳這麼口沒遮攔要被人家說閒話啦，」他向我眨眨眼。

我假笑起來：「紐扣縫回袖口，衣領也燙挺了。」

「蘿菈，要是少了妳，我們怎麼活？」

「你也別忘了週末是結婚紀念日喔。記得買卡片跟花，而且別買加油站那種廉價的，上網訂一束吧。」

「遵命。」他輕輕啄一下我臉頰，我故作靦腆歪了歪頭。凱文又補上一句：「全辦公室的人都得認妳當乾媽。」

我也喜歡母性形象，他們眼中的我無害、熱心，是大家庭的中流砥柱。十分方便。別被當作威脅，很多事情很好辦。

2

今天值班四小時，頭三十分鐘沒什麼事，我就翻起手機相簿，看看……丈夫東尼不讓我在家裡亮出來的照片。

後來從包包取出鋼筆、打開筆記本，我習慣在本子記錄案主資料，包括姓名、困境的梗概，也想些冷場時可以提出的問題。談話如何進行由打電話來的求助者主導，至少我讓他們這樣認為。

我願意將時間用在終點線的原因之一是組織宗旨簡單清晰：只要不受強制、不傷及無辜，任何人都有權活下去——也有權決定自己如何死亡。我們絕對尊重求助者結束生命的自主選擇，不會試圖勸阻；若當事人做出這個選擇，志工依據教育訓練提供的情緒工具行事。我們聆聽卻不介入。

電話機亮起緊急案件的紅色燈號。每次接聽時腦海都浮現一句話，是我的導師瑪麗在培訓中諄諄教誨：「妳可能是對方在世上最後聽到的聲音，設法讓他們相信妳發自內心。」

「午安您好，這是『終點線』，我叫蘿菈。」同樣的友善開場說過的次數數不清，「請教尊姓大名？」

話筒另一端沉默。很正常，求助者鼓足勇氣才撥號，大多數沒思考過真的有人接聽時自己該說什麼好。我的工作是讓他們放鬆、引導他們說出煩惱，有時候只靠溫和的語調就足夠消弭求助者內心的恐懼。

「慢慢來，」我安撫：「想說多久都沒關係。」

「情況真的很糟糕。」求助者終於開口，是位女性，嗓音低沉沙啞，數十年高焦油香菸累積出來的。

「那我們就好好聊聊吧？」我說：「希望我怎麼稱呼妳？」

對方遲疑很久才報出假名：「卡蘿。」這種聲帶受損嚴重的菸嗓沒辦法分辨年紀。

「好的，卡蘿。」我抄下名字：「剛才說狀況很糟，是生活的哪個層面遇上困難？」

「錢，還有婚姻。」她回答：「三月被解僱之後一直找不到工作，失業給付連三餐都不太夠，公宅租金欠了四個月，老公得了慢性肺病不知道還能活多久。」

我很想問一句：妳每天抽兩包，對老公的肺有好處嗎？但還是忍下來照劇本走。也不是反對抽菸，同事和家人都不知道的秘密是我下班回家路上總要來一根，但我能節制。

她說的一切轉變為簡單扼要的筆記。但我真正好奇的是她究竟被逼到什麼程度，為何今天撥過來，尋死的決心多強烈？然而沒辦法直接鑽進她腦袋，必須藉由鼓勵來套話。

「聽起來確實令人吃不消呢，卡蘿。」我回答：「越是這種時刻，越考驗我們的韌性，妳說對吧？」

「對，但我受不了這種考驗了，只求趕快解脫。」

這話燃起我興趣：「用什麼方式解脫呢？」

打火機燧石輪轉動，聽得出對方正在就火點菸：「感覺自己說這種話很犯賤……」她話沒說完先吸一口。

「和我說說看吧，我不會批評妳。」

「已經到臨界點上，我撐不下去了。」卡蘿講得破了音，從胸腔深處用力咳出一聲。

「先說說剛才的『解脫』是什麼意思。」

「我有別的人了，想離開現在這個老公，不知道該怎麼做。」

我翻了個白眼。不發洩一下真的會直接掛她電話。按照規定，如果對方侮辱、挑釁或性騷擾我們就真的可以掛斷，可惜俗不可耐並非掛電話能用的理由。

卡蘿根本不是要從物理上結束自己的生命，只打算丟掉過去的包袱展開新生活。剛剛還以為自己挖到金礦，實際上隨機電話另一端有人認真想死就像牡蠣裡發現珍珠那麼罕見，運氣再好一年也才四五回。儘管今年算是大豐收，卡蘿這種案子差太遠。

我照訓練處理：任她泣訴排遣，直到再也沒心事壓在胸口。最後卡蘿當然掛斷了，我還應該補充：她連聲謝謝也沒說。

只能耐著性子等待下一通。下一通電話必不可免，這國家總有某個角落的某人過得比你還要差，沒人能預料對話會朝什麼方向前進，也因此值得興奮期盼。

下一通才是最重要的。我為下一通而生。

3

「哈囉？」我推開門、抽出鑰匙同時大喊：「買了一堆東西，誰過來幫個忙？」

沒人搭腔，但家裡未必沒人。聽到大包小包，一個老公兩個小孩避之唯恐不及很正常，除非從H&M、Zara或運動精品店回來才會是另一種反應。

所以我自個兒來回三圈，袋子總算在廚房的木頭檯面就定位：上有櫥櫃或者下有抽屜，待會兒只管一股腦兒往內塞。

貓咪嗶啵一身髒兮兮灰白蓬鬆大毛草，低吼起來嘶嘶作響，讓人聯想到蜷曲身子的眼鏡蛇。小女兒艾莉絲養的，正伸長手腳躺在雙摺門旁邊，隔著玻璃享受溫暖日光浴。貓兒轉頭瞟了一眼，看看是誰擾牠清靜，見到是我喉頭嘟噥兩下，我也嘟噥回去。明明餵飼料清貓砂都是我，我非但得不到尊重還被嫌棄。

確定家裡沒別人，我開了廣播，聽見DJ說出沒印象的歌名就換臺。這個頻道的音樂都來自一九八〇年代——我的兒時歲月。終點線那邊好幾次有求助者說我聲音像商業電臺只放抒情歌的午夜節目主持人，意思大概是聽起來很「撫慰」吧。

喬治．麥可感慨接吻的戀人是傻子、瑪丹娜催促我從舞蹈尋求靈感。一般而言我不大留意歌詞，只求背景有聲音塞滿空蕩蕩的屋子，這樣我就不會回到心底那個黑暗角落，深陷其中無法自拔。

罐頭與紙盒塞進櫃子，每個都要標籤朝前，按照顏色深淺排列。接著我取出一包冷凍雞胸，放在擁擠冰箱退冰，明天晚上煮來吃。再來打開海綿蛋糕，刀子插進果醬罐刮出一些抹在側面，先左再右撒上糖霜，外觀就不會那麼工整。我拿起一條牛仔褲仔細看看，是辦公室年輕妹妹柔伊找我幫忙修拉鏈。「好呀，」我說：「過兩天給妳。」

終點線團隊成員眼裡的我就像女超人：三個孩子的媽，什麼活都難不倒，小自補夾克口袋、大至修理椅墊都行。但實際上我既不會烘焙也不會針線，否則超市和裁縫為何存在，當然與我共事的人並不需要知道點心和縫補都是外包完成。

打了個呵欠，我自己都嚇一跳，明明才快四點鐘而已，卻覺得時間很晚似地。孩子們放學了，東尼再過兩個鐘頭就下班。趁著還有機會，我給自己倒一大杯紅酒，癱在雙摺門旁搖椅望向露臺與庭院。花圃種著色彩鮮豔的魯冰花和芍藥，整齊的草坪可以給孩子玩耍，最外面則是一圈木圍籬。

婚後兩年，我懷了第一胎，東尼常提醒我趁著還有機會把握好屬於自己的時間。現在孩子大了，自己的時間又嫌多，尤其他還堅持要搬到這裡來。前一棟房子我覺得就很好，可是東尼覺得人往高處爬，房子也得跟著換。

深呼吸，鼻腔充滿擴香機的茉莉氣味。屋內是個很大的開放空間，我們打掉牆壁，廚房、客廳、餐廳全混在一塊兒。外頭庭園的景觀重整、室內格局的翻修裝潢油漆我都親自監工參與，對每個角落瞭若指掌，大小細節都實現了東尼的想像，但我卻覺得很陌生。

「住一兩年而已，」他曾經這樣解釋：「該處理的處理好，漲價之後轉手搬走。」

可是三年了，一家人哪兒也沒去。我坐在同一個客廳。酒喝完，我冷笑之後往貓尾巴踩過去。牠氣得吐口水卻還是落荒而逃。樓上浴室和孩子臥室門都關上，我特地撥開留條縫，提醒她們這個家裡不關門。

首先探探艾莉絲的房間。牆上一樣貼著粉紅色閃亮紙片、流行歌手與當紅演員的海報，九歲女孩子大部分都這樣。但她長得好快，感覺沒多久翅膀就要硬了，滿腦袋剩下男孩子、化妝品和那些過分暴露的衣服。

艾菲的臥室景象顯現兩人年齡差距：鏡子周圍與房門門板上的拼貼照片都是YouTube與Instagram網紅。她還印了朋友的照片，愛搞小圈圈的年輕女孩們個個打扮誇張，嘴嘛得彷彿兩頰黏在口腔中間一樣。而且非得用力縮小腹，十四歲本來也胖不到哪兒，這樣一看簡直瘦成皮包骨。

不過她最近比較有自信，因為不只同年齡男孩子，連那些眼睛不該飄向少女的男人也會偷瞄。以前他們對我露出那種眼神，現在直接拿我當空氣。免不得有點討厭這女兒，她像吸血鬼奪走我的美麗與活力據為己有。

而且艾菲有事瞞著我，我只好透過其他管道關心女兒私生活，例如坐在她床上拿出自己手機點了Facebook。艾菲沒換密碼，我登進她訊息收件匣，多半都是同性朋友聊天，偶爾幾個男生名字冒出來主題也沒什麼曖昧，只有一個例外。

這個叫托姆的男孩子似乎讓艾菲很在意。照片裡，他站在一輛藍色小車後面，顯而易見費了不少金錢與苦心維持拉風外觀。還有一張直接寄給艾菲，是他拉起T恤展示腹肌。當年東尼的肚子也曾經平坦光滑，穿著泳褲從學校泳池淺的那端竄出。我緊盯著，想像手指拂過他身體是什麼觸感。如同鵝絨。後來東尼察覺了咧嘴一笑，我趕緊別過漲紅的臉。但他看我的眼神……還有他歪著頭的姿勢，瞪大的眼睛，上揚的嘴角和那副笑容……我明白只要有耐心，他就會主動靠近，成為我的人。被我看中了，我一定會得到。

艾菲寄了同樣動作的照片給托姆，T恤拉起之後看得見胸罩下緣。氣死我了。只有第三間臥室房門我不去動。總有一天會進去的，但時機尚未成熟。

我脫下裙子罩衫，換上T恤牛仔褲。剛買不久，竟然扣不大起來，折騰一番才穿好，低頭仍舊看見便便大腹像胖鴿搭著枝椏。每週三次熱瑜伽、兩次游泳還是沒實現健身房海報上那種身材，感覺身上再沒一吋部位能吸引東尼，就算有他也未曾提起。

往鏡子一瞥，回望的女性看上去未老先衰，挑染藏不住黑色髮根，以前那對高顴骨開始下滑，拖著脂肪崩塌成嘴邊肉。淺棕色瞳孔雖然保有青春的明亮，卻已經配不上這張臉。之前還盼望卵巢癌和化療只傷到外人看不見的地方，結果果然是自欺欺人。腐朽從體內往外表擴散，都過了一年還能看見煎熬留下的痕跡。過不了多久，我得在校門向充滿塑膠感的其他母親們打聽打肉毒和填充物的醫美診所，再來是牙齒美白貼片和近視戴的隱形眼鏡，算下來原本的我所剩無幾。也許東尼反而喜歡。

我從浴室櫃取出阿斯匹靈藥罐，倒出今天的第三第四顆，不配水直接吞進肚子裡。東尼不知道其實這罐子裝的不是頭痛藥，而是英國藥物保健管理局未核准的瘦身藥，我從東歐的線上藥局訂購，可以吸附脂肪快速降脂，副作用則是腹部痙攣與腹瀉排油。如果能讓東尼像當年在泳池邊那樣多看我一眼，代價並不大。

回到一樓，送報員正好將本地小報塞進信箱，我拿了就翻，略過前面的新聞和房地產傳單，直接找到目標那版。

初次見到香緹爾面容，我手臂起了雞皮疙瘩。她與想像很接近，樸素、憔悴、瘦削，髮絲簡單束在腦後。我撕下新聞收進包包，將日期記在心裡，又倒了一杯酒，等待陌生又熟悉的三人對話重回腦海。

4

大衛死後四個月又兩週

我從包包拿出Kindle閱讀器放在隔間辦公桌，翻了收藏表從下載後還沒看的十多本電子書挑一個。基本上小說我都嫌無聊，而且要很專注才能在一頁一頁間記住誰是誰，實在太麻煩。可以的話，我很想用手機下載電視節目，但分部主任珍奈見了會緊緊蹙眉。七個月前她上任以後常透過小動作小表情告訴大家什麼可以什麼不行。

找了一本心理驚悚，才剛讀完序章就接到晚班第一通電話。我清清喉嚨，像演員上臺前一樣開始進入角色。

與求助者對話的前幾個字就足以決定成敗。表現太過積極會顯得性格樂觀光明，根本不懂什麼是痛苦。說話太務實也不妥，彷彿上對下說教。我自認拿捏得還不錯。

來的是個青春期少女，她發現自己懷孕，不知道怎麼和爸媽說。我展現同情心，在適合的時機提出開放式問題，但內心想著如果是艾菲身上出了這種事該如何反應。我大概會堅持要她拿掉，她也會為了賭氣堅持生下來。電話裡女孩微微啜泣，我佯裝關懷，聊到後來她決定先告訴親近的姑姑，藉此在家族中探探水溫。

第二通電話，輪我碰上「自慰狂」了。每星期一次，大多是週四，他忍不住要打電話來透過聲音獲得快感。自慰狂不在乎接電話的人是男是女，反正接通的時間點他也差不多要高潮了。理論上察覺對方行為以後我們應該立刻掛斷，但今天我心情好，就說我也好興奮好想要，等他完事之後還祝他有個順心的夜晚。

接著兩通電話一接聽對方就掛掉。值班快結束了，我開始期待累死人的熱瑜伽，上課不想遲到所以本來不打算接最後一通，但終究拿起了話筒。

「我沒打過這種電話，不知道從何說起……」男人的聲音。

「唔，那從名字開始吧，怎麼稱呼？」

「史蒂芬。」他回答。反應太快，不像假名。

我記下這件事，並猜測年齡是二十多，語調溫和、本地口音，完全不掩飾緊張情緒。

「好的，史蒂芬。請問是什麼因素讓你今晚決定打過來？」

「不確定。感覺……感覺沒人能講話，也不想再這樣下去……不想繼續下去了。」

檢查表第一項打勾，而且還是他自己一個人說著說著就成立，這樣我輕鬆多了。「唔，那你打來是好事。」我一如既往在前五分鐘憑直覺判斷對方只是尋求關注抑或認真尋死。「先聊聊愛你、關心你的人，生命中有誰能歸在這個類別嗎？」

他思考了一陣子。「其實沒有，」說完還長長嘆口氣，感覺面對這件事是他心理上的轉捩點。「我的生命裡沒這樣的人。」

「有可以稱為朋友的嗎？」

「沒有。」

檢查表第二項打勾。

「孤伶伶獨自生活一定很辛苦。」

「有在上班嗎？職場裡會不會有可以建立人際關係的機會？」

「糟透了。」

「沒有吧。有時候連續過去好幾天，我會忽然意識到自己將近一星期沒和別人進行過完整對話。」

檢查表第三項打勾──私生活和工作上接觸的人越少越好。真慶幸自己接了這通電話。

「一整個星期沒好好和人講上話滿久的，」我一邊同理他的處境一邊引導話題：「你有找醫生聊過自己的感受嗎？」

「有，她就開了抗憂鬱劑。」

「效果如何？」

「四個月了，每天早上還是找不到起床的理由。偶爾覺得不如全部屯著，可以一次……妳懂的。」

「偶爾，還是常常？」

「常常。」他聲音變得很小，我差點沒聽見，彷彿對自殺的念頭很羞愧。

通常檢查表第四項沒這麼快打勾，這次真的很輕鬆。值得花點心思。

我掃視四周，柔伊戴著耳機邊講話邊玩手機遊戲，桑傑聽人說話時兩腿上下擺動，瑪麗喝著保溫瓶裡聞起來像毒藥的什麼湯汁。完全沒人留意我這小角落發生什麼事。

我從包包掏出第二本筆記，這一本用來記錄我以獨特手法幫助的個案。他們說的一切都會詳盡收錄，方便之後在正確時機重提舊事，製造細心聆聽且善體人意的印象。我在新一頁寫下史蒂芬的名字畫底線。

「史蒂芬，你不必覺得尷尬，」我說：「其實大家或多或少都想過結束自己的生命。以前嘗試過嗎？」

「沒有，曾經有過計劃而已。」

「曾經有過計劃是嗎？」我故意模仿他的用字遣詞，使他感覺我專心聆聽、認真面對這份自白。「可以說說你有些什麼想法嗎？」

「我列印了存摺和帳單，裝進信封放在桌子上，還附了帳戶密碼、房屋權狀省得警察搜。我看中鄉下一條橋，下面有鐵軌，在沃佛頓村附近。妳聽過嗎？」

「有。」

「欄杆生鏽破了個洞，鑽出去能往下走。我到斜坡一半，等火車等了好久。列車過來的話，我往前一跳就能結束。但是等好久沒等到，我就回心轉意。」

「這樣啊。你等火車的時候，有沒有想過死是什麼感覺？」

「什麼感覺也不會有。死了就什麼也沒了。」

「那會帶來寧靜嗎？」

「既然生命不能，只好寄託死亡。」

我要問的，他都問過自己，不是一時衝動。

最近對那些猶豫不決的人很沒耐性，太多人打電話過來開口閉口就是自殺，細問下去卻根本沒有付諸實行的膽量。

面對史蒂芬，有時要向前推，有時得拉一把，他的信念才會逐漸強化。心理學家稱這個技巧為「先恐懼後釋放」。我壓低聲音，將話筒挨在嘴邊，端出演練多時但只對特定目標運用的話術。

「或許內心深處，你並不真的想要結束生命。」我說：「說不定是種求救訊號？我接過很多這樣的電話，他們說自己想死，但討論細節的時候卻發現只是自怨自艾。史蒂芬，你會不會也是這種人？困在自憐的惡性循環出不來？深陷其中的人往往沒有自覺，如果不拿出勇氣從自身做起，最後什麼也不會改變。你不奪回主導權，逼著你今天打電話過來的那種痛苦只會越來越沉重，後半輩子可能四五十年不斷惡化。此時此刻你的身心靈狀態就是往後的模樣。你能這樣子活下去嗎，史蒂芬？我認為不行。」

這番話只對真正可能自殺的人說。通常如此直白會嚇到對方，多數人預期電話這端充滿同情心，會不斷安撫、要他們相信事情有轉機。偏偏我就不是。我自己的經歷證明了並非所有問題都會船到橋頭自然直，大部分是每況愈下，還有一些難以承受。但我能阻止那一切，只要他們信任我。

「我……我……不喜歡浪費時間。」他也錯愕得口吃起來：「認真思考很久了，結論沒變。但這樣還不動手，是因為我太懦弱，對不對？」

「不，史蒂芬，你並不懦弱。今天你能打這通電話，已經證明你很有勇氣。或許當初你只是選錯日子才沒等到火車，這很常見。記住：我們永遠在這裡等你，以你期待的形式提供協助。」

「聽我說話？」

他開始試探了。就讓他多兜幾圈我再收餌。「如果你需要的是傾聽，那我就會聽。」

「假如……我需要的……我最後決定……」他聲音漸漸微弱消失。

史蒂芬需要有個人附和他：死亡是正確選擇。不過首先我得確定他希望從我身上得到什麼。一般而言，即使我們知道對方想說什麼也不該越俎代庖幫忙說完，但我會為有潛力的人破例。

「你打電話來，是想自我了斷，問我是否支持？」

「我……應該是吧。」

求助人自以為與我相互理解以後，我會擺出剛接電話時的態度來打亂他們思緒。不確定對方絕望程度之前不能隨便相信。

「『終點線』一貫立場是不介入不批判。」我回答：「我們只聆聽，不嘗試阻止你的任何決定，只希望你能先和我們聊聊，確定自己有些什麼選項，再看看要不要跨出那麼大的一步。你明白嗎？」

「嗯。」史蒂芬回應以後兩人間尷尬沉默。「可是……」

「可是？」我重複。

「要是我真的決定……妳懂的。那妳會……？」

「我會什麼呢，史蒂芬？你希望我怎麼做？」

他又沉默了，我感覺得到焦慮逐漸累積。「抱歉，我還有事。」一說完就掛了電話。

我手指在桌上輕輕彈了幾下，接著仔細一看，食指的勃艮第紅有條小裂縫，得預約美甲師修補。

史蒂芬那邊我並不擔心。他還會打來，為了找到我得先費一番功夫。終點線志工沒有獨立分機也無法指定誰接聽，高達九十四人輪值不同時段，在這裡的邂逅純憑運氣。

還記得大衛找到我之後反反覆覆打過來。關係穩固之後，我把自己的班表告訴他，方便定期聯絡。一星期來電三四回，話題不只是事情如何安排，也聊國內外新聞、日常生活、想去什麼地方旅遊之類。

聽他說話的時候，我會閉上眼睛，想像兩人坐在外國某個角落，隔著咖啡廳桌子望向彼此。觀光一整天，傍晚繼續沉浸在溫暖宜人的地中海氣候，上小酒館享用鮮魚大餐和奇揚地酒，像好朋友一樣談笑風生。然後現實壓下來，我意識到幻想終究只能是幻想。

幾個月過去了，我依舊盼望再聽一次他聲音，也懷疑這種感覺永遠不會徹底消散。大衛瞭解我，一如我瞭解他，然而有我進入生命仍不足以挽留他留下。我不足夠成為他活下去的理由。

胃開始疼了。

想想自己的支柱，蘿菈。想起來。

感覺與史蒂芬能有番成果。他已經有了計劃安排，甚至去過現場。差的只剩我這臨門一腳，非常令人期待。

期待聽見他死前的聲音。

5

我重新看了撕下的報紙確認時間，再瞟了眼自己手錶。已經比公告時間晚十分鐘，拖延最討厭。

焦躁中我視線落在前面那群年輕女子，她們也在等門開。我拍平外套讓自己體面一點，但想想其實無所謂——眼前這些人穿著打扮根本不成體統，只因為我不像她們穿著球鞋與連帽上衣，反而顯得格格不入。

回頭望向自己那輛Mini，忽然發現後頭有個熟悉身影。他挨著公車站的塑膠椅，身旁擺了個瓶子。

「奈特……」我靠近以後開口叫喚。之前我拿東尼用舊的背包給他，表面沾滿塵土都快看不出原本其實是淺藍。菸草、酒精、尿液以及他待過的地方各種氣味混雜成難以言喻的酸臭，我沒多說什麼上前緊緊擁抱，卻感覺自己摟的是一袋骨頭。

「嗨，蘿菈，」他低聲說完擠出淺淺笑容：「妳怎麼會來這兒？」

平常他酒意未散的話要幾分鐘才能認出我，今晨難得比較清醒。其實我們只差一歲，但每回見到奈特都覺得年齡越拉越開。他稀疏油膩的頭髮垂到衣領，步鞋前面破了洞露出襪子，鬍鬚累積一吋長且逐漸花白，過去溫潤的褐色眼珠黯淡成煤黑。整個人沒多少部分還有活著的感覺。

「還好嗎？」我問。

「不算糟。」他這麼說完卻咳得撕心裂肺。

「聽起來有點糟，胸腔還在發炎嗎？」

「嗯。」

「之前就說開車載你去街友中心看醫生。不然待會兒吧，下午如何？」

「不必啦，沒事的。」他說。

「錢夠用嗎？」

「哈！我說蘿菈，誰的錢會夠用呢，但妳已經幫我很多了。」

我伸手從包包取出所有現金，結果卻只有一張十英鎊鈔票，少得自己都覺得尷尬。「這些拿去買午餐。」

「妳明知道我拿了會去幹嘛。」他望向我眼睛，我視線則飄向那瓶蘋果酒。只有他酗酒我能接受。他酗酒是有理由的，而且是為了幫我。

「答應我，至少買個三明治。」

「好。」

「答應了喔？」我反覆確認。

「我答應妳。」

奈特一笑，我發現下排又少了顆牙。這幾年他牙齒像保齡球瓶東倒西歪，這種生活這種模樣很叫我傷心。但奈特持續拒絕我幫忙，除了看他逐漸凋零，我無能為力，只希望世上還有人關心問候能帶來一絲慰藉。

身後一縷縷灰白色輕煙自點燃的香菸飄向天空，我走回門口，方才那群人已經穿過雙開門入內。

我跟在後頭，不想太前面免得被人問起身分，也不想太後面聽不見大家說了她什麼。擠到火葬場觀禮室中間剛剛好。

香緹爾．泰勒的松木靈柩由四位送行者抬進來置於臺座，愛黛兒的歌曲透過喇叭響徹會場，已經唱到第二次副歌。棺木周圍以花朵裝飾，大概塑膠做的。棺蓋上擱著特別醜的黃色康乃馨花圈，寫著「媽咪」兩個大字。

與會者只有三十個左右，多半與香緹爾年齡相仿，也就是二十出頭的單親媽媽，滿身鍍金珠寶，手掌上看得到刺青。幫她了結絕對是好事，眼前這群活死人就是鐵證。

我看一眼黑白影印的流程小冊，封面打上一張香緹爾的照片。她在啤酒花園拿著一品脫玻璃杯，孕肚高高隆起。我不禁搖頭：孩子還在娘胎就被污染了。

孩子就在前面，跟著一個淚眼婆娑的老婦人。她濃妝豔抹，眼影如浮油滾落臉頰，不停轉頭擦拭。孩子的年紀還太小，記得香緹爾說都未滿四歲，根本不該出現在這種場合。看到外婆那模樣，我認為交給政府照顧比較好，於是在心裡提醒自己之後找個機會報警，就說外婆家裡進行毒品交易。我當然不知道有沒有，但警察好好搜一遍十有八九會找到對她不利的證據。這是幫孩子們一把，成為寄養兒童是辛苦，但我不也熬過來了嗎？

牧師開始讀稿子，我想起香緹爾第一次撥到終點線，她說為了照顧不幸的孩子想戒毒。還好經過指引她漸漸清醒，明白幸福快樂本不屬於自己那種家庭，沒幾個星期就回到海洛因的懷抱。

「發現孩子不像藥物能讓妳渾身舒爽，有什麼想法？」開始固定聯絡之後，過了幾星期我這樣問。從她語調能感覺那天情緒特別灰暗。

「我不配當她們的媽媽。」香緹爾說得哀戚。

「妳的孩子不會這樣想……無論妳是怎樣的人，她們都愛母親。但她們還不懂自己的生命從何而來，只能看到自己的處境。」

「妳說『處境』，意思是？」

「媽媽需要毒品或替代藥物，沒錢給她們買營養的食物。等年紀大了上學了，還會看到同學擁有很多妳們負擔不起的東西。根據我的瞭解，妳應該會害怕那一天到來。」

「當然。」

「妳覺得她們長大以後會不會恨妳？」

「會吧。一輩子。」

「會不會擔心她們步上妳的後塵，和父母一樣上癮？這種事情也會一代傳一代吧？」

「我不會讓她們碰到藥。」

「妳母親應該說過同樣的話，可是管教孩子沒有這麼容易吧？也難怪妳擔心自己不是好媽媽。還擔心別的事情嗎？」

「我會讓她們失望。」

「藥癮本來就很難戒，尤其如果找不到清醒的理由。」

「本來以為有理由的。為了孩子。但……我不夠堅強。」

「可是妳自己也跟我說過，光是被妳生下來就足夠她們心灰意冷。何況離開海洛因，生活豈不是更難？尤其妳沒有別的依靠，現在一定覺得人生再也好不起來。」

「有什麼辦法讓她們過得好一點？」香緹爾哭了。

就等著她這樣問。早料到只要能勸她繼續吸毒，她走向我幫忙做的決定只是時間問題——香緹爾消失，對所有人都是解脫。

生命盡頭那一天，她向性格悍戾的毒販前男友買來必要分量的海洛因。我閉著眼睛聆聽：她雙腳踏過光溜溜地板，因為窮得買不起地毯。拉開窗簾，房門輕輕掩上，肢體在床上伸展。打火機發出咔嚓聲，我想像金屬湯匙慢慢變熱，針筒抽取濁液，香緹爾在手臂兩腿按來按去，意志力薄弱的結果就是很難找到尚未萎縮的血管。

「妳會幫我吧？等孩子大了，告訴她們媽媽這麼做是因為愛。」

「當然，」我隨口答道：「妳要在心裡反覆告訴自己：已經想過所有能走的路了，就只有這一條合情合理。只有妳邁出這步，所有人才能跟著前進。我十分佩服。」

片刻後，針頭探進皮膚，我充滿欣喜聽她嚥下最後一口氣。對我而言最美好的聲音……人的最後一次呼吸多麼珍貴。如香緹爾般活在苦痛中的人將生命交託於我，因為我比世界上任何人更理解她們。比起兄弟姊妹、父母朋友或子女，我更明白她們究竟需要什麼。只要她們信任我，我便竭盡所能傾囊相授，帶她們離苦得樂，不再作繭自縛。為徬徨靈魂指點迷津是我的使命。

解放香緹爾的二十二天後，我終於與她共處一室。酒紅色鵝絨裹住棺木，她徹底離開這世界。那些朋友開始離場，我將流程本塞進黑色小包，每次喪禮我都會帶著。

包包裡就只放這一樣東西。加上香緹爾，總共十五份了。我的收集品越來越豐富。

6

「哇，蘿菈，好鬆好軟，跟空氣一樣。」凱文說完拿起維多利亞海綿蛋糕嚐了第二口。知道人家高膽固醇，我忍不住遞一塊到他桌上。

他進辦公室小廚房時我努力不盯著那把亂糟糟的鬍子看。但如果以為大家會因此沒發現他髮際線越來越高就太天真了。凱文噴了一塊蛋糕渣到我裙子上，今天晚上又得洗。

「謝謝，」我故作謙和：「烤出來有點變形了，手工果醬比較黏的關係。」

「真不敢相信，妳居然連果醬都自己做。真實完美人妻。」

「試著做做看而已。」我在心裡感謝超市，要他再拿一片吃。人有很多面，但他們只需要認識有愛心的我就可以了。

「難怪妳幫募款活動做的點心都大賣。」柔伊附和：「妳要不要去參加電視節目那種烘焙大賽啊？應該所向披靡吧。」

她門牙又沾到唇膏。現代人怎麼回事？

募款是我的強項。終點線是立案登記的慈善機構，不接受當地或中央政府補貼，各郡都有分部，分部自己設法收支平衡。開銷有電話線路、電腦升級、軟體和文具、水電、房租和房屋稅等等，加總後每年大約八萬英鎊。我負責財會，以前親自領導募款活動，直到總部拔擢珍奈・唐森做主任。她愛管閒事，簡直侵門踏戶。

珍奈兩年前進來當志工，第一眼我就知道這人當不了朋友。她從外表就處處惹惱我，眼睛小得好像睜不開，兩條彎眉毛彷彿麥當勞招牌，太可笑了。白髮一綹一綹掛在頭皮上，乍看還以為是噁心的蛞蝓，因為嘴唇太薄就用大紅色唇彩把嘴巴上下也畫了一圈。這人根本是小丑，該去馬戲團才對。

然後我佈局那麼久，主任卻被她撿走，這已經不是厭惡而是憎恨。其實我也沒特別想坐上那位置，畢竟當主任反而減少接電話時間，但就是原則問題，好歹該先問我一聲。

而且珍奈想方設法讓大家意識到她是主管，明明她進來之前一切也運行得很好。最令我惱怒的是她像神經病緊迫盯人。有時候我坐在隔間聽可憐人訴苦，卻發覺珍奈坐在主任室內，隔著透明玻璃牆和垂到鼻尖的眼鏡瞪過來，想逮到我說出違反志工手冊規定的句子。情緒上來的時候，我說的東西和手冊八竿子打不著邊，就看她逮不逮得到。還有上次瑪麗六十大壽，我帶東尼一起赴宴，珍奈那雙眼睛黏著他不放。我在旁邊看著她努力和東尼搭話、東尼也禮貌回應，暗忖珍奈自己心裡很清楚吧：她那副尊容豈可妄想拐騙我丈夫這樣的男人。應該說有脈搏沒白內障的男人都不會考慮她。

珍奈走進小廚房要洗咖啡杯，凱文開口說：「來嚐嚐蘿菈做的蛋糕？」她下垮的肩膀還揹著醜死人的橘色手提包，側面繡了一條東方龍，感覺是要彰顯什麼自我形象。而且她似乎沒別的包，偏偏這包與她衣櫃裡那些老氣破爛衣服都不搭。之前珍奈說那只包包獨一無二我信了，還有誰會想要這玩意兒？

「妳怎麼這麼會管理時間，」她開口。別人可能聽不出來，但我能察覺語氣中那絲質疑指控。「要當志工、要照顧家裡，還有辦法學瑪莉・貝利[3]做這些東西，真是居家女神呢？」

「得給孩子們做好榜樣，而且我滿習慣一心多用。」我抿嘴冷笑：「妳想學的話可以問我啊。要來片蛋糕嗎？」

「不了，謝謝。我有麩質不耐症。」

「真的假的？怎麼會活了五十年突然發現自己不能吃蛋糕？」

「我四十二而已。」珍奈瞪我一眼。我在心裡的計分板畫一筆，凱文和柔伊忍著笑意。

「噢，我老是記錯別人年紀。」

她拿我沒輒，因為我每年都能帶來價值幾萬英鎊的贊助捐贈。為了錢，我可以低聲下氣去求本地商家、到企業老闆的聚會上交際應酬。腦滿腸肥的禿頭老男人總是渾身酒味菸味墮落味，喜歡毛手毛腳還自以為風流倜儻，但我無所謂。

我的努力除了得到眾人讚譽，也讓珍奈可以少花點時間在賭博網站上。她以為沒人知道，也記得刪除瀏覽器紀錄，但我手腳和她最愛的輪盤球一樣快，從Cookies發現了。我會守口如瓶，不隨便將截圖與帳號密碼洩露出去。暫時不會。

下午值班很平淡。白天通常是無助的主婦和媽媽趁老公小孩不在時打來，再來就是囚犯藉此消耗免費電話卡。反觀一大清早就是通勤男性為主，多半為錢操心，害怕一回家又收到高額繳費單。真正想自殺的人會等到天黑，獨處才有時間糾結。

❸ Mary Berry，英國飲食作家。

大衛就喜歡晚上打來。第一次接觸是七個月前，最後一次對話也過了將近五個月。有時候我太想念他，那份想念在身體裡隱隱作痛。我對別人語調、語氣、措辭中的絕望特別敏銳，能夠直覺判斷對方是否有潛力。找到合適人選時那種快感難以言喻。

大衛性格溫和說話輕柔，但是情感麻痺無法在人生之路繼續前進。他值夜班時，三人闖入住家以殘忍手段殺害髮妻。儘管非他所願，大衛受到罪惡感煎熬活在愁雲慘霧中，自己一個人找不到方向，所以某個低潮夜晚拿起電話找到我。我從他身上看到與自己相同的哀傷，於是心有所感。然而大衛不是要人同情，也並非要人解釋那不是他的錯，已經太多人做過同樣的事。他需要的是真正的聆聽，正好世上沒有人比我更瞭解何謂失去。

我們都受害於他人的暴虐，靈魂如出一轍。差別在於我選擇勇往直前，而他已經厭倦。隨著對話越來越頻繁、情誼越來越深刻，我察覺自己想保住大衛，即便那是種自私。我想留住與他的對話，想聽他的聲音，想他依賴我。於是我也偏離熟悉的道路，設法幫助他，鼓勵他繼續掙扎，將求助的手伸長些，或許那樣我能將他拉上來。我改變計劃，試圖留下他，但他執意尋死。我有自己的支柱，也願意成為他的支柱，可我知道那都是私慾，我只是捨不得他走。最後雖然很傷心，但我只能承認自己失敗了。

大衛最難的一關是不想生命結束時依舊孤單，所以我最難的一關是找個人陪他踏上末路。

就在此時，她出現了。

7

瘦身藥藥效發作時，我慶幸家裡不止一間浴室。

半小時沒法子從主臥衛浴的馬桶起身。起來以後噴了滿屋子芳香劑，我拖著還絞痛的腸胃在鏡子前面側身，比起前一週又再平坦了些。指尖滑過小腹，想像若是東尼的手該有多好。早上不開車而是走路送孩子去學校的話，至少能多燃脂兩百大卡。身材持續進步或許他真的會再正眼瞧瞧我。

我將早餐的碗盤收進洗碗機，看到東尼居然又拿新的馬克杯裝咖啡，真的很煩人。剛剛電視上矮胖的女氣象主播說今天會涼，但走到外頭感覺還好，所以我就把連帽外套繫在腰間。早上送女兒去開學典禮，感覺才過五分鐘又回到同一條路上。以前也是日復一日帶艾菲上學，直到她長大、覺得自己酷，硬要走在前面離自己爸媽好幾呎遠。艾莉絲小時候會牽我的手唱她從廣播聽到的歌，一直唱一直重複到我崩潰，我就使勁握她手，握到她忍不住尖叫要我小力點。兩個孩子都不牽媽媽的手了，我樂得輕鬆。到了學校大門，艾莉絲已經在裡面操場與朋友嬉鬧。

我想過該不該與其他媽媽打成一片。她們每天早上圍一圈道人長短，東尼戲稱是「婦仇者」。但硬去攪和也沒意義，小圈圈從沒真的出現空缺。這些人在健身房裡彷彿鬣狗群聚，朝大一號的女性露出意在言外的眼神。飛輪課時我總在後排偷看，想像她們皮膚底下的填充物滲出來滴在白色毛巾上。回家路上發現同一批人在咖啡店裡喝冰沙吃糕點的話更忍不住竊笑，她們既迷人又噁心。

從學校到下個目的地所需時間不多不少二十二分鐘，可以用來抽根菸，放掉腦袋裡面所有負面思緒。要見自己的支柱最好內心清明，與他同樣透明純淨。

不久後，金斯索普長照中心出現在地平線上。佔地廣闊的長方形建築朝四面延伸出分支，乍看就像一棵樹。院區前方磚塊步道兩側則真的種植了粗壯橡木，隨地勢微微上揚並連接正面兩片毛玻璃構成的入口，周圍則有綿延花圃與一座湖泊妝點。

我朝年輕接待人員微笑並簽了訪客簿，順便檢查上次到今天這段期間有沒有出現東尼或女兒們的名字。沒有，他們從未踏進這地方，完全沒發現我一個星期過來四次之多。

到了交誼區，我看到亨利與一群同年紀的人在裡頭。他們位置很分散，大家各做各的事。

輪椅上的他毫無動靜，對我出現一點反應也沒有。預料之內，所以無所謂。我看得出來，他知道我在。就當作是為人母者的直覺吧。

兒子的頭朝右邊垂下，眼睛盯著掛在牆上的電視。我一直不知道他到底能接收多少，但至少此時此刻似乎沉迷於《粉紅豬小妹》卡通，嘴角一條纖細如蛛絲的唾液順著下巴滑到T恤胸部的口袋。我從包包拿面紙替他擦乾淨，再用指甲幫他摳掉嘴巴另一側的麵包屑，接著手鑽進將他固定在輪椅的束帶，確保腰部及肩膀沒被纏得太緊。之前有次發現皮帶在他身上留下印子，我忍不住對護理師破口大罵。萬一兒子覺得痛也無法表達，想到就可怕。

我注視亨利雙眼。這對眼睛曾經能夠照亮整個房間，如今失去了光彩。改變並非朝夕之間，所以我擔心自己一點一點失去他。而且沒人能訴苦，只有我會來看他。

我又伸手梳理了下那頭又細又雜的褐髮。護理人員給他往前梳，她們明知道我覺得不適合兒子。只好自己用手指從塑膠杯裡沾點水，至少前面幫他改成旁分，看艾莉絲學校裡面同年齡男孩好像都喜歡這髮型。

亨利消瘦的手腿從療養院準備的衣服下面探出。感染肺炎以後體重一直就回不去了。起初將近兩星期，我睡在扶手椅陪他。後來他進醫院做胸管引流，我也寸步不離。只有我和他，那是母子相處最長的一段日子，但後來終究得分離。

由於免疫系統虛弱，亨利容易受到各種感染，發作起來幾乎整天需要照顧。我很早就體認到撫養這孩子會十分辛苦，是一輩子的重擔。又有哪個孩子不是呢？問題在於無論如何努力都無法讓東尼接受亨利，久而久之連看都不肯看孩子一眼。

我明白自己沒機會陪亨利走路上學，看他與朋友玩耍、長大成家。母子間沒有能夠共享的回憶，我甚至無法確認他腦袋裡究竟想些什麼。懷孕時對他的夢想期望全部化為烏有。後來我改變心態，打算幫他在可能範圍內做到最好就行，然而連辨認形狀顏色這樣基礎的能力都好像燃燒生命。漸漸地我學會接受現實，不再沉溺於虛無縹緲中。

亨利的心智永遠不會超過一歲，卻也永遠不對我感到厭倦。

無論我給多少，他別無所求。

在我眼中，亨利以他自己的方式當個完美無瑕的七歲男孩。

畢竟他從我身體誕生，我奢望能夠一直親自照顧。原本也勉強過得去，但我確診癌症後天翻地覆。治療來得又快又猛，我不得不住院。幾星期之後回到家，亨利已經消失無蹤。起先東尼謊稱是將兒子暫時送到外頭，等我真正康復就能接回去，然而我好了以後接到的其實是最後通牒——一邊是他和女兒們，另一邊是亨利，我必須做出取捨。

從醫生到護理師，每個人都說亨利理解力有限，根本不明白自己回不了家。但我懂兒子，他覺得被母親遺棄，推給一群不如我愛他的人。最令我遺憾的是亨利不知道真相：我很想很想繼續陪伴他，可是我生病了做不到。明明不是我的錯，我卻被內疚吞沒。

唯一能安慰自己的就是兒子受到專人照料，有人幫忙餵食、洗澡、穿衣，會帶他到花園或湖畔呼吸新鮮空氣。亨利沒有別的需求，也已經不需要我，但我還是定期過來探望。能做的也就是為兒子擦擦嘴角、梳梳頭髮，表示一點心意。

我牽起亨利的手，指尖搭著他手腕，感受兒子的脈搏。

「我感覺得到，身體裡有他的心跳。」懷孕時我對東尼這麼說過。

「別傻啦，」他回答：「你感覺的是自己的心跳。」

東尼不明白：亨利的心就是我的心。只要他還有脈搏，就永遠是我心靈的支柱。

8

大衛死後四個月又三週

我瞪著桌上的塑料杯，裡頭咖啡還沒喝乾淨。很討厭其他志工趁我不在偷用同一個隔間，尤其用完還不會自己收拾。工作環境已經夠寒酸了，一九七〇年代的格子地毯用到現在破破爛爛，白色仿木紋壁紙早已褪色，連天花板都沾滿焦油。室內禁菸令都過了十年，大家都懶得重新油漆。

杯口邊緣的唇膏印看上去好像街頭塗鴉，可想而知亂丟垃圾的是珍奈。我把杯子扔進塑膠垃圾桶，再拿手部消毒噴霧到處灑一遍，徹底抹去她痕跡之後才接第一通電話。

聽見那聲緊張的「哈囉」，即便對方還沒自報身分，我頓時察覺終點線彼端是誰。有些人對面孔的記性好，我則是對嗓音的記性好，儘管只是一兩個音節也足以點亮我雙眼。

「我是史蒂芬。妳可能不記得，但之前我們應該聊過？」他努力隱藏心中恐懼，但並不成功。

「你好，史蒂芬。沒錯，我們聊過，而且我還記得。今天過得還好嗎？」

「還可以，謝謝。」

「聽起來比上次正向了些，狀況有什麼變化嗎？」

「應該沒有吧。」

「唔，真可惜。」當然不是真心話，但我很清楚：要是他處境好轉，根本不會再打過來。

「沒關係，至少今天感覺還好？」

「大概吧。」

「嗯，有時候好好睡一覺，早上醒來就會覺得好多了。」

「但不代表壞事煙消雲散？」

自己得出這結論最好，省了我在他腦袋播種的麻煩。

「那有沒有辦法讓今天的美好再多延續二十四小時？」

「不確定。」

我提問到他回答之間有個空白，代表目前對話不符合他需求或期待。但這正是我目的，一直誘導他正向思考以後彷彿能聽見他蹙眉的聲音。史蒂芬希望延續上回的話題，他想結束生命，需要有人表態支持，卻無法鼓起勇氣開口。

有潛力的人再度打來就代表足夠認真。我一貫策略是選擇性取用前回對話內容，假裝我從未說過他們並非認真尋死，參考筆記挑出對方上次講過的故事或字句以示自己專注聆聽。但第二次互動也就僅此而已，如果他們也被我勾起興趣，願意三度尋找我，我才投入完整心力。

接下來十分鐘，我們談話完全照表操課。表面上我好像不斷嘗試引導他走回正軌，但正因為史蒂芬活在腦袋裡的悲慘世界，光是聽見自己的消極回應都會突顯出那份孤立無援。

「史蒂芬，希望你不介意我直話直說。先前你表示自己狀態還好，但現在聽起來似乎並非如此。」

「可能我習慣那樣回答，免得其他人擔心。」

得給點甜頭，進入他想討論的正題：「『終點線』是包容開放的園地，你不需要偽裝自己。有沒有什麼你特別想聊的事情？」

「唔……上次我們……」

「我記得。」

「我說了些東西。」

「你說了很多。」

「關於我想自殺……」

「對，你說過。」

「妳問我有沒有做好準備。」

「我想這應該不是我原本的句子。或許是我用詞不精準造成你誤會了。」

「噢。」

故意打亂他思緒罷了。「那麼針對結束生命這點，後來你得出什麼結論？」

「我想了很久，應該說腦袋裡只有這件事情揮之不去。妳說得沒錯，我跳不出循環、什麼都不會改變，後半輩子都會是這種狀況。」

他引用我的句子，連詞都沒換幾個，也是好徵兆。「那你覺得自己可以怎樣擺脫這種狀態？」

「不知道。」

「真的嗎，我認為你其實是知道的？只要你肯對自己誠實。」

「嗯，」他壓低聲音：「我準備好了。我是說，我想……我想死。」

「史蒂芬，抱歉打斷，但得先停在這兒。我值班時間要到了，電話也不能轉給同事。不過你可以待會兒再打來，會有其他人接聽，所有志工都很樂意陪你繼續探討下去。」

其實值班時間還剩一個小時。如果對方沒潛力，我反而不會平白無故說要中斷。

「啊？但是——」

「大衛你保重。」我不給他說再見的機會直接掛掉，但很肯定史蒂芬會擇日再打來。

等等，我是不是叫他大衛？好像是。該死！

最近大衛常出現在心頭。聽了史蒂芬說他多絕望更容易聯想到大衛的自白。

我說我可以去電話那頭陪他走完最後一程，但大衛卻說他需要的不只如此。

「我不想一個人走，」他很坦白：「需要有人同行。和我一樣，害怕在盡頭依舊孤單的人。」以前沒人提過這種要求。自己小時候的悲慘際遇一幕幕浮現腦海，若易時易地我應該會自願。可是已經有了家庭，而且亨利需要我。我有支柱支撐著。

於是我用力思考，絞盡腦汁還是想不出上哪兒找人陪他走。總不能去交友網站說：三十九歲男，外表英俊、幽默風趣，尋找一同赴死的女性。只好去以前常瀏覽的留言板和討論區物色可能人選，問題是雙方都躲在網路後頭很難建立信任關係。

不知是運或是命，她選在那時進入我倆世界中。年輕孕婦，嚴重的產前憂鬱，鎮日胡思亂想，越接近分娩她越不相信自己能當個好媽媽。同時另一半偷偷摸摸打電話、下班時間變晚，共同帳戶餘額也莫名消失，最重要的是她覺得自己好胖好醜，認定丈夫禁不起誘惑，一定在外頭偷情。有沒有外遇是不是渣男與我無關，反正她自認遭到背叛就會更沮喪，也就更符合需求。

若非急需，我通常會緩一緩，等孩子生下來再叫她去死。但好哄好控制的不容易找，這女人完美吻合所有條件。

我很清楚自己需要她比她需要我更多，所以捧在手心呵護，使出渾身解數加快進程，還為此兩天輪值一次，要她不斷打電話直到遇上我。此外我也給她不少建議，像是別再服用醫生開的低劑量抗憂鬱劑，以免化學反應製造出虛假的樂觀正向，並且與朋友和拈花惹草的老公保持距離。我還要她去看看那些我熟悉的自殺論壇，才不會總覺得孤單。經過三星期密集對話、學習、訓練，她下定決心見大衛。事前七天我們只透過不留紀錄的易付卡手機聯絡。

兩人初次面對面就在東薩塞克斯孛靈岬峭壁上，之前從未經由電話、郵件或簡訊接觸，不知道對方長相、聲音、求死的理由，只知道即將共赴黃泉。他們信任我，信任彼此，三個摯友相互扶持奮力向前。

從電話聽見兩人從懸崖邊緣邁出最後一步，我心裡湧出前所未有的驕傲、感動、喜悅、興奮與期待。可是心底很嫉妒，為什麼是她去分享大衛最珍貴的一刻呢？連電視報導都會觸景傷情，我不願看見有形的她，索性轉臺看別的。幫大衛解脫的是我，榮耀卻歸於她。

我閉上眼睛沉澱，想像自己握著大衛的手，感受他的體溫流入，心有靈犀跨出最後那步。他皮膚軟潤，頸間飄著古龍水香味。我們脈搏合而為一，一切栩栩如生，彷彿親身經歷。

「蘿菈！」珍奈惱怒的聲音從背後傳來，我狠狠睜開眼睛。「電話來很久了，妳可以接一下嗎？」她指著話機上閃爍的紅燈。

「好。」我轉而想像抓起電話往她臉上甩過去會有多爽快。

9

我寫了便條塞到桑傑桌子那兒。從這角度我都看得到他襯衫釦子綳緊，衣服底下深色體毛從縫隙竄出。

珍奈根本無能。班表搞砸了，今天來了太多志工，屋裡人好多，我覺得很不自在。

為什麼會有警察去找她？我透過紙條問。

「不知道。」桑傑用唇語回答。他噴了很多沉香木基底的古龍水，但遮掩不住體臭。瑪麗也正在接聽，我挑眉示意，她同樣搖搖頭。

電話那頭是喪偶之後靠年金過活的老太太傾訴寂寞之苦。我該稍微分點心思給她，可是忍不住一直留意主任室內對珍奈問話的警察。

警察近在咫尺讓我更忐忑——該不會與我有關？史蒂芬對我提出檢舉？我直覺失靈，對他做得太猛太快？我自己也評估過，東窗事發並非全然不可能，但只要有一個人指控就足以毀掉我名聲。

妳還好嗎？桑傑遞紙條回來。不是透過手機的話，筆談我覺得好煩。其實就算用手機我都不喜歡。

沒事，就想八卦。我在句子後面畫了笑臉。

我心裡很想偷偷拿起包包衝出去，但又得弄清楚主任室裡講的事情到底與我有沒有關係。

老婦人絮絮叨叨埋怨起兩個孩子和她疏遠，我眼睛則盯著玻璃後頭兩個年輕警官。他們拿著馬克杯喝咖啡、享用我帶來的糕點，我伸長脖子試著看清楚，可惜沒有唇語機的話不可能解讀出來。

焦慮在身體裡膨脹得像西瓜一樣大。我回憶自己與史蒂芬的兩次對話，感覺十有八九。我從未明言支持他自我了斷，還沒傻到那地步，換言之他只能提出單方面指控。此外英國法律早在一九六一年就為自殺除罪，因此結束自己生命並非犯罪行為。然而鼓勵與協助別人自殺又是另一回事，警察接到通報就必須調查，若有罪最高可以判處十四年徒刑。那麼長的時間，少了我亨利絕對撐不下去。

但我盯得越久，情緒就越從最初的恐慌轉為氣憤。我做錯什麼了？我明明是在助人，終點線的宗旨不就是提供幫助嗎？雖然我有特殊做法，但也並非來者不拒，兒童、青少年以及有學習障礙的人都被排除在外。至於心智健全的人，就只是在我協助下自主做決定罷了。如果這社會的道德標準不那樣扭曲，我為幫助他人付出的心力應該得獎才對。有些人拖著蹣跚腳步走向絕望悲慘的生命，那是為難自己，而我則向他們伸出援手。

這些道理就算對珍奈或警察解釋也講不清楚，只會被曲解成負面和惡意用來對付我。社工、諮商、醫師等等以前就對我諸多批判，但他們根本搞不清楚狀況。我沒打算坐以待斃重蹈覆轍。

警察走了。桑傑遛進主任室，我找理由掛斷電話跟過去。

「一個死者電話裡有我們的號碼。」他開口。

「誰？」我問。

「年輕媽媽，海洛因過量。」

嗯，香緹爾。

我和她通話不知道多少次才讓她去死，但沒辦法從電話追蹤到我。求助者可以信賴我們就是因為徹底匿名，絕不追蹤電話來源。終點線不採用專線和分機，只能撥打全國統一號碼，由電腦系統依據區號或手機GPS定位分配給最近的分部，如果沒人能接聽再轉到鄰近的郡。警方應該也是基於香緹爾的地緣關係認為我們會接到電話。

「與我們扯上關係的命案已經幾件了？」桑傑問珍奈。

「照紀錄來看，」她翻起引出來的表單：「加上今天這次，過去五年裡北安普敦郡有二十四件。」

雖然很希望，但不全是我的功勞。

「唔，是稍微高出平均。」桑傑回答。

珍奈沒專心聽，因為電腦一直說她密碼打錯。「什麼爛東西。」

「密碼是妳名字第一個字母，然後接姓氏與自選的四碼數字。」桑傑提醒。她在iPad上標題為「密碼」的筆記裡加上一串數字才收進橘色手提包，都被我看光記住了。

「不太懂警察想問出什麼？」我開口：「他們應該知道吧，我們不負責勸阻求助者自殺也不會洩露個人資料，只是聆聽而已。」

「謝謝，蘿菈，我很清楚志工工作內容。」珍奈裝模作樣說：「警方在調查和死者有過關係的毒販，想知道她有沒有和我們志工提過那個人。我拒絕配合，強調求助人與志工的對話都必須完全保密。」

香緹爾確實對我提起過好幾次。要不是毒販腐蝕她的尊嚴、以海洛因威脅利誘，我們未必有機會相遇。那人幫了這麼大的忙，我當然不會隨便出賣。

「死者打來幾次？」桑傑問。

「過世之前那幾週總共十九次。」珍奈從抽屜取出餅乾，包裝上印著無麩質無乳糖這行字。「如果她打來過，應該有人記得。而且警察也知道我們不鼓勵求助者總是找同一個志工講話，換個對象也能換個思考點，對他們比較有幫助。」

「是不是該發個備忘錄提醒社會大眾？」我提議道。

珍奈又拋來一個白眼，我趕快轉身回隔間，心裡詛咒她得絕症，而且不要是發展很快一兩個月就死掉的那種，慢慢將老巫婆折磨到求死不得最好。

感覺有點驚險，也算是提醒我應該保護自己。我暗忖往後對合適人選的步調得放慢，但史蒂芬這邊已經上軌道了，先合作完再說。

為了雙方互動效果，我會要求對方遵守五條規矩。倘若史蒂芬打了第三次，也是最關鍵的一次電話，他就不能例外。

第一條是主導權在我這兒。儘管最後要死要活仍是對方的決定，我也無法干預，但必須讓他們清楚意識到：沒有我幫忙，以最小阻礙離開人世的計劃不會成功。

我會提出數據佐證，例如意圖自盡者有四分之三都因為準備不夠充分而搞砸。即使心理做好準備，以為隨隨便便就能割腕就能上吊什麼的然後一了百了，那可大錯特錯。無痛又浪漫的自殺只存在於電視劇，手法錯誤不但不會死，還會造成殘廢或影響下半輩子的創傷。

第二條規則是對方要完全信任我，因為我真的懂。我可以說是自殺方法與手段的行走百科全書。我認真鑽研，搜羅網路、公立圖書館與醫學報告裡所有可行的做法，還參與過自戕的驗屍，從成功和失敗的死亡案例累積知識。

所以我知道怎樣從不那麼高的橋或樓跳下來卻保持最佳死亡率。實際上就算是七層樓，跳的方式不對存活可能性也很高。我還知道什麼止痛藥與鎮靜劑組合起來效果最佳、哪些國家不過問太多直接出口。我也能告訴對方去哪裡購買品質最好最堅韌的繩索、應該以什麼角度捆綁，如何從高空墜至水面致命，霰彈槍管截去什麼長度才方便槍口塞進嘴裡仍能扣扳機。連用什麼電鋸截斷槍管我都能給建議。其他還有怎樣從汽車排氣口接管子、怎樣悶死或勒死自己，以及本地哪些水域有強勁的急流或潮汐變化，無論固定多牢靠的船都會被捲走。我是個專家，這些問題難不倒我。

第三項規定是達成協議後必須五週內實行。五星期這麼久都還無法準備就緒的話，在我看來明顯決心不足，放掉就算了，也不給第二次機會浪費彼此時間。

第四項是詳細計劃交給我。首先雙方對實行方式達成共識，接著我針對所有可能情況做規劃，每次都為對方量身訂做，對細節極其講究：時間、地點、材料成本、購置管道……無所不包。對方唯一要做的是確保不在任何場合提到我或彼此關係，無論紙本或手機筆記軟體都不可寫下我姓名或終點線三個字。

第五項，也是最後的規則：我付出這麼多，要求的回報就一個——透明。我希望分別之前，對方能說出關於自己的一切，包括他們最珍貴的回憶、最黑暗的想法、未實現的目標、深刻的遺憾、齷齪的秘密，他們死後留下了些什麼人，其中誰無所謂誰又會因此受傷最重。我還想知道他們平日怎麼過活，又有什麼事情連好朋友都不能分享。

這過程像是找一片青蔥草地放牧牲畜。給牠們上佳的草料、充足的陽光自然會長出鮮甜的肉。對我而言，瞭解能夠觸動對方心弦的人事物是什麼，他們臨終的聲音會變得無比悅耳，勝過世上一切。

10

大衛死後五個月

去療養院看亨利回來，準備上終點線值班之前，我先繞道過去市區的咖啡廳一趟。

「這邊用還是帶走？」櫃檯後面沒什麼服務熱忱的年輕人咕噥。

那張臉好眼熟，但我想不起來。

看看手錶，離值班還有些時間。「內用。」我回答。

他倒了一杯拿鐵，聽我要匙子還翻白眼。

客人很多，我挑了靠中間的位置坐下，閉緊眼睛仔細聽每張圓桌邊陌生人的交談。只要夠專注，我可以過濾店內其他雜音，例如卡布奇諾機、洗碗機甚至廣播，留下那些對話進入耳朵。

會進入終點線，靈感就來自聽取別人的生命片段。我還記得當時四歲的艾莉絲在客廳塗鴉，咖啡桌上一張張農場動物的圖畫，九歲的艾菲則在旁邊做作業。沙發上的我應該關心她們，心思卻一直被網路自殺留言板吸引過去。起初只要知道自己鼓勵別人終結痛苦能幫到他們就很激動，時間一久便在網路某些陰暗角落累積出名聲，大家知道我研究詳實，可以區辨手法好壞、給出最完善可行的建議。後來還給我取了外號「熱線女俠」，有種被需要的感受。

但線上貼文很分散混亂而且還匿名，當事人不繼續發文之後我無法判斷是自殺成功還是回心轉意，得知結果的機會少之又少，於是逐漸得不到滿足。

網路留言板缺乏人的連結。閱讀電腦字體和實際從聲音聽見痛苦終究不同。我需要汲取他們的焦慮不安、迷茫絕望。所以在本地報紙看到終點線志工人力不足時我起心動念，覺得自己的知識技能或許能貢獻在重要的新方向上。

本著好奇心我親自打電話去試試，發現終點線給的建議和我在網路那種真誠務實的風格不同。我謊稱寂寞得無以復加，認真有了結束性命的念頭，然而電話另一頭沒給我任何建議，女性志工就只是冷靜地關切，提供分析問題的時間空間。時至今日，瑪麗還沒發現自己曾經跟我講過那通電話。

撥了第一次電話、聽了她如止痛藥般毫無立場的可怕聲音之後我養成新嗜好，接著兩星期反覆打過去實驗，這些機器人似的志工無論換誰都給不出別的回應。我用不同主題測試，說自己欠債、被強暴、丈夫外遇、兒時受過性侵，甚至經歷過戰亂，想看看這些誤入歧途滿口糖蜜的人多久才能卸下假面說出心裡話。結果完全沒有，一個也沒有。

正因如此，終點線需要我——總得有人給求助者不同的觀點，認真對待他們的困境。人選合適且有必要的情況，我還願意再多出點力氣，輕輕推著對方跨過那條線。

咖啡店牆上的時鐘聲響喚我睜開眼睛。空杯擺回櫃檯，男孩皮笑肉不笑，我瞟了下他名牌，寫的是托姆。我這才想起來：艾菲手機裡有他照片，他還想要看艾菲半裸的模樣。

從北安普敦市中心走向終點線分部，一路上我心情鬱悶，低著頭拿起手機登入女兒的Facebook帳號。這次收件匣又多了東西，是托姆全裸勃起的照片，背景就在剛才的咖啡廳。看完我氣炸了，氣那男的，也氣女兒居然不刪除。十七歲男子寄情色自拍給十四歲兒童。

交給警察的話事情一定會被輕輕放下，所以我得自己來。

這年頭扯上年輕人和社交媒體的事情都談不上隱密。既然托姆熱衷分享，希望獲得讚賞，那就來看看大家對他那不怎麼樣的陽具會作何反應。這孩子很傻，居然正面入鏡，所以我只要螢幕截圖，以匿名帳號發送到僱用他的國際咖啡連鎖店Twitter上，留下他名字以及工作兼拍照的分店地點。

然後換到我的Facebook假帳號，原本用來調查合適人選在網路洩露多少個人生活，現在將托姆的裸照貼到他自己的動態，也貼到他好友名單裡所有姓氏相同的人那兒，還有他們學校的帳號、各學年家長自己組成的專頁等等。再來回到艾菲的帳號，用她自己的名義貼在動態上，最後改了她的密碼讓她沒辦法刪掉照片。

進了辦公室，我心滿意足，很肯定艾菲和那男孩子的關係已經到達終點線。

11

北安普敦綜合醫院重症病房外，走廊以午後這時段而言冷清得詭異。錯過了探病時間，但我不以為意，徑自去看看奈特有沒有起色。

多年下來進過這兒很多次，都因為遊民常見的疾病：B型肝炎、支氣管炎、足繭感染、牙齦膿腫，以及長期酗酒造成的肝硬化初期症狀。因為免疫系統被HIV病毒破壞了，如今肺結核也找上門，各種疾病交互之後迅速惡化，生理機能持續紊亂。

奈特的健保資料上將我列為緊急聯絡人。無論他遇上什麼難關、惹出什麼麻煩導致生活多慘澹，我始終會伸出援手。東尼無法理解，好幾次要我「放自己好過」別再管他了。但我做不到。

病房房門鎖緊以避免病菌擴散，我隔著跨越三區塊的長窗看了半天還是沒找到他。上回過來，奈特呼吸困難，接受強效麻醉同時讓很吵的機器代勞，臉上被綁了塑膠面罩，管子直接伸進喉嚨，胸口劇烈起伏。那模樣真的令人心碎。

生活困頓的他以前總裹著一層又一層衣服。他跟我說過：寧可全兜在身上，好過脫下來被偷走。可是到了醫院，瘦骨嶙峋的奈特只能披著薄如紙的藍色病人服，體重輕得在床單幾乎留不下痕跡。整個星期我大半時間用來陪他，就像當初陪亨利對抗肺結核。此生不知道多少日子盼著心愛的人能夠戰勝病魔。

我繼續掃視，暗忖或許護理師給奈特做過清潔，身體刷洗乾淨、鬍子頭髮剪短，所以才認不出來。但他肯定不樂意，因為一旦打理整齊，外表就彷彿當年與我同個寄養家庭的男孩。

✦

照顧我們的人叫做席薇婭・休斯，她是我見過最工於心計的人。住在那兒唯一的正面體驗就是學會怎樣表裡不一還讓外人深信不疑。多年下來數十個寄養兒童交到她手上，彷彿她家是個遮風蔽雨的港灣，但真正經歷過的人才明白背後隱藏了什麼目的。

時至今日我還能想起那股哽在喉嚨的恐懼。駐足路口，望向她的公寓，我腳步不由自主放慢。每逢週末我都很害怕回到老舊的十層樓灰色混凝土大樓，就算換了新學校沒朋友也比與席薇婭相處兩天更自在。

與奈特相伴的最後那個週末歷歷在目，一分一秒未曾遺忘。週五下午，我屏息轉動門把，比了十字架祈禱奈特已經在家，然而裡頭寂靜無聲。

社工單位紀錄上，我們兩個住在隔壁，裡面裝潢溫馨，有兩個堆滿玩具的大臥室，廚房冰箱塞滿食物。實際上撇開社工過來做兒童福祉檢查，我們待在那兒的機會少之又少。奈特都說根本是兒童不治檢查才對。我們平常住的地方完全是另一回事。

我踢開堆滿走廊的舊報紙與垃圾袋，拖著轆轆飢腸打開冰箱，一如往常裡頭燈泡壞了結滿霜，只有一塊凍結的起司和一片番茄披薩。

拿去烤熱以後切對稱，正門也在此時打開，席薇婭帶著奈特走進來。我看了心一沉，從他迷懵神情就能猜到被帶去什麼地方。奈特眼睛半開半合、故作若無其事，還恍恍惚惚給我個微笑，但彼此都知道那只是偽裝。十四歲的他明明也快是個大人了才對，身高與骨架卻顯得孱弱許多。那時候我十三歲，發育也不怎麼好。奈特蹣跚走進自己房間關了門。

「學校過得如何？」席薇婭問話同時從我手裡搶走披薩，如蛇吞鼠那般一口吃掉。她捲起T恤露出肚子，皮膚上又有新的針孔，想必已經放棄在手或腿找到尚未萎縮的血管。席薇婭平常都穿長袖上衣掩蓋海洛因成癮的秘密，只不過她還保有生活能力。

「還好，謝謝。」我回答。

「乖孩子，」席薇婭回答之後點燃大麻捲菸走向客廳：「我到隔壁休息一下。」

聽見電視聲音以後我才躡手躡腳靠近奈特房間，靜靜將掩上的房門推開一點。我討厭關上的門。他驚醒過來貼緊牆壁，像充滿恐懼的小動物。

「沒事，是我，」我低聲道：「拿了披薩給你吃。」

「謝謝。」他嗓子都啞了，喉嚨一定很痛，但情緒平靜下來。

兩個人默默坐著吃東西，我努力裝作沒看見他手腕與頸部的瘀青、鼻孔裡乾硬的血塊。奈特將長褲丟在地上，裡頭內褲有好幾處紅色斑點。我知道不必追問究竟是誰對他做了什麼。

隔壁廣播開得很大聲，聲音穿透了牆壁，奈特聽著聽著慢慢陷入夢鄉。我鑽到前面，用背掩護他的單薄身子，配合他睡姿躺下後將他手臂拉到自己胸前。

「愛你，奈特。」我悄悄道，相信兩個人在一起會比較安全。

✦

「哈囉，是莫里斯太太對吧？」

柯尼斯醫生叫喚將我拉出回憶。我沒聽見他靠近，被輕輕按了肩膀一下忍不住向後縮。

「今天來重症病房什麼事？」

「看我朋友奈特。」我回答。

「喔，這樣啊。」醫生露出疑惑神情：「沒聽說他住院的消息。」

「上次他入院，你說他得徹底改變生活環境，不然很擔心以後情況。但我不知道能怎麼幫他，之前求他開始定期檢查CD4細胞數和戒酒，也說可以在家裡空個房間給他保持環境衛生，他就是不肯。」

我說得嘴唇顫抖，下意識蜷曲手指腳趾忍住淚水不潰堤。柯尼斯醫生同情地點點頭，彷彿他明白我遇上什麼困難，已經見識過太多次。

「很遺憾，但妳確實也無能為力。」他笑容帶著善意：「有機會我再幫妳勸勸看吧？」

「嗯，拜託了。」

「交給我。」他說完以後留我自己待在病房外。

我最後還是沒找到奈特，希望他感覺得到我來過。

12

大衛死後五個月又一週

北安普敦婦女會三十多名成員聚集在大霍頓村公會堂活動室內。桌上有一碟餅乾、一壺熱水，她們端著不成套的馬克杯圍住桌子泡茶包或即溶咖啡粉，多數人看上去一條腿踏進棺材了，今天過來是要聽我和瑪麗介紹終點線的志工活動。

珍奈派我和瑪麗過來根本是惡意。她明知道我習慣的是與地方商界交流、申請彩票補貼、慈善或糕點義賣活動之類，和眼前這些年老體衰的人沒半點關係。

瑪麗和她們的共通點比較多。多數老年人讓我不自在，或許是擔心多年累積的睿智與經歷能看穿我。可是瑪麗不一樣，就算我是連續殺人魔，在這房間裡將老人家一個接著一個安樂死，她還是能在我身上找到一抹善良。

兩個人並肩坐在房間前方塑膠椅上，我目光集中於瑪麗，而她則藉由手中五顏六色的提示卡確認接下來討論什麼主題。瑪麗聲音充滿自信，彷彿面對同類所以非常舒適。我只想躲回辦公室接下一通電話。

距離我幫助大衛已經超過五個月。我熱切期盼下一個挑戰。本來看中史蒂芬，但最關鍵的第三通電話遲遲沒來。

理想上一次處理一個最好，不過好比等公車，偶爾就是會遇上兩輛一起來的情況，想要兼顧頗費心力。麥可和海倫娜就是這樣，兩個都是我剛開始遇上的人選。中年男子麥可罹患末期前列腺癌，某個星期天晚上用塑膠袋與瓦斯罐悶死自己。翌日早晨海倫娜止痛藥過量死亡，她二十出頭，與已婚男人有染，對方有兩個小孩，遲遲無法下決心離婚。我幫海倫娜看清楚：她的死亡是對方學習的機會。好人做到底，我後來用那男人的名義在報紙上刊登訃告，不僅留有他全名，還特別強調海倫娜是他「美麗的女友」。

運氣很好，他們告別式選在同一天，而且兩間教堂距離近，走路就可以。都去過以後還來得及準時進辦公室值下午班。

「妳們要受很久的訓練，還是立刻就能進去接電話？」前排腳踝和小腿一樣粗的老婦人問。我很想告訴她：剛開始得上一堆沒用沒意義的課，教大家怎麼違反直覺、只聽不說。但當然我沒出聲。

「嗯，有很多教育訓練，志工得對電話裡聽到的東西做好心理準備。」我回應道：「有些內容很棘手，我們要能應付各種場合。」

第一次去終點線面試，我事前做了功課，查了這個單位期待的心理與人格測驗答案是什麼。面試官問了不少東西，從我對墮胎的意見到我如何回應罹患末期重症卻不想繼續治療的友人。這些問題背後用意是確認面試者思考是否開放、自由、不帶批判。我怎麼可能不批判，只是隱藏了真實自我，在他們眼中給人建議就叫做不懂聆聽。過程中唯一一次失誤是脫口說出「自殺未遂」這個詞，「未遂」在終點線是禁語，聽上去好像犯罪，實際上並不是。

12

我通過面試接受教育訓練，每週一天，持續將近兩個月。指導我的是瑪麗，很快就承認我的能力。她兒子成年了，已經離開父母出國很久，丈夫則喜歡打高爾夫球不愛陪老婆。互動中我感覺瑪麗自己缺乏人生目標生活空虛，易時易地就會追蹤她作為可能人選。

賴活著也沒事，瑪麗決定當個友善聆聽者回饋社會。她身材比我苗條些，但習慣用寬鬆衣物遮掩，而且似乎還活在「修修補補物盡其用」這種二次世界大戰的精神口號底下。我好幾次留意到她打量我的造型，眼神裡有股羨慕，所以總不忘告知自己在哪兒買的、價格是多少。

瑪麗不太上妝，外表就顯老，何況多少填充物都不可能填平她臉上的皺紋。她一頭短髮都白了也不染，似乎徹底放棄外表。陷入自己思緒的時候，瑪麗下意識從左到右扭動下顎，乍看好像想拉正假牙。我的話，寧可死也不想變成她這樣。

訓練期間，我們一起探討假設性的絕望，幫我預期求助者遭遇的問題主要有什麼類型。我原本就不是會為對方打氣、說自己懂他們感受的性格，所以沒什麼需要調整的習慣。

雖然一把年紀，瑪麗卻很好騙。像她這樣總是看別人好的一面，當然會好騙。聽她提起求助者講了什麼恐怖的事情，裝出一臉難過就成了，私底下我則是巴不得她趕快放手，我想親身體驗那些人的苦痛。

好不容易訓練結束，我還得壓抑興奮情緒。求助者不一定有自殺念頭，終於等到第一個人選出現，我握緊拳頭才沒像海獅那樣手舞足蹈。一開始的八次值班還是試用期，瑪麗都會戴著耳機聽電話內容，偶爾會在便利貼寫她建議的對話方向遞過來，掛斷後也會做回顧、提出有建設性的意見。至少她自己覺得有建設性，對我而言是浪費時間胡說八道。蒙混過去之後，瑪麗不再背後監控，我終於可以大展身手。

志工有很多必須遵守的規則，絕大多數我也照著做。儘管不認同，為反而反並沒多大意義，保持低調才不容易暴露真實面貌。保險起見，我等待了三個月還四個月才採取行動。

網路留言板部分我沒有直接放掉，仍舊每週上去看文回文、與聊過的人繼續談話。不過終點線提供了原本沒有的機會。

「晚上回家都是什麼感覺？」北安普敦婦女會坐後排的人發問：「會不會擔心講過電話的人？」

我從不忘記別人聲音，所以認得她。她打來過，我接的，講了些信用卡卡債問題，看樣子錢並非都花在衣服上。

「有些求助者需要的時間比較長。」我回答時想到大衛，想到我找來與他同行的女性。只有這兩人的葬禮我沒去，連照片也沒看過。即便如此，他在我心上的烙印比誰都深。

13

我討厭這棟房。

掃視所謂開放空間，擺滿幾乎沒用過的東西，五十二吋高檔電視沒開過幾次，雖然有八人份大餐桌和椅子卻沒人在那兒用餐，兩條L形沙發同樣很少有人坐上去。花了兩萬英鎊的廚房做好名牌系統廚具，檯面是人造大理石、地板則是貨真價實的義大利大理石，全都不到兩年，簡直剛開箱，新穎美好卻又淺薄空洞。這家裡什麼都不缺，唯獨少了愛。我怎麼也想不起上回什麼時候五個人共聚一室了。在家裡待越久感覺牆壁越陰暗，我厭惡這房子造成的種種改變。

鼻涕聲劃破沉默，本來縮成球睡在窗臺的貓咪醒過來。本來我以為只有狗會熱情迎接主人回家，但嗶啵一聽見東尼的車駛近就會衝過去，門一開就發出呼嚕聲用頭拚命蹭他腳踝，然後我老公給牠的關注比給我還多。可惜今天嗶啵也得一起等。我坐在早餐吧檯前盯著烤爐，一下子竟想不起來自己要做什麼菜。

用WhatsApp發了群組訊息想確認三人位置，但沒人回應。大概去了沒有訊號和WiFi的地方。之前我將收到的信整齊擱在廚房檯面上，按照大小排列，但順序被動過了，應該是東尼翻過。

我打開收音機，找到喜歡的一九八〇年代音樂臺，惠妮．休斯頓問「我怎麼知道」，舞韻合唱團也想知道「那女孩是誰」，卡莉．賽門跟著問「為什麼」。那個年代的歌星好愛問問題，而我只想知道自己的家人究竟在哪兒？

六點鐘，夜間新聞開始了。我猜東尼出了辦公室，去健身房打沙包發洩精力。最近大概又在為白領拳擊錦標賽做準備，一群志同道合的辦公室族群自己按照規則組織比賽。我們摩擦多的時候，他就花更多時間練習。他明言表達過叫我別去觀戰，我忍不住溜進美生會所❹躲在暗處，他的每一拳、每次痛擊對手都令我越發亢奮。

艾莉絲應該還在課後才藝班，再一會兒就會由同學的媽媽送回。艾菲可能倒在朋友肩膀上，泣訴托姆怪她廣發自己裸照造成奇恥大辱，兩人感情自然是吹了。還有個可能是東尼沒告訴我，自己帶兩個女兒出去吃披薩。我已經見怪不怪。

他們三個親密互動，卻將媽媽晾在一旁，好像我是這齣話劇裡無足輕重的配角，這樣的場景我居然已經無感了。不能怪兩個丫頭，是東尼把她們慣壞了。他親自給女兒安排生日派對、遠行出遊，花太多時間聽艾莉絲和艾菲說那些生活瑣事。我壓力很大，總得想辦法做做樣子，好像自己對她們那些鳥事感興趣，否則別人會覺得做母親的不關心孩子。但我就不像東尼那麼投入。

我確診癌症前不久，他和我之間的距離從細縫擴大為裂谷。在樓梯擦身而過時，我已經不值得他在頰上留個輕吻。東尼換上運動服裝時，我稱讚他看上去依舊帥氣，然而他一句好話也懶得回，我還得裝作內心沒受傷、說自己喜歡從他左手腕慢慢延伸到肩膀的那一條刺青。其實我覺得好醜。

以年屆四十的男性而言，東尼體態令人稱羨。換房子之前，夏天他帶人到家裡烤肉的時候只穿無袖上衣和工作短褲露面，那些朋友的妻子不停拋媚眼。畢竟自己老公已經有所謂的「爸爸肚」或啤酒肚，她們看到東尼這樣的男人沒大口喘氣就很能忍了。之前我覺得她們很可憐，現在覺得身材走樣的老公至少會陪在身邊。東尼不會，他離我好遠好遠。

我給自己再倒一杯梅洛葡萄酒。東尼上網加入品酒俱樂部，後來一直忘記取消。我不禁問自己：倘若與丈夫更有共鳴，是否就能察覺那個關鍵的轉折？究竟是在什麼時刻，東尼看了我一眼，心裡覺得我已不是當年他願意娶回家的女人？

我最後一次試著挑逗東尼時，兩個女兒在花園和亨利玩。我跟著老公上樓，他已經搬到空房間幾星期了，當下我還安慰自己，認為是他剛成立保險經紀公司壓力太大的緣故。但不知怎麼，本該只是暫時，卻被他視為常態，完全沒問過我意見。

我悄悄跟過去，趁東尼換下工作西裝來不及阻擋，自己一手滑到他褲襠前、另一手摟著他的腰。

「妳幹嘛？」他語氣很不耐煩。

「你明知道的。」我一邊說一邊伸手探進他內褲撫弄睪丸。

「妳也知道我是什麼意思。」

我能感覺到他的慾望，可是他不斷壓抑，扭來扭去把我手擠開。我才不會輕易放棄，於是解開上衣釦子。換作從前，他自己衣衫楚楚的時候更覺得我的裸體很性感，那個反差特別撩撥。

「夠了，蘿菈，我說了沒空。」

---

❹又稱共濟會。

「你總是沒空。」我嘆息：「只對我沒空。」心中有一部分很厭惡自己，人家不想理我了，我為什麼巴著他求魚水之歡？但我捨不得和他的種種。

「妳太閒的話不如去陪陪孩子，別來煩我。」

「這話什麼意思？」

他沒回答。

「是覺得我在終點線花太多時間？如果是，我可以少值班啊。」

「妳愛怎樣就怎樣。」

「以前你不是這樣。你不肯說的話，我們關係沒辦法改善。」

「有些事情回不去。」

一股噁心感湧上。「我不懂為什麼你要這樣對我，我們結婚都將近十六年了，哪對夫妻不需要磨合……」

「磨合？妳真以為這叫做磨合？」他壓低聲音，不讓孩子們隔著窗戶聽見，朝我露出前所未見的鄙夷神情。

「我全知道了，蘿菈。」東尼低吼：「我知道妳到底是怎樣的人、也知道妳過去幹過什麼好事。我全都知道。」

我凝望他，覺得自己兩條腿快要站不穩。他應該不是在說我以為的那件事情才對吧——

「你……你究竟在說什麼呀？」我結結巴巴。

「妳把自己以前的社工紀錄藏起來，但我找到了，也他媽的全看過了。」東尼一下子凶暴起來：「打從剛認識妳就騙，一路騙到今天。妳和奈特……和那傢伙在寄養家庭發生的事情打算瞞多久？我娶的究竟是個怎樣的女人？」

我後退一步，膽汁湧到喉頭幾乎進了口中。我保持鎮定，即使他這番話如碎玻璃飛濺，劃得我渾身血。

「妳無話可說對吧？」他繼續逼問。

沒錯，我無話可說，只能詛咒自己。早就知道揭自己瘡疤是個天大錯誤，但化作白紙黑字之後儘管傷人、儘管扭曲事實我還是捨不得丟掉。所以我將檔案藏起來，之後才有機會再拿出來讀，無盡地折磨自己。卻沒料到會被東尼發現，難怪他變得如此疏遠，即使我對他滿眼愛意，他卻時而回以憎惡目光。

汽車引擎聲將我拉回現實。我伸長脖子想看看是不是丈夫回家，結果是隔壁那對臃腫夫妻。東尼可能還要很久，得等我上床睡著才帶女兒進門。

烤爐響了。我戴上手套端出大鍋，掀開蓋子以後才想起自己燉的是雞。給自己盛一碗，剩下的保存好，他們餓了可以熱來吃。大概沒別人會碰，冰箱裡早就堆滿保鮮盒，四人份的菜餚總是一個人吃。

14

大衛死後五個月又兩週

「如果你覺得自己狀態不會好轉，能期待的最佳結果是什麼？」我問史蒂芬。

一如所有問題，音調寧靜祥和充滿關愛，但話語底下藏著玄機。我盯著牆上時鐘的秒針，計算他花多久給出回應。距離他開口經過二十四秒。

「某一天早上，我就不再醒來。」

「你不想醒來，」我重複他的說法：「我明白了。」我確實明白，同一個念頭這麼多年裡反覆閃過我腦海，次數多得數不清，只是我堅持走下去。

「妳不問我有沒有活下去的理由嗎？」他問。

「你希望我問嗎？如果我找些理由給你，你聽嗎？」

「應該不想。」

「所以我就別說教了。既然你思考很久，結論是結束生命，我沒資格說你錯，終點線也不是為此設立。我不會嘗試將你拖出深淵，而是下去深淵陪你。有想過怎麼做嗎？第一次談話的時候，你提到讓火車輾過去的方法。」

「改變主意了。」

「現在的想法是？」

「上吊。」

我眼睛一亮。約六成男子選擇吊死作為自殺手段，我卻還沒遇見過，自然興奮了起來。目前紀錄上，八個人死於非法或處方藥物過量，三個人跳樓，四個人失血過多。

先用幾秒穩定情緒我才開口：「預計在哪兒動手？」

「自己房間。我住的小屋有拱頂和木梁，用拉單槓測試過，撐得住我體重。說老實話，還真找不到更合適的地方。」他聲音活潑起來，彷彿向父母賣弄的孩子。

雖然花得比較久，史蒂芬終於再次找到我，我也很樂意聽聽他有什麼打算。感覺比之前更認真尋死，或許中間這段時間都在思考做法。

辦公室門打開，柔伊走進來以後給我一個燦爛微笑，口紅都要沾到牙齒了。她又比了大拇指以後才找位置坐下，在距離我兩張桌子遠的地方打開包包取東西。沒看她用過這種長方形書包，之前只是懷疑，現在能肯定她是女同性戀。我將話筒挪近嘴巴，開始字斟句酌，免得被柔伊聽見。

「你為什麼選擇……這個方式……而不是其他辦法呢？」

「我覺得最快最方便，也不容易出差錯。」

我搖搖頭，暗忖這就是為何如史蒂芬的人需要自己。太天真了，如果沒有詳細研究審慎執行，任何方法都不會又快又方便，但現在有很多變數他都沒考慮進去：如果是下墜式的吊死，人會立刻昏迷、隨即死亡，只有這種情況才能稱作「最快最方便」。但老屋的梁柱恐怕沒達到必要高度，換言之史蒂芬只能墜落幾呎，要是操作有誤差就變成漫長痛苦的死亡。有好多東西得教他。

「已經買了繩子回來，看YouTube影片練習打結。」他繼續說。

「可能沒有那麼簡單喔。」

「怎麼說？」

我偷偷瞥了下柔伊，她開了Snapchat和人聊得全神貫注，在自己照片上加了兔耳狗鼻發出去，對方心靈一定也尚未發育完成。

「你現在說的方法太簡陋了，很多細節沒顧慮到……」我低聲回應：「確定要走這路線的話，下次可以一起檢討改進。」

「妳會幫我？」

「之前就說過了，我的職責並非勸阻你，也不必說服你接受我的價值觀。我就是聆聽而已。」

「那可不可以……？」他聲音飄遠。

我想等他自己說完，但遲遲沒等到。「大衛？」我問：「還在嗎？」

「大衛是誰？」

「抱歉，我是說，史蒂芬。」我狠狠掐自己手臂：「你剛才說『可不可以』什麼？」

「我動手的時候，可不可以要妳陪著？」

每次有人這麼問我都心花怒放。

「假如你需要人陪伴聆聽，我很樂意。」

「不是講電話。」

這句話猝不及防，我心想自己是不是誤會什麼。

他遲疑片刻再次開口：「蘿菈，我是說，我上吊的時候，妳願不願意陪在我旁邊？到我家來，可以嗎？」

15

鬧鐘響了但我沒醒過來，也沒人覺得該叫醒我。下床的時候屋子裡安安靜靜冷冷清清。

走過東尼佔用的客房時，我想著他睡著的話是否就能再次感受溫暖的氣息拂過自己頸子。這時候手臂擦過樓梯間牆壁，留下一抹黑色污垢在白色睡袍上，我暗罵之後將衣服扔進洗衣機。得洗三十分鐘，我穿著睡衣坐在早餐吧檯等，拿了兩盒草莓優格出來吃。明明是艾菲最喜歡的點心，卻放到快要過期了。睡袍在機器裡翻來覆去飽經拉扯，一如接過史蒂芬上次電話的腦袋。

我滿腦子都是那個提議：他死的時候，我親自在旁邊看著。過去三十六小時，我試著分析這件事，但總有其他思緒摻和進來攪得亂七八糟。大都與他有關。

通常人都不想自己一個人死。大多數協助過的人會開口感激臨終前有我聽著電話。其餘少數太自我中心，沒考慮到我的需求，只能事後從報紙得知。然而包含大衛在內，至今尚未有人希望我前往現場。史蒂芬這要求史無前例。

*蘿菈，我是說，我上吊的時候，妳願不願意陪在我旁邊？到我家來，可以嗎？*這句話不斷在心中迴盪。

當下我用力眨眨眼搖搖頭十分錯愕，趕緊戴上那副冷靜專業的假面。

「這……這恐怕不合適。」我回答。

「抱歉。我只是……怕會做錯。」他語調似是對我很失望。

「我瞭解，換作我大概也一樣。但如果你有需要，我可以一直在電話這頭陪著。」

「我希望妳親自來，看看我有沒有什麼地方做得不夠好，確保事情會順利成功。然後都最後了……妳懂的……不想一個人。」

「對計劃有遲疑嗎？」

「沒有。我沒有。就只是，嗯，妳懂我。不像那些心理治療或諮商師，老是跟我說活著很有意義，開一堆藥物害我腦袋昏沉。妳這才叫做關心。」

「我的確關心。」很開心他能這樣看待我。

「可以考慮看看嗎？」

「不行，史蒂芬。很抱歉，你要求我做的事情違反法律，而且完全不道德，我會惹禍上身。」

一陣尷尬沉默，雙方都不知怎麼接下去。「妳說得對，我很抱歉，不該問的。」他最後開口：「沒有下次了。」

「沒關係的。」

「那先這樣吧。」他掛掉電話。

話筒緊緊貼著臉，電話線嘟嘟聲刺進耳朵，我身子僵硬動不了。內心的理性對他的邀約嗤之以鼻，覺得他陷我於不義。但同時我其實又很興奮——於是焦慮。

「還好嗎，蘿菈？」桑傑問：「妳呆了好久。」

滾一邊去別煩我，我很想這樣回他。需要一點時間分析史蒂芬說的話。

「嗯，剛才的對話有點敏感，」我說：「就跟強暴有關。」

「要不要去會客室那邊休息一下聊聊天？」

「沒事，我還好。謝謝。」

我苦笑一下趕緊起身躲進洗手間，朝臉上潑冷水之後拿紙巾拍乾，望著鏡子倒影補上唇膏與粉底。

當然不行！他怎麼會以為可以？拜託，妳是個有家庭的人，有老公小孩要顧。他一無所有，而且放下電話究竟是怎樣的人誰知道呢，說不定根本是瘋子。傻了才會答應他。

洗衣機嗶嗶叫，提醒我清洗完畢。我將微濕的睡袍丟進滾筒乾衣機，還放了一個肉桂貝果烤熱。

拒絕是正確決定。親自出現在史蒂芬自殺現場太荒謬太危險。

16

「抱歉，沒有他床位資料。」男護理師在電腦上查詢奈特的病歷：「妳確定不是別家醫院？」

「怎麼可能弄錯，我看起來有那麼笨嗎！兩星期之前還來過，他躺在重症病房裡呀。再找找。」

他繼續搜尋，最後仍是面露抱歉聳聳肩。可以的話真想翻過櫃檯揍人。我來看奈特，醫院卻告知他不在病房。我擔心最壞的狀況，急急忙忙跑到護理站詢問，然後恐慌就被無奈取而代之——看來他還沒死，卻自己出院了。

鼻頭一酸，心裡氣了起來，熱淚滑落臉頰，我快步走回車子鑽進駕駛座，心思又從此時此地飛向寄養家庭的最後那個週末。

還記得席薇婭以前就在早餐時要奈特服下某種液體麻醉藥，不過那天劑量更甚過往。

「這樣你能放鬆更久。」她將褐色玻璃瓶遞過去，要奈特一口氣喝光。奈特乖乖照做，喝完苦得五官全皺在一塊兒。有一次他趁席薇婭沒注意到偷偷吐掉，後果是承受超乎想像更加劇烈的肉體摧殘。後來他總說席薇婭事事替自己著想，或許是想安撫我吧，但彼此心知肚明。液體很快生效，奈特力氣盡失四肢垂下，他似乎根本不知道週六早餐後不久有人進門帶走自己。

幾小時過去，他被送回來，睡得很焦躁。我過去他房間陪著，希望他醒來以後看見的第一張臉是個愛他的人。

我耐心等候，期間玩了他的玩具車，用他的樂高蓋一座有大窗戶和花圃的夢想家園——都是星期三晚上那位訪客送的禮物，每次會帶走奈特好幾個鐘頭。我本來就不喜歡給女孩的洋娃娃、塑膠小馬那類東西，也討厭席薇婭要我穿的衣服。尤其那週末更不明白，她為什麼硬要我換上一件下襬繡了白色小花的可愛裙子，T恤也緊得袖口嵌進腋下，突顯才開始發育的胸部曲線。

奈特傍晚醒過來。儘管客廳沒什麼東西，我們自得其樂，猜起電視畫面外頭被砸爛的東西是什麼。我很專心，所以沒發現沙發扶手的泡棉內裡都被我刨出來了。我們也愛看旅遊節目，想像兩個人周遊列國，去了任何一個不是這兒的地方。

席薇婭終究會回來。這次不是只有她，空氣彷彿剎那間染黑。

「要有禮貌，和我的朋友打招呼啊。」席薇婭一副稀鬆平常的口吻。她隨即察覺我們的緊繃，但又希望我們表現乖巧，於是瞪大眼睛。奈特和我仍舊沒反應，她身後三個男人的目光射過來。

陌生人注視我們，皮笑肉不笑。我見過的人裡沒有人微笑是發自內心，除了奈特。可是我發現奈特眼睛裡的光芒逐漸黯淡，也為此十分悲傷。那時候他是我的支柱，卻被其他力量拔起來越拖越遠。

奈特拉住我。我仔細觀察不請自來的三人，其中兩個皮膚黝黑、留著已經花白的鬍子，身上衣服寬鬆。另一個比較白，儀容整齊，深色頭髮往後梳，皮膚很光滑，還有我從來沒見過那麼亮的皮鞋。

「奈特，這兩個朋友想請你坐他們車出去兜兜風？」席薇婭繼續道：「你很喜歡汽車對吧？

總是拿著玩。」

奈特盯著那二人一臉狐疑，心裡已經知道對方想幹嘛。

「蘿菈，另外這位想帶妳出去逛街。」她轉頭望向衣著體面那人：「我沒說錯吧，她是個小可愛。」接著又朝我使喚：「起來給人家看看妳的裙子。」

「外面商店都關了不是嗎？」我怯生生回答不肯起身，但看見奈特勉強站立，感覺之前的傷還在痛。

「別碰她，我一個去就好。」他說。

席薇婭蹙眉：「你說什麼？」

「我去，別動蘿菈。」

「什麼時候輪到你來教我怎樣養小孩了？」席薇婭吼道：「我供你們食衣住行，現在她大了不就該自力更生嗎！」

「不准！」奈特大叫。

我沒見過他這麼生氣的樣子，同時眼眶也紅了，真的不願被陌生人帶走，只想留在奈特身旁。他承諾過要保護我直到我們長大可以一起逃走，也真的挺身而出。席薇婭驀地向前一竄，從沒見她動作快到這地步。她出手要抓走我卻被奈特撞開。席薇婭怒火越發熾烈，反手往奈特側腦揮下，他身子朝後彈向沙發。

三個男人默默旁觀。奈特再站起來衝到席薇婭和我中間，席薇婭伸長脖子往門口嚷嚷：「想帶他走的話就過來幫忙呀。」但他們還沒來得及進門，奈特手臂卯足纖細身子全部力氣轟出一記直拳，拳頭打在席薇婭太陽穴上。她重心不穩，往旁邊一摔，恰巧撞在壁爐架然後滑落地板，還沒來得及掙扎又被奈特高高舉起的白瓷菸灰缸往額頭砸。

三個陌生男子一溜煙跑出公寓遁入暮色。奈特和我動也不動盯著席薇婭，她臉頰和脖子灑滿菸灰菸頭，垂死那口氣嚥得又快又順，感覺不到辛苦，而我對於眼前這結果也沒有半分遺憾或悔恨。

確定她不會起來了，我們匆匆回房將乾淨衣服連同牙刷、一塊香皂一條毛巾裝進垃圾袋就離開這裡亡命天涯。第一天晚上兩個人依偎彼此，直接睡在達勒波修道院附近，即使森林陰暗冰冷也感覺比席薇婭的公寓安全太多。可惜第二天就被兩個女警給找到。

到警局接受調查時，我們一五一十陳述怎麼會誤傷寄養媽媽、但她又是如何對待我們。結果大人們卻認為都是謊話，當我是單純好騙的小娃娃，被稍微年長的男孩牽著鼻子帶壞。無論我多激動解釋都沒用，他們不相信奈特只是想保護我，以法律嚴格制裁。

辯護律師根本不體諒當事人還年幼又傷痕累累，說服奈特認了殺人罪。他被送到少年監獄，長大了刑期未滿就被移送成人監獄。出獄重返外界社會已經二十好幾，身心劣化到無藥可救。同時間我則繼續在寄養家庭之間流連，有幸找到東尼作為心靈支柱，奈特卻只能靠酒精支撐下去。

離開醫院走進停車場，我繞了以前找到過他的地點：公車站、超市後面的廚餘桶、遊民中心、公園長凳以及一排即將拆除的廢屋。只要能見一面，確定他平安就好，但奈特完全隱去了自己蹤跡。

17

瑪麗皺紋滿佈的雙手捧著一杯洋甘菊茶，閉上濕潤的眼睛。為了忍住淚水她不斷擤鼻子，聽得我煩死了，好想賞她兩巴掌叫她振作點。但我只能咬緊牙關，伸手擱在她肩上，還得擔心肝斑會不會傳染。

我們坐在終點線會客室的沙發上。這房間很少用，原本設計給親自來訪的求助者。有些人不想打匿名電話，寧可與志工面對面。會來的人過得悲慘，悲慘氣氛也沾染在這環境上。牆壁掛著褪色複製水彩畫，白色塑膠架子堆了狗啃的建議小冊。一扇門上了掛鎖，連接隔壁棟已經沒人的辦公室。

頭頂上，監視攝影機冒出微弱難見的綠光，代表我們的對話不會被錄音。瑪麗就是個人畜無害的傻子，若換成案件當事人則不同，樓上會有同事開啟監控並記錄我們的談話。

「他很堅決要自盡。」瑪麗啜泣：「我問了能想到的各種開放問題，希望他找到什麼人事物以後覺得生命還值得，但他心意已決。」

「妳也明白的，妳的責任並不是給他們增加信心或改變人生觀呀。」我回答：「他們最不想聽到的，反而是妳表達反對。這樣的人常常都是害怕走的時候還孤孤單單，只求生命最後一刻像個普通人。」

「我聽見他在房間做準備。他說話的時候還……很正常。但接著就聽到他吞一大堆藥慢慢等死……我到現在還是沒辦法習慣這種事情。」

「大家都遇到過。我們懂的。」我嘴上這麼說但當然不是實話，像我可就對這種人沒什麼同情，反過來倒是挺惱火瑪麗居然搶走這通電話。死亡不該落在這種不懂欣賞也不配的老女人懷裡。

志工接到特別沉重的電話以後容易陷入低潮，依程度分為一級到五級。珍奈留意到瑪麗情緒不穩，判斷為四級，按照規則暫停值班，由同儕進行諮商輔導，當下倒霉沒接到電話的我責無旁貸。

「雖然這樣想很不應該，但講到最後我好想掛電話。」瑪麗坦白告訴我。我又想給她兩巴掌，這次力道會大得讓她一口假牙飛到房間對面。怎麼可以不聽對方嚥氣，那不等於演唱會排隊好幾個鐘頭，結果歌手才上臺就回家？「他喉嚨發出咕嚕咕嚕的摩擦聲，好可怕，我差點嘔吐。就算他最後是噎死也不奇怪。這樣子離開世界太悲慘了。」

這倒是個很有新意的點子，連我這種資深研究者也沒想過。我回心轉意，默默感謝珍奈給我這個機會，讓我陪著瑪麗重新體驗那通電話中滿滿的苦痛。

✦

「真的很抱歉。」

同星期過幾天史蒂芬打來跟我道歉，我相信他發自肺腑。

「沒事。」我回答。

「怎麼沒事呢，我不該讓妳為難。真不知道那時候自己怎麼了，後來幾天都很過意不去，覺得該告訴妳一聲：我知道自己那樣不對。」

「沒關係，史蒂芬，我不會批評你的。你想說什麼，都可以告訴我。」

「但妳需要的時候，誰來聆聽？」

我愣了愣。最早是奈特，後來是東尼，前陣子是大衛。目前唯一會聽我說話的，剩下亨利。

「有朋友和同事。」我回答。

「家人呢？」

志工守則是盡量不要回答私領域問題，以免答案不慎觸碰到求助人傷痛。不是叫我們撒謊，回答時斟酌就是了。

「有啊。」

「我在想像現實中的妳是什麼樣子。」

「為什麼？」

「試著在腦海勾勒出妳的模樣。我想像中的妳是年紀稍微大一點的珍妮佛・勞倫斯。不會生氣吧？」

「怎麼會。」我咯咯笑，感覺兩頰應該紅了：「就算『大一點』還是太恭維了，可惜我哪能和她比。」

「有小孩嗎？」

「有。你呢？」

「沒有。」

「有想過當爸爸嗎？」

「我自己沒爸爸，也就不知道怎麼當爸爸，應該會搞砸。」

「人有當父母的基因與本能。」以前做心理諮商，在等候室裡的雜誌讀到這句話。我自己不信，但抄在筆記本後面以供不時之需。

「以前是有個人，我想勉強算是我想成家的對象吧。」史蒂芬說。

「願意跟我聊聊她嗎？」

「就溫柔、可愛，我也覺得她很愛我。不過她忽然就消失了。」

「真可惜。」

其實我一點也不覺得可惜，只覺得開心。史蒂芬願意在我面前暴露自己的傷痕，代表他說的話夠真誠。我好幾次故意將話題兜回他講過的生命經歷，想聽聽是否會有前後矛盾，但每次幾乎都是原句照搬。

即使如此也無法確認他說的全是實話。既然我在大家眼中是另外一個樣子，別人自然也可能做到。真正可惜的是我對史蒂芬所知不夠多，無法暗中調查。能像信任大衛那樣信任他嗎？

每次與史蒂芬講電話，我都不由得想起逝去的朋友。這次我下定決心不要被感情左右，之前癥結點就是我讓大衛走進自己心裡。原本以為他跳下懸崖，身體被海浪捲走，彼此的關係也會劃下休止符，我能自己繼續前進。然而至今他的聲音依舊出現在吹拂枝椏的和風、填滿空白的音樂，重疊在電話彼端史蒂芬的傾訴中。或許史蒂芬的出現和邀約是命運使然，如果我親眼見證他自縊身亡說不定就能走出陰影。

轉頭一瞥，雙眼仍然浮腫的瑪麗穿上破外套拿起提包，儘管老公好多年沒給過正眼，她終究只能回去那空巢。剎那間彷彿看見自己未來，明明認識那麼多人卻又那樣孤單，生活定型之後失去冒險的勇氣。太叫我害怕。

她無法承受在電話裡聽見別人死亡，但我可以。我知道就算親眼見證都沒問題。於是我做了決定，並祈禱不會後悔。

「我答應你。」

「什麼？」史蒂芬問。

我朝話筒悄悄道：「如果你是認真要結束生命，那我會親自過去陪你。」

18

大衛死後六個月

「不如跟我說說，你是怎樣走到今天這步田地的？」我隔著電話問史蒂芬。啜飲一口熱騰騰的薄荷茶，安坐在椅子上，拿出藏在包包裡的筆記本，我靜靜聽他填補故事中的空白。

史蒂芬並非身心虐待受害者，沒有任何成癮問題也沒有欠債，可以說最常見的自殺動機都已經排除。但四分之一英國人都曾經歷過憂鬱症之苦，他也一樣，而且從中學時代就三不五時發作，情況越來越嚴重，逐漸將整個人生拉進去，影響課業及考試成績自然導致工作不如己意。初次聯絡到我時，史蒂芬已經罹患「精神症憂鬱」長達兩年，無法擺脫幻覺與妄想。

其實他很堅強，沒有馬上認輸投降、向命運低頭，願意接受治療並服用與字母一樣多種類的藥物對抗那顆腦袋。有些方式能夠暫時改善，卻讓他覺得活得朦朧虛幻不真切，而且看了那麼多醫生都無法想像下一個二十八年會比頭一個更好。史蒂芬認為自己活著只是消耗資源，不能對誰提供貢獻。

「妳從這件事裡得到什麼好處？」史蒂芬突如其來這麼問：「費了很多心思幫忙，卻只要我說這些自己的事情。沒別的方法回報嗎？」

他很體貼，令我感動。從來沒人想到這一點，連大衛也不例外。

「不必，」我回答：「我只需要你的信任。」

「我有點好奇：妳有為別人做過同樣的事情嗎？」

「嗯，有過。」

「是怎樣的人？」

「你會希望下一個我選中的人認識你嗎？」

「唔，是不會。」

「那就得尊重他們的隱私。」我稍微猶豫才繼續：「不同的人要以不同的方式加以協助，人生太辛苦了不必形單影隻。有的人只是略微走偏，幫忙拉回正途就好。但也有人偏得太遠，再也找不到路，這時候就需要我。」

「妳之前叫我大衛。他是和我一樣的人嗎？」

感覺像是皮膚被蕁麻扎了那樣刺痛。「對，我幫了他。總覺得你和他有點相似，所以才會不小心叫錯。」

我觀察辦公室內其餘人。兩個到廚房趁著燒開水時間閒聊兩句，一個在接電話，珍奈坐在主任室內對著螢幕全神貫注。她背後一個畫框玻璃倒映出螢幕上轉動的輪盤，從表情判斷手氣應當不大好。

「先回頭說說之前講的事情吧。」我先詳細解釋繩結得綁在頸部何處：「如果位置不對，人都有本能，你沒辦法靜靜掛在那兒直到昏迷，一定會掙扎、抓繩子，想把自己解開，結果要承受很多痛苦，得花五分鐘時間才失去意識，再過二十分鐘才會死。」

聽見他抄筆記的聲音我十分滿意，自己心裡也列出待辦清單檢查表：史蒂芬死後我得好好搜一遍屋子，確定沒有留下雙方聯繫的證據，包括隨手寫下的字條揉成球丟進垃圾桶、或是在什麼地方記下我名字之類。同意協助他以後，得叫他買不綁約易付卡手機作為聯絡管道，他死了以後也要確保東西不會被警察找到，尤其不能像香緹爾那次還存有終點線的號碼。

「可以趁……計劃開始之前提件事情嗎？」史蒂芬說。

「當然。」

「自己都覺得尷尬，但到時候妳能不能……抱……我？不用聊天、也跟性無關，只是我已經想不起來上次在別人臂彎裡是什麼時候了。」

我張開的雙唇輕輕顫抖。「好。」儘管試著壓抑情緒流露，但我懂他的感受。

19

大衛死後七個月

睡夢中我驚醒，頭腦迷迷糊糊，但依稀記得自己喊了「不要」。上半身坐直了，房間好暗，我轉身想從東尼得到慰藉，一時忘記他早就不睡這張床。還好瑜伽課學來一些呼吸技巧，我想著亨利那張漂亮臉蛋慢慢鎮定下來。

答應史蒂芬會去現場之後，我幾乎每天都睡個兩小時就忽然醒來思考。即使故意挑傍晚去上尊巴和槓鈴有氧課程消耗精力，結果卻只造成腦內啡暴增、三更半夜睡不著。

我開始檢討針對合適人選設下的五條規則，因應史蒂芬這個特例做了些修正，畢竟也是第一次獲邀親臨現場監督別人自殺。儘管他這種立場的人都能得到我的信任，我還是得保護自身安全進行管控。我吩咐他過程中任何時間點都不可以有別人參與，而且他家中所有物件位置必須與事前報告相符，只要察覺一點風吹草動我會馬上離開。

時鐘顯示清晨四點二十七分。心頭焦慮化不開，我需要丈夫的安慰，躡手躡腳進了走廊，穿過女兒們的房門，雖然都沒關緊但裡頭太暗看不清楚。東尼房裡窗簾沒拉上，橘黃色街燈光線流瀉至壁紙上。我悄悄走到床邊，赫然發現床鋪還是早上鋪好的樣子，四個裝飾用的墊子直立在枕頭上，根本沒人上去過。他沒回家。

雙手下意識合在嘴唇前，看起來像是在禱告。東尼去哪兒了？更重要的是：他和誰在一起？我走進廚房，從冰箱內建飲水機倒一杯喝，試著克制內心那股不安。我又從充電座拔下手機，看看東尼有沒有傳訊息、是不是我睡著之後留了言。什麼也沒有。

只能拿起平板看看自殺討論區，以前閱讀其他人的苦痛、回答他們問題能幫我放鬆，這個早上失靈了。

最後我只能認輸，垂頭喪氣上樓更衣再出門。

✦

風勢大得像是朝我臉上呼巴掌，然後在我頭頂繞一圈把馬尾吹向四面八方。上次我就領略到了這麼高的地方就算八月也很冷，今天特地準備一雙格紋手套、一條格紋圍巾保暖。我站在安全護欄後方，距離下面停車場兩百英尺遠。

自我有記憶，哈特利酒店就一直是北安普敦市區風景的污點。二十五層樓怪異高聳的建築，除非閉眼睛走路否則怎麼可能不看到。我什麼人也沒理，徑自穿過桃花心木大廳，搭乘搖搖晃晃的電梯直衝最高層，登上瀰漫霉味的階梯走向綠色安全門燈號的另一頭，便抵達了酒店大廈的頂端。

第五個人選艾莉諾告訴我這地點。她曾經站在柏油地板上我現在的位置，抬起腿翻過圍欄然後墜落地面。後來我偶爾也來這兒確認這世界是否還需要自己：靠著生鏽圍欄就好，如果金屬桿扭曲斷裂了代表命運要我離開這世界，並非自己的決定。如果待得好好的，代表上天對我還有期待，我就繼續為世界收拾不幸福到無藥可救的人。

有時候，特別是亨利被送走以後，我忍不住向前多靠些，期待重力在拔河中勝出。艾莉諾讓我聽見她受到衝擊死亡嚥氣的瞬間，我之所以沒學她一方面因為心中還有支柱，另一方面則是沒人會聽見我最後那口氣，感覺太浪費。

年紀還很小的時候，我就認為人死前最後那口氣是世上最美妙的聲音、也是從此生遷徙至來生的象徵。與人選相處，鼓勵引導他們選擇死亡，他們此生最後的聲音令人心醉神迷，是無可取代的報酬。我第一次聽見這種聲音，出處是母親的嘴唇。

這麼多年以後我自己也差點死於癌症基因。其實在我十一歲那年，當時三十二歲的母親就被癌症奪走性命。很長一段時間每天能進她房間的只有我爸，再來就是一天兩次的癌末護理師探訪。

爸爸不忍心讓孩子看見那樣的母親，所以遲遲不給我和更年幼的兩個妹妹莎菈與卡蓮進去，後來更直接將我們先送到鄰居家裡請人家代為照顧。但三不五時我就溜回去探望，儘管母親大半時間都靜靜沉睡。她臨終那天，我先躲在小屋客廳內，趁爸爸進浴室偷偷爬到兩人床底，如此一來不必盯著母親的枯槁身形和憔悴面容也能靠近。

她體重太輕了，頭頂上的床墊幾乎沒有下陷，但我還是能用手指勾勒出她的輪廓。母親呼吸越來越辛苦越來越沉重，接著突如其來的重重抽噎彷彿窒息，隨後只剩死寂。爸爸沖馬桶時她正好呼出最後一口氣，漫長而柔細，像棉絮般輕飄飄鑽進我心靈與身體。我的脊柱被點亮，電流沿著每根神經竄動，感覺用力伸長嘴唇吸氣的話，或許能夠捕捉那道氣息，永遠留存在自己裡面。

可惜我們共享的光陰如此短暫。父親回房發現她走了便跪在地上啜泣，怪罪自己竟讓母親獨自死去。我沒出去坦白，動也不動躲在床底等爸爸出去叫人。

失去靈魂伴侶之後，他不知如何善盡父親職責，甚至無法好好做個人類，彷彿肉體也被傷痛壓垮，三個承襲血脈的女兒不足以作為生存動力。翌年父親憂鬱更上層樓，我不得不在家中扮演母親角色，縫補衣物、洗滌碗盤、清掃廁所、給女娃兒們讀床邊故事。

白天看不到爸爸洗澡更衣離家。夜裡我躺在床上，會聽見他漫無目的走來走去，或者看電視到凌晨才睡著。

有時屋裡安靜我又一個人，閉上眼睛想起母親最後嚥下的氣息，此刻與她如此親近，彷彿合而為一。真渴望再次聽見那種聲音。

漸漸地，我和兩個妹妹之間也產生隔閡。白天我得去學校，她們留在只剩父親的家中。但我做不到的，她們好像做到了：茶會與花園野餐的扮家家酒似乎指引父親走出黑暗深淵。

「爸，你在幹嘛？」一個星期六下午我開口問他。父親在花園拿著湯匙在擀麵板上將什麼東西壓碎。

「過來幫一下？」他遞上擀麵棍和溫暖笑容，那表情我忘不掉，笑意滲透到眼底，母親過世之後第一次在父親臉上看到。「幫我把這些藥丸磨成粉，加到杯子裡搖勻。」

說完他就分了一把藥丸過來。見他難得好心情，我急著幫忙，沒過問東西用來做什麼。磨碎以後父親又取出一片泡罩包裝，看起來與他放在床邊助眠的是同種藥。兩個人繼續磨粉。

一個拿擀麵棍、一個拿湯匙，兩個人沒講話靜靜做事，但我心底有個預感，知道生活即將起飛。耐心等待有好報，爸爸回來了。藥丸磨光以後我們將堆成小丘的藥粉倒進瓶子，他灌進一點五品脫的半脫脂牛奶、幾湯匙的糖，再擠了好幾下草莓奶昔糖漿進去。

「丫頭，來喝牛奶嘍。」他叫喚。卡蓮和莎菈從花園跑進來，兩個人一屁股坐上餐桌邊同一張木頭椅子。父親倒了三杯，我將自己的空杯也推過去。

「妳長大啦，」他說：「去喝可樂吧？」

「味道怪怪的。」莎菈埋怨。爸爸沒理她，朝我露出傻笑。我喜歡和他鬧，雖然有時候不知道他為什麼覺得好笑。

「可以回去花園玩了嗎？」卡蓮喝光以後問。

「我們一起躺下睡個覺好不好？」他回答。

「我不想睡覺。」莎菈說。

「那玩個遊戲，大家都閉上眼睛半小時，要是沒睡著的話就去公園吃冰淇淋。」

兩個小女孩一聽好興奮，掉頭跑進爸爸房間跳上床墊。我跟過去，但能走進臥室前他卻伸手擋住門口。

「今天我們三個睡就好。」他湊過來在我額頭親了一下：「妳比我們堅強，以後如果找到自己的支柱，無論發生什麼事情都別鬆手。」

我還來不及問他是什麼意思，爸爸輕輕關上門還鎖起來。裡面發生什麼事我無從得知，但強烈感覺自己得聽一聽，於是耳朵貼著門板，試圖解讀他們的對話。話語太模糊了，後來我背靠門坐在地上等三十分鐘過去。我討厭關閉的門，門一關就代表有秘密，我不想被排除在外。

聲音越來越小，最後陷於沉默。他們都睡了，我暗忖這樣一來沒辦法去公園，還氣得雙手抱胸。然而要走開的時候身子彷彿觸電，幾秒鐘後來了第二次、又過了更久發生第三次。這股溫熱與聽見母親嚥氣時完全相同。

直至此時我才明白父親留下了多美妙的禮物。他太愛我了，所以讓全家一起活在我、活在最堅強的人體內。往後無論去什麼地方做什麼事，只要他們在我的裡面受我的庇護就沒有失落和痛苦。

我在家裡走來走去好幾天耐心等待，暗忖或許自己誤會了，三人終究會從爸爸的臥房出來。至少現在沒人和我搶電視了，電視劇和兒童BBC頻道我愛怎麼看就怎麼看。但一切遲早得結束，後來英語老師出現在家門口詢問為何我一星期沒去學校。

於是警車、救護車來了，女警將我帶到房間內關上門，拉著我的手直說沒事。撒謊不打草稿，她怎麼知道？

透過窗子能看到鄰居們在自家車道上交頭接耳，看見那樣多的藍色燈光就知道街坊出了什麼糟糕事。等裝著我家人的大型黑色塑膠袋搬運出去，他們有些人甚至緊緊握住彼此的手。

「可憐的孩子！」我被警察帶出去的時候聽見有人這樣說。唯一不覺得我可憐的人就是我自己。

後來好幾星期、好幾個月裡一直有公務員問我感覺怎麼樣、是否理解家中出了什麼事，想不想找人聊聊，有沒有什麼需要。聽家人嚥氣這件事情我沒提起，他們不會懂的。尤其大家不會明白是爸爸為我找到了生命意義：無論何時何地，若再遇見迷途徬徨的靈魂，我都會收進身體保護。

六年寄養家庭生涯之後住進兒童之家，有些好有些壞，反正沒給我什麼長期創傷。席薇婭教會我如何在眾目睽睽下隱沒真實的自己，奈特則示範了抓緊支柱熬過驚濤駭浪多麼重要。

旅館屋頂上風勢銳利，吹得我兩眼冒淚，但我內心重燃起動力，重心壓在腳尖朝欄杆靠上去。隨便颳一道疾風就能將我吹落，不過命運終究沒出手，看來我的時間還沒到，得繼續努力。史蒂芬和世上許多人都需要我。

預定今天傍晚他最後一次打到終點線討論計劃細節。雖然我自己的最後一口氣不會有人聽見，至少能讓他得到關心的人送別。

20

大衛死後七個月又一週

Mini（寶馬迷你）車廂內幾乎死寂，除了引擎嗡嗡聲和外頭擦身而過的其他車輛什麼也聽不見。我維持車速低於速限的三十英里，以免被路上的監視器拍到。

衛星導航的平板語音偶爾打破沉默。別的聲音恐怕也無法令我分心，我太緊張了，前往史蒂芬住處這段路必須集中精神保持鎮定。

離家前我傳了訊息給兩個女兒，說今天在辦公室會待久一點兒，但她們或許電話卡餘額用完了吧，遲遲沒有回音。我挑了內外都有口袋而且夠深的大外套，塞了手套、裝電池的手電筒、一包濕紙巾、一把牛排刀以策安全。每過半英里，我心跳就加速一個檔次。

按照協議，六點鐘我在辦公室撥號到史蒂芬新買的拋棄式手機詢問住址，並迅速透過手機App查詢郵遞區號，取得道路空拍與街景影像，與他描述並無二致。接著我又去房地產網站找到上次房屋出售時的照片，外觀有點老舊但看得出整理以後還不錯，不過史蒂芬叫我別抱指望，因為他憂鬱症不斷惡化，根本無心整頓環境。我調出平面圖，臥室位置也沒錯。

一整個星期我都為了這場面對面做準備，畢竟是第一次也是最後一次。看著他照我建議的方式將繩圈套上脖子、從椅子踩空任重力與自然規律發揮作用，我一定會興奮到神經都要爆開了。

他的死遠超過我加入終點線時所能想像到的收穫。

為了完整經歷史蒂芬死亡的過程與後續，我上網先查了這種死法下人的面孔會變得多麼驚悚扭曲，卻發現每個死者各有不同。我仔細觀察繩索在頸部留下的凹痕、沾了血沫的鼻孔和嘴角、屍體伸長的脖子、突出的眼球與渙散的瞳孔、浮腫的舌頭和握緊的雙拳。外國恐怖分子上傳了絞刑影片，被處決的人緩緩窒息而亡。但沒有任何圖像影片或者描述文字能告訴我史蒂芬的死狀會是什麼模樣，更不可能預知他的最後一次呼吸是什麼聲音。

這段車程度秒如年，其實我才開了二十分鐘就抵達小村地界，路牌寫著「哈波爾村就在前方，請小心駕駛」。我照導航指引，順著大街和兩旁一棟棟小屋前進。

「您已經抵達目的地。」語音說。我停車熄火，在駕駛座上沉澱半晌，盯著右前方不遠處的十一號門牌，下意識緊緊抓住方向盤，免得身子陷進座位再也爬不起來。

仔細觀察史蒂芬的家，發現屋頂石瓦片有的歪了、有的掉了得換，窗框白漆一片片崩落，花園雜草蔓生，木門鉸鏈鬆脫就被立在沒修剪的圍籬邊。右側斜屋頂下就是門廊，但從馬路這頭已經看不見門。

手錶顯示下午七點五十分，再過十分鐘就是約定的時間。人來了親眼看見現場，我不禁開始害怕，兩腿瘋狂顫抖，彷彿要追上不斷加速的心跳，怎麼努力也停不下來。夜色逐漸包圍村落，氣氛更加陰暗險惡。

「蘿菈，冷靜，」我大聲告訴自己：「維持主導地位，記住妳的支柱。」

這回連亨利也幫不上忙。

我留在車子裡等，等到我能確定自己沒被看見。行動的風險我很清楚，腦袋裡也始終有一小塊角落懷疑史蒂芬邀約是否別有用心。就是那小小的聲音提醒我要在屋外多觀察，確定整件事情不是個惡質玩笑之類。如果遭到設計，不得不誇獎史蒂芬的說故事能力令我自嘆弗如。

很想抽菸，所以開始掐自己指甲周圍皮膚。心裡開始質疑自己為何跑這趟，沒人拽著自己進門，現在發動引擎掉頭還來得及，用不了多久就能回家過上安穩日子。理性謹慎的人一定會這麼選擇，譬如瑪麗。但瑪麗其實是沒骨氣，我才不像她，也不想像她。屋子裡即將發生的事情還是太誘人了，我沒辦法抵抗，必須進去看看。

戴上褐色皮手套，免得觸碰物體時留下指紋。我提心吊膽踏過碎石地面，經過拉起簾子的窗戶。抬頭一看，只有二樓某處亮著燈，是史蒂芬約定的會面位置。

屋子正門沒鎖，我推開以後深呼吸才跨過門檻。掏出手電筒，光束掠過幾扇關閉的門。從門廊到玄關唯一的家具是木椅和小桌，上面花瓶插著幾枝乾掉的花朵。我搬椅子卡住門板保持暢通以免意外時需要緊急脫離，然後伸手進口袋握緊刀柄。

依照計劃史蒂芬會在臥室等待。我一次一級慢慢上樓，階梯不停嘎嘎叫，彷彿要將我的存在昭告天下。到了樓梯轉角我停下腳步稍事喘息，接著走向樓上唯一透出光亮的房間。

「史蒂芬？」我在過梁底下輕聲叫喚，就著暗淡燈光掃視一圈發現裡頭根本沒人。應該說房間完全是空的，床鋪、衣櫃、收納架之類付之闕如，就只是貼了壁紙，然後地上擺了燈。我又抬起頭，確實如他所言有拱頂與木梁，已經繫上的繩子被門外吹進的氣流吹得輕輕搖晃。腦海中警鈴大作。

狀況不對。他人呢？和說好的不一樣，走為上策！

恐懼從後頸順著脊椎爬到肩膀，如蛇般纏住脖子箍住喉嚨。我想跑，但太過驚恐所以動彈不得。就在此時我察覺異狀，眨眨眼確定自己沒看錯，整顆心沉了下去。

「天吶……」我不由得低語，將刀柄握得更緊。為了結束生命向我求助的男子不在此處，反倒那些壁紙有古怪——那根本不是壁紙，是好幾百張我的照片。

上階梯進辦公室的我。逛街的我。駕駛的我。健身房飛輪上的我。超市內推推車的我。從廚房窗外看到的我。坐在市區咖啡廳裡的我。進入哈特利酒店停車場的我。一眼掃去每張都不同，想必史蒂芬跟蹤我長達數週之久。

再看下去情況更糟：鏡頭鎖定的不僅我一人，還包括在健身房打拳擊和進公司的東尼、上學途中的女兒們。有我看著艾莉絲在操場與朋友玩耍，艾菲坐在某個男孩的汽車後座，亨利在療養院交誼大廳給我梳頭。能拍到這些照片，代表史蒂芬就站在我背後幾呎遠，而我卻毫不知情。

本能和恐懼驅使下，我一把一把將照片用力扯下後塞進口袋或甩在地板，彷彿這樣做就能從噩夢醒來。但太多了，連撕都撕不完。史蒂芬為了嚇我就做到這種地步，還有什麼做不出來？

「不喜歡人家給妳拍照嗎？」

我連忙左顧右盼想找到聲音來源，但實在聽不出方向。一個身影在門口浮現，面孔被走廊的昏暗隱蔽，直到他上前兩步才稍微看得清楚。我下意識後退，對方雙手下垂，但目光異常熾烈。

「可都是我費了好大一番功夫才拍到的。」他語調鏗鏘有力充滿資訊，與我在電話聽見的判若兩人。「花了好幾個星期時間跟蹤妳和妳家人，沒功勞也有苦勞吧。」

我繼續朝房間內側退，意識到這樣下去就會被逼到角落。儘管努力喘氣，卻總覺得脖子被一股無形力量掐住。

「你……到底想幹嘛？」我好不容易擠出聲音。

「要妳解釋為什麼操控心靈脆弱的人，從中得到什麼好處。」他回答：「別跟我說什麼『幫助找不到路的人』那種屁話！」

他越來越靠近，我只好從口袋抽出刀子架在身前。手一直抖，刀刃反射房裡微光。我能看清楚史蒂芬的臉了，不像語氣那麼猙獰，但肢體動作還是很恐怖。

看見刀子，他冷笑嘲諷：「蘿菈．莫里斯，妳是很歹毒，卻從來沒膽量真的靠自己那雙手去殺人，只敢在電話和鍵盤後頭躲躲藏藏。我可就不同了……反正妳摸不清我的底，猜不到我會怎麼做……」

「別再靠近！」我感覺胯下一熱，知道自己竟嚇到失禁還停不住。「讓我走，拜託。」

「以為加上『拜託』兩個字就真的能脫身？蘿菈妳哪兒也別想去。看見繩子了沒？今天要吊上去的不是我，是妳。」

我伸長手臂朝他揮了兩下，可是他繼續走近到了兩呎內。我又後退，撞上牆壁。

「來吧，蘿菈，讓我看看妳有什麼本事。反正我一無所有，全被妳奪走了。」

那一剎那彷彿上天按下暫停，雙方靜止不動等待對方出招。史蒂芬猝然扣住我手腕，指尖重重壓下，骨頭好像要碎了。我發出尖叫，他將我手臂扭到背後、身子推向繩圈。見我不停掙扎，史蒂芬使出更大力氣，我手指承受不住鬆開，刀子掉在地上。

「別擔心，蘿菈，用不了多少時間。繩子照妳吩咐綁好了，是能夠最快死亡的高度。」

「拜託，史蒂芬，」我哀求：「無論我做了什麼，請你原諒我。」

「太遲了。」

「我是個媽媽……還有小孩要照顧。」

「少了妳對她們才是好事。」

他另一手拉住繩圈要套在我頸部，我趁機朝他鼠蹊部使出肘擊再狠狠踢了他小腿。受到重擊的史蒂芬微微鬆手，但足夠我擺脫鉗制，於是一彎腰撿起刀看也不看就往他的方向戳過去，直到手腕又被他扣住、刀刃也無法再前進才停下來。我另一手拍過去的時候史蒂芬卻跪下了，他先抬頭望著我，再低頭看看自己肚子，刀就插在那邊。

見狀我傻了——原本應該是我看他自盡，卻變成我親手捅他一刀。事情完全不按計劃進行，我也不想再多待一分一秒或聽他嘶氣，要是史蒂芬有同夥怎麼辦？也許就埋伏在屋內？得設法自保。

趁他跪地呻吟無力阻止之際，我狠狠將刀從史蒂芬肚子抽出。他慘叫後往旁邊一倒，吼了兩句我聽不清楚的內容。

接著我用上渾身力氣往外跑，卻因為沒有手電筒照明所以誤判了階梯位置，第一級就踩空，踏到第二級以後重心不穩上半身向前仆倒，顴骨撞在欄杆底部。朝側面一滾，額頭輕觸扶手，我在樓梯底下縮成U字形，眼冒金星一下子忘了自己為何在這兒。後來聽見史蒂芬邊哀號邊拖著身體爬出房間，我才猛然回過神。

再次擠出剩餘力氣，我雙手抓緊欄杆撐起身子，以最快速度走向前門，搖搖晃晃回到車上，鎖緊車門插入鑰匙。輪胎瘋狂轉動，Mini能多快我就開多快。

萊恩

1

我手指在方向盤跳動，嘴巴跟著電臺音樂大聲唱和。賈斯汀·提姆布萊克（Justin Timberlake）的〈SexyBack〉歌詞我一個字也沒忘，自己挺得意的。初次聽見這首歌已經超過十年前，地點是學生會酒吧。就在那一夜，我與夏綠蒂相遇。

看見的時候，她和一群朋友正在跳舞。我們都喝了點酒，自然地攀談起來。後來夏綠蒂情緒低潮時，我脫光光在臥室裡模仿這首歌的舞蹈還是能逗笑她，因為我看起來絕對與性感背道而馳。約會沒幾次她就很坦白，招認自己從「超級男孩」（*NSYNC）時代就迷戀賈斯汀，幾杯Jägerbombs[5]之後還爆料糗事：小時候夏綠蒂會從媽媽那兒偷拿八卦雜誌，把當年賈斯汀女友小甜甜布蘭妮的頭劃掉，假裝是自己和他約會。後來沒變成提姆布萊克太太而是史密斯太太，希望十幾歲的她知道了不會傷心欲絕。

紅燈停車，我視線往上，北安普敦天際線由新落成的辦公大廈與高樓層住宅拼湊而成。生於斯長於斯的我一度認為這裡太狹小，窒息感瀰漫，迫不及待想長大逃離。然而前往巽德蘭大學待了兩學期便有了新的體悟：卸下粉飾之後，所有城鎮的內裡都是一個樣兒。

那時候交往的女孩裡，像夏綠蒂這樣對自己不酷的部分一笑置之的人並不多，而她精緻的五官、栗子色捲髮、天藍色眼眸搭配中性服飾也是很特別的外形風格，所以很快走進我心裡。十一年過去了，我未曾後悔。

大學最後一年，夏綠蒂和我決定畢業後去倫敦發展。初出茅廬兩人懷著雄心壯志，以為征服首都的路途沒什麼能阻礙我們。現實是兩條不起眼的小魚掉進烏煙瘴氣大染缸，最初住在中國菜外賣餐館樓上，租金貴得莫名其妙，還要搭一小時車才到得了景點，根本賺不了多少錢享受夢想的都市生活。不過辛苦還是有收穫，一年後工作慢慢上軌道，我們不怨天尤人繼續奮鬥。

婚後兩人認為也該經營家庭了，我堅持不想留在倫敦，先她一步在故鄉找到工作。當時夏綠蒂不大確定是否要回來，但願意嘗試，就跟著應徵圖像設計師，公司距離合買的公寓很近。

綠燈了，一月的夜色來得快，車子駛過貝克特公園，再過去一點會看到五顏六色遊湖小船。經過巴萊特醫院的婦幼大樓我忍不住竊笑，再兩個多月後夏綠蒂也會入住。得來不易，她有多囊性卵巢症候群，我則是精子數量不足，不得不依賴健保的人工受孕。所幸才第二次，賓果！我們成了準爸媽。

我等不及在醫院看孩子第一眼。說實話，心裡竟然有點嫉妒夏綠蒂。只有她的身體能孕育新生命，我連先前那些過程都得靠自己的手和醫生針筒幫忙，否則派不上用場。

但沒過多久我就不嫉妒了。有些女性懷孕如鴨子划水過程平順，可是夏綠蒂在第一個月之後非常難熬，孕吐照三餐發作害她鎮日有氣無力，嚴重到必須向公司請假。她很喜歡那份工作，卻因為懷孕只能每天在家閒晃，還不敢離廁所太遠，直到第三孕期末尾才好轉。

我看了眼時間，心想約有半小時沖澡更衣，然後就要帶夏綠蒂去她最喜歡的泰式餐廳慶祝結

❺ 德國野格利口酒（Jägermeister）加紅牛機能飲料（Redbull）製成的調酒。由於機能飲料成分，此款調酒後勁非常強烈。

婚四週年。我計劃給她人生最大的驚喜，拍拍外套口袋，確定包裝好的禮物盒沒弄丟，迫不及待想看看她打開時臉上什麼表情。

駛過外側大門進入車道，發現夏綠蒂的車子不像往常停在公寓前，所以我打手機確認人在何處，結果直接轉進語音信箱。午餐時間還和她聊過兩句，那時候她在外頭買日用品，語氣挺活潑，我聽得心花怒放。「小萊我愛你。」掛斷前她補上這句，已經好幾個星期沒聽見了，彷彿又大又暖的擁抱。

爬上兩層階梯，家門打開以後肉桂之類香料的濃郁芬芳撲鼻而來。夏綠蒂一直喜歡用些香氛產品，但懷孕以後家裡總是瀰漫聖誕節氣味。她還做了大掃除，水槽裡碗盤全洗了，茶巾整齊疊在檯面上，浴室滿滿清潔劑氣味，乾在電動牙刷上的牙膏沖掉了，咖啡桌上雜誌重新擺好。開始佈置了嗎？我想著想著又笑起來。

淋浴出來我再撥了電話，她還是沒接。我開始有點不安，但暗忖早產的話也該通知了才對。吹頭髮刮鬍子以後我看看手機，保險起見還打給婦幼病房、夏綠蒂的朋友詢問，沒人知道她下落。我那顆心翻來覆去，彷彿被擰乾的抹布。

電鈴響了。

感謝上蒼，我一邊禱告一邊衝向門口。

「妳忘了帶鑰匙嗎？」我推開門便問，卻發現外面是神色凝重的一男一女。

「史密斯先生嗎？」男人開口。

「對。您是……？」

「警察，莫提默偵查佐。這位是柯希員警。我們能進去談談嗎？」

2

夏綠蒂死後一天

我父母坐在兩旁悲痛欲絕，提出的問題我根本沒有答案。警察出現在門口之後不到半小時，他們與我弟強尼一同趕來。屋裡所有人茫然失措，爸媽不知什麼話語能緩和我受到的衝擊，警察也只能一再安撫慰問並表示已對事件展開調查。目前所知不多：有人在東薩塞克斯某處峭壁下發現夏綠蒂遺體，目擊者看見她偕同某人跳崖。另一人被海浪捲走，身分未明，只有夏綠蒂被沖上海岸。

「怎麼會有人想殺她？」最後我這麼問。

警官面面相覷，莫提默似是想說些什麼又吞回去。

「很抱歉，史密斯先生，我們還不知道。」

留我們哀悼之前，警察說案件成立，隔天會有人追蹤。

案件。僅僅一小時，夏綠蒂從妻子、未出世孩子的媽變成一個案件。

失去她的傷痛來得太快太猛，一時之間難以承受，夜裡到隔天清晨四個人糾結於與她天人永隔，孩子連面都見不到了。

兩個新面孔警察來家裡瞭解夏綠蒂情況。歐康納警佐年紀四十出頭、身材發福，酒糟從鼻子蔓延到臉頰，肢體動作很笨拙，顯然不大樂意和我同處一室，我倒也能體諒。卡麥柯警佐年輕許多，總是露出同情笑容，紅髮緊緊紮起，感覺很擅長審訊。

基於墜落的高度和姿勢，他們建議我別去認屍。我猜是頭部著地的意思。警方派直升機將她載回海岬頂端，從外觀就能判定死去多時。不必目睹她的淒慘死狀我是鬆了口氣，卻也覺得好自私。

「知道她為什麼死了嗎？」我問。

「還不確定昨天詳細情況，」卡麥柯警佐回答：「要從目擊者證詞開始。」

「綁架她的是誰？」

歐康納警佐在椅子上侷促扭動。「這也無法確認，得等遺體被沖上岸或打撈成功才能鑑識。希望不會太久。」

「是男的？」

「暫時這樣推測。」

「沒道理。」我繼續說：「綁走她，開了這麼遠一段路才殺？而且應該是我們認識的人，否則夏綠蒂不會讓對方上車才對。另外就是你們幹嘛把這公寓當作犯罪現場？不是應該去蒐集證據嗎？」

媽用力掐掐我手臂。強尼小我兩歲，才二十九，性格比我務實，一臉神秘兮兮，好像要我猜猜看。歐康納警佐看看他們再看看我，沒人開口回話。

「有我不知道的資訊對吧？」

「萊恩，這麼說或許你很難接受，但初步調查顯示夏綠蒂是自願參與昨天整個事件。」

「說什麼傻話，」我回應：「不可能。她一定是遭到脅迫，或對方用什麼方式欺騙——」

卡麥柯警佐打斷：「萊恩，有兩位目擊證人看到他們一起走向懸崖邊緣。夏綠蒂和身旁男子沒有緊張神情，都拿手機對著耳朵，一起翻過圍欄向半空邁步。可惜停車場的監視攝影機沒打開，警方無法印證證人說詞。」

「一定是他們看錯。」我激動地說：「夏綠蒂是有點情緒不穩，但最近好很多了，不至於自殺。兩個人努力那麼久才有小寶寶，剩兩個月就要出生，怎麼可能選在這種時間點自我了斷還一屍二命？毫無道理。」

「他們尋死之前，手牽著手。」

「什麼？」

「證人說，夏綠蒂和那個人手牽手，一起死。」

我的世界驟然停頓，儘管張開嘴想反駁，卻察覺房間裡其他人神色不對。他們都相信這番話。我來不及舉起手抹去淚水，爸將我拉過去靠著肩膀，我感覺得到他也強忍著不哭。

「你們認為那男人與夏綠蒂之間是什麼關係？」強尼問。

「也是目前無法回答的問題，」歐康納警佐說：「調查才剛起步。」

「意思是你們判斷兩人存在某種關係吧？」

「根據現況來看，某個原因造成他們同時間出現在同地點。我們研判兩人有共同目的。」

「想死，」我說了個不是問題的句子。大家點頭，只有我搖頭。「我還是不信，夏綠蒂不會這樣對自己也不會這樣對我們，在我看來毫無道理，而你們之所以接受則是因為不認識她。媽，妳覺得她是會出軌或自殺的人嗎？」

「我不知道該怎麼想。」她低頭望著桌子。

「目前證據似乎指向她是自願的，萊恩。」爸接著說：「但就先別在這件事情上鑽牛角尖。」

「那我該在哪件事情鑽牛角尖？」問這話時我聲音稍微大了些，沒人敢回應。

無論警察還是自家人，他們說的話我聽不下去，於是氣沖沖走出客廳回到臥房狠狠甩上門。走廊掛著的婚紗照搖晃起來嘎吱作響。

好想打電話給夏綠蒂討個答案，要她對我說自己平安無事、這是一場巨大又荒誕的惡作劇。可是再也聽不到她聲音了，叫我怎麼習慣？

3

夏綠蒂死後三天

自己相信的、或說服自己相信的事情，有可能一夕間風雲變色。陷於絕望的我選擇相信夏綠蒂是遭人加害，想必是被身分未明的陌生男子給謀殺了。她不可能自願跟對方跳崖。

整夜輾轉難眠，起床以後我打開iPad上網搜尋她的死亡地點。孛靈岬，位於東薩塞克斯，著名的七姊妹斷崖之一，眺望英吉利海峽。尋回夏綠蒂遺體的地點在五百英尺峭壁下，山岩受到嚴重侵蝕。

這樣說得通！她和那個男的不是自殺，站的地方正好坍塌而已。

兩個人開那麼遠的車，真心想死只要再幾英里就能抵達自殺聖地比奇角❻，停在孛靈岬做什麼呢？

「爸，我好像知道夏綠蒂為什麼——」我急急忙忙跑進廚房，卻看見父母、弟弟與卡麥柯警佐圍著餐桌，面前是筆記型電腦螢幕。沒想到星期天早上警察還會登門拜訪。

❻ Beachy Head，地名源於法文「Beauchef」和「Beaucheif」，即「美麗海角」。

「哥，先坐。」強尼率先開口，我就乖乖入座。

「那邊的懸崖常常坍塌，」我話還沒說完：「夏綠蒂是意外身亡。」

「有東西給你看，但你得有心理準備。」卡麥柯語氣很小心。

「萊恩，先別急，看完再說。」媽也附和。

卡麥柯警佐按下播放。影片應該是駕駛下車遛狗卻忘記關閉儀表板上的行車記錄儀，回來注意到保險桿被刮傷於是調閱檔案，驚覺自己錄到意外的畫面。

我屏息以待。夏綠蒂先下車，與很多準媽媽比起來她肚子算小，那天還穿大外套遮掩，手機一直貼著耳朵然後穿過停車場。男子走入鏡頭，手也按住耳朵，似乎正在講電話。兩人擁抱了，我心頭一驚想乾脆閉眼別看，視線卻黏著螢幕不放。接下來，他們手牽手，緩慢卻堅定走出停車場朝懸崖邊緣移動，那兒有預防遊客失足的安全圍欄。

男的先翻過圍欄，然後伸出手幫她。兩人並肩，各自拿著電話貼在耳朵邊，朝著海平線風險邁步。他們身影拖著我的心墜落消失，媽伸手掩住合不攏的嘴，爸別過臉不願再望向螢幕。

這段影片是鐵證，坐實夏綠蒂並未遭到綁票或發生意外的說法。她腳下的岩石沒有崩塌。我無法再堅持目擊者看錯。

所有人沉默不語，不知道延續了多久。但我感覺得到他們目光集中在自己身上，都等著我先做出反應。大家希望我說句話，什麼話都沒關係。可是我真的不知道該說什麼。

腦袋裡反而一直想像夏綠蒂臨終前究竟是什麼想法感受。害怕嗎？是瞬息間歸於虛無，還是承受了莫大痛苦？想著我，或者早已放下我？為什麼要那樣做？難道發現胎兒有嚴重缺陷，無奈下決定一起離開世界？身分尚未查明的男子在她生命中是否存在已久，始終躲在暗處沒讓我看見而已？或者，孩子的生父其實是他？他們直至死前還在講電話的對象又是誰？夏綠蒂至今過得究竟多慘多累，需要以這種激進的毀滅式手段結束生命？

千絲萬縷中唯一能肯定的是：我對妻子的瞭解不如自己以為的透徹。無言中我起身拿了外套和鑰匙走出家門。

一開始我步行到亞賓頓公園。小時候週末或放假常常與朋友在這裡玩足球或板球，最近幾年則是星期六下午和夏綠蒂在這兒好好散步、撒麵包屑給湖裡的鴨子天鵝，饞了的話附近兒童區外面有蓋隆冰淇淋攤車。

曾經以為我會在溜滑梯下面接孩子，在金屬架底下張望免得孩子嚇哭。都成了泡影。

坐在長凳望著球場，週日聯賽踢到一半，但我視而不見心不在焉，順時針轉玩結婚戒指，直到赫然察覺外套口袋還有東西。想起以後趕快掏出包裝好的小禮物盒，上面還用緞帶繫了蝴蝶結。原本結婚紀念日晚上要送她，裡頭是鑰匙——她根本不知道我又買了一棟房子。

當天早上我進辦公室之前找了不動產仲介簽合約領鑰匙。我和夏綠蒂有時會從爸媽那邊借狗狗奧斯卡出門玩，幾度行經哈波爾村外圍，在郊區看到空了好幾年的小屋。兩個人討論過公寓住膩了的話要換到什麼地方，這兒她就很愛。

我隱隱約約記得小時候進去過。以前屋主叫做凱瑟琳，和我媽有點交情，大人聊天的時候我和她兒子羅比在旁邊打鬧。凱瑟琳已婚，但二十五年前丈夫突然不知去向，留她一個人撫養三個兒女。大家都以為丈夫出了意外之類已經亡故，沒想到某天他又現身家門前。他們一個兒子玩樂團成了名，父子重逢消息這回終於真實不虛，成了全球頭條等級的大事。凱瑟琳的丈夫沒多久便走了，她很快搬遷出去，好久以後才想到要賣掉這房子。雖然有點老舊，夏綠蒂覺得整頓一下就會很漂亮，所以非常喜歡。

買房子不給自己老婆知道挺棘手的，我得背著她與買方、仲介、貸款經理和銀行往來，各種文件都先寄到爸媽那邊。外遇的人到底怎麼做才不會被發現？我好難想像。

我用力握緊鑰匙，在掌心留下凹陷痕跡。倘若早點告訴夏綠蒂，帶她踏上夢想中的家，是否就能改寫結局？答案我永遠無從得知。

4

夏綠蒂死後六天

我對夏綠蒂的愛很快遭到仇恨吞噬。

幾天前我想把自己鎖在房間永遠不出去。洛拉（Laura Ashley）專櫃的壁紙、窗簾到枕頭，一組的碎花圖案，帶著她身上淡淡香水味。房間裡每樣東西都有夏綠蒂的影子，即使明知道那味道遲早會散去，我依舊沉溺其中無可自拔。

直到我開始覺得噁心。

我需要一個解釋：她為何如此對我？於是我翻箱倒櫃，搜尋夏綠蒂留下的隻字片語。警方收走她的電子裝置，我只能調查筆記本、垃圾桶、外套口袋、書本、櫥櫃、抽屜。

什麼也沒找到。

我需要安全的空間，遠離那個以一小步毀掉我人生的自私女人。所以我回到自己成長的環境，與爸媽同住讓我意識到兒時多麼天真爛漫無憂無慮，需要考慮的只有在任天堂64上玩《國際足盟大賽99》之後來不來得及做完作業、強尼和我能在屋子外面鬼混多久才被媽媽叫進去喝茶。好想回到那種生活，不想再當大人了。至少不是現在這樣孤單一人。

爸媽小心翼翼呵護我，從不出言指責我忽視妻子、問我怎麼會就這樣讓她從指縫間溜走，讓我獨立思考，以自己的方式面對夏綠蒂的雙親芭芭拉和派崔克。兩人早退休，搬到阿利坎特山丘一間豪華白色別墅，不過警察聯絡時他們人在地中海遊艇上，匆匆結束行程搭第一班飛機回來。

雖然能夠理解，不過他們一踏進我爸媽住處客廳，雙方面對面瞬間就要找人發洩滿腔不忿，對象當然是我。

「你明明說她有好轉！」芭芭拉率先發難，毫不掩飾對我的憤怒：「兩個人住在一起，連她狀態惡化都沒發現嗎！」

「她說感覺好多了。」

「都沒問過醫生要不要提高抗憂鬱藥的劑量？」

「孕婦能服用的劑量有上限。」

芭芭拉猛搖頭不肯接受我的解釋。派崔克兩眼周圍發黑，眼白佈滿血絲。「我真的不明白，」他低聲嘆道：「你答應過會照顧好我家丫頭，結果怎麼搞成這樣。」

「我還記得。對不起……」我發不出聲音。

還記得幾個月之前夏綠蒂與我經歷人生最幸福的時光，卻在她受孕後幾個星期內又掉進黑暗。最初我以為只是害喜，但不只是早餐，連午餐晚餐後她都很難受，有時候一片吐司都無法下嚥。熬過這個階段，我看起來狀況逐漸改善，夏綠蒂也開始分享準媽媽的喜悅心情，沒想到內心卻仍困在泥沼裡。

根據英國國民健保署網站資料，產前憂鬱十分常見，夏綠蒂症狀也吻合描述：經常情緒低落、麻木淡漠，但又時不時哭泣，夜間入睡困難，容易躁動不安。

我建議她找機會和助產士提一下，夏綠蒂卻堅持自己的心理自己照顧，十分排斥服藥。我嘗試過調整飲食，排除加工食品，換成富含抗憂鬱成分且對母嬰有益的食材，希望能夠提振她精神，結果沒用，甚至看起來更糟糕。

隨便一點小事都能激怒她，連看個新聞也不例外。每次電視裡出現恐怖攻擊、戰亂、天災就讓她緊抓不放，追逐每個頭條，同時絮絮叨叨憂慮孩子的將來。

「我把這孩子帶進怎樣一個世界？」她曾經問過：「人被關在籠子裡活活燒死、從高樓推下來摔死，只因為宗教信仰和性傾向不同？」

「唔，首先呢，是我們兩個人的小寶寶，所以有責任的不只妳一個。」我安慰道：「照顧孩子、彼此扶持才叫做夫妻啊。」

「要是我沒辦法盡到媽媽的義務怎麼辦？你看我，肚子都還這麼小。」

「不是做過掃描嗎？完全沒問題呀。」

「每天早上醒來我都覺得好糟糕，眼淚停不下來。其他媽媽都說懷孕以後會有個階段容光煥發心情愉悅，我怎麼只覺得難受？」

我為她抹去一滴淚。「妳想想，世界上有好幾億人過得好好的，沒碰上那些慘劇……大部分人搭公車不必擔心爆炸，去海邊不必擔心海嘯。說不定我們也是這種幸運家庭呀？」

類似對話不是第一次也不會是最後一次。每回收場都是夏綠蒂點點頭，彷彿接納了我的安撫。此時此刻回想，我是該有所驚覺：她只是不想聽我講下去罷了。夏綠蒂覺得我不懂她，如今我也有同感。明明可以更努力，明明應該更努力。

她父母繼續炮轟，拋出的疑惑我全都無法解答，每句話都令我無地自容，深感沒盡到丈夫的責任。然而心底有另一個聲音：他們憑什麼假裝不知道自己女兒有產前憂鬱，上次來過家裡探望也看見夏綠蒂情況了，卻仍舊二話不說跑去西班牙遊山玩水躲風雪。現在竟然站在道德制高點，將一切罪過推給我。

我記得到後期，夏綠蒂心情陰暗的日子還是比較多，自己也慢慢從憂心轉為顧慮。廢了一番唇舌才說動她接受認知行為治療，可是才三次她就說不要去，因為治療師是個「大混蛋」。等精神狀態真的掉到谷底，夏綠蒂不得不低頭，聽從醫師建議服用低劑量抗憂鬱藥物。

然後她慢慢康復，彷彿冬眠後甦醒的蝴蝶，開始願意出門，不特別逗也能展露笑容，有時躲進臥室講電話好久。耶誕節前幾天，她在窗外花壇重新播種，挑了娃娃房用的布製品，我負責裝飾。此外夏綠蒂也花不少時間在線上留言板，她說那兒有別的婦女理解自己狀態。看上去終於不再逃避人群，回歸社會了。

後來夏綠蒂說第一次出國不該是兩人，而是三人，還和我討論適合當孩子教父教母的人選。她覺得哈波爾村那房子真的合適，不容易再找到一樣的了。但仔細回想之後我終於驚覺：夏綠蒂根本沒將自己說的話放在心上，全都不是她真正想要的，畢竟連我們這些人也不在乎了不是嗎？掩藏得真好。

她死的那天早上還說過愛我。幾小時後就要輕生的人，有什麼資格？

5

夏綠蒂死後八天

除了很小的時候祖父母因癌症過世之外，原本我很幸運成長到三十出頭仍未經歷生離死別。如今則懷疑死神只是蓄勢待發，看準時機才出手，一招打得我人生潰不成軍。

相比之下許多人在這年紀早已明白喪親是怎麼回事，陷入那種情緒是世上最痛苦的體驗，彷彿只有自己一人的平行時空。雖然表面上並不孤單，有親朋好友陪同背負，但真能一概而論嗎？你的難過只屬於自己，比起其他人糟糕千萬倍也不奇怪。我偶爾有個感覺：只要手伸長一點，說不定那股傷痛具體得能夠觸碰。

喪妻使我猶如驚弓之鳥，同時卻又飄浮在陰陽交界的邊緣，苦苦等待警方歸還夏綠蒂的遺體，否則無法舉辦葬禮。我不懂到底在拖延什麼，死狀明明不是重點，需要調查的是她為何那麼做。不過按照規定，驗屍流程必不可免。

遺體沒回來我無事可做，每天行屍走肉，牽著爸媽的狗去公園漫無目的遊走，在家盯著猜謎節目、肥皂劇、真人秀整個晚上，回過神卻發現電視上演什麼自己一點印象也沒有。

某個早上六點鐘就醒來，不知怎地自己開車去了北安普敦火車站，從機器買票搭通勤列車抵達倫敦尤斯頓站，轉地鐵漢默史密斯及城市線經過十二站停在西區牧人樹林市場站（Shepherd's

Bush Market）。九點鐘我已經坐在熙來攘往的麥當勞內，隔窗望向熱鬧商店街一角的二樓。

房子外牆鋪著豆礫並不體面，內部同樣是破破爛爛小公寓。我和夏綠蒂二十一歲剛從大學畢業後就住這兒，還記得浴室牆面爬滿黑藍色黴斑，兩個人輪流拿去黴劑認真刷了好久。公寓窗戶玻璃很薄，公車貨車經過就晃得咔噠響。鍋爐時好時壞，有時候冬天不得已只好啟動烤爐將門打開保持室內溫暖。唯二優點是房租低廉，押金只要兩週。

那時候的我們不在乎物質生活。感覺只要兩個人過得開心，夏綠蒂什麼也不要。我們曾經很幸福……應該吧？難道全都是我一廂情願？現在我不知道能相信什麼。照片裡她的笑容，訊息結尾那個親吻圖案……會不會全都是假的？

或許多年前憂鬱症已經在她心中播種，甚至生根，只是她掩飾得很好，直到懷孕了內分泌轉變太快才壓抑不住，病情如瓦斯洩漏般一發不可收拾。

可是背後有什麼來龍去脈都已經不重要。她死了，憂鬱似乎逐漸蔓延過來。不哭的時候，我內心空洞麻木、毫無知覺。內心不麻木的時候，則充滿窒息感。如果沒有窒息感，代表我在哭。往復來回，形成永無止境的惡性循環。

喝一口奶茶，然後用叉子將滿福堡和薯餅在盤上推來推去。都只咬兩口就吃不下。

玻璃映出我的樣子，自己看了也嚇一跳。金褐交雜的頭髮毫無造型整個塌在頭頂，雙頰消瘦憔悴、膚色蒼白且兩眼空洞無神。五呎十吋（約一七八公分）的我談不上特別高或矮，但最近好像一天天縮水。雖然弟弟強尼小我兩歲、戴眼鏡留鬍子，以前我們容貌神似，現在就算並肩站一塊兒人家也看不出是兄弟。

一個店員經過，無意間手臂擦過，結果我嚇得整個人差點兒彈起來。他瞪大眼睛咕噥：「老兄，我不小心的。」

事發之後太多人過來擁抱慰問，反而害我再難承受肢體交流。現在被人碰觸時，無論對方心靈與我相連多緊密，都彷彿在我皮膚酸蝕出破洞。

我將盤上吃一半的餐點倒進垃圾桶，漫步走向公車站。接下來去哪兒心裡還沒個準。

「博羅市場（Borough Market）。」我猝然脫口而出，伸出手指在路燈柱上查班次表。

當年沒錢娛樂，平日靠便宜的微波食品維生，夏綠蒂與我會特意在家中撲滿留一筆錢，每逢週六趕早到市場選購新鮮農產品，回家做成有機午晚餐，成了每星期少數的健康飲食。我們窮，但隨遇而安自得其樂。至少我是。

登上雙層巴士，去了二樓後排，以前兩個人都坐這邊。我想像她就在隔壁，一時間又沉浸於被愛的喜悅。

看看手機時鐘，我調成靜音，所以錯過七通電話。媽撥了三次、爸撥了四次。還有一些熟人發送的文字訊息。

夏綠蒂身故的消息在朋友圈傳開，大家都想知道前因後果。但要我一個個解釋說自己根本不懂她為何自盡實在太痛苦，還不如告訴他們「嫁給我就是悲慘到她寧願去死」。有些人會試圖分析事情經過找出原委，不過誰也得不到真正的答案。還有很多人會說「真搞不懂怎麼會這樣」、「她明明生活美滿什麼也不缺」之類，一句一英鎊的話喪葬費我都能用現金付款了。

儘管失去同一個好友，她的朋友卻分為兩陣營。一派非常自責，覺得該早點察覺和處理夏綠蒂遭遇的困境。這派成員無一例外，反覆跟我強調沒接住夏綠蒂他們也有責任、希望我節哀順變。我只覺得聽得很膩很煩。

另一派歸咎於我。全部推給別人多方便，反正都不是他們的錯。怪罪我總比怪自己或夏綠蒂來得容易。

公車到達南華克街（Southwark Street），下車以後對面就是倫敦橋。博羅市場上面是藝術裝飾風格綠色金屬拱梁撐起的大玻璃頂，我想像自己與夏綠蒂捧著兩麻布袋新鮮食材挽著手臂漫步其間，芬芳氣息令人垂涎三尺，兩人一攤攤挑選蔬果肉類同時拌嘴吵著輪到誰煮菜。這兒本來是她和我的遊樂園，然而往日不再，我連進去的理由也沒了。世間一切都失去意義。

6

夏綠蒂死後十二天

如果能夠誕生，會是個男孩。夏綠蒂與我期盼許久的孩子是男的。打從懷孕以來，我們堅持不要提早知道性別。很多夫妻嘗試多年未果，我們人工受孕才兩次就有消息，自覺已經很幸運，何苦在乎是男是女。但她走了，而我在腦海勾勒全家福折磨自己的時候仍有一塊空白，不知該站在橄欖球場邊給兒子打氣，還是坐在無板籃球場外望著女兒洋洋得意。

這份困惑成了心魔揮之不去。某一天我嘗試聯絡卡麥柯警佐，她後來才回電。

「根據初步檢驗報告，夏綠蒂懷的是兒子。」

「謝謝。」我低聲回答，趕緊掛斷電話，免得她又想出言安慰。

腦海畫面變得清晰。之前討論過，兒子取名丹尼爾，頭髮和我一樣暗褐色，眼睛則像媽媽藍得澄澈，遺傳我臉頰的酒窩與母親那抹能融化冰山的微笑。他像我肌肉發達，卻同時有母親的靈巧身段。以前父親帶我和強尼去匹茲佛水庫學帆船，我也打算帶兒子去。要是他有藝術天分，我還可以教他鋼琴。然而隨著我搖頭，兒子碎裂成幾千片，美夢來得倏忽去得倉促。

暫時搬回父母住處以來我第一次自個兒在家。媽是鎮上鞋店店員，爸是印染廠工人，強尼則在銀行像上帝一樣決定誰能貸到款。他們都回去工作崗位，只有我停在流沙內抓著一根細枝苟活，卻又期待它隨時折斷。周圍所有人生活逐漸回復原樣，向前邁進。或許和夏綠蒂還在時不完全一樣，但至少上得了軌道、走得對方向。

我走路到附近雜貨店買些便宜啤酒。俗話說得好，一醉解千愁，不過喝多了就會混沌蒙昧。我都懂，只不過想借酒熬過特別低潮的日子。櫃檯後方魏瑪太太露出同情笑容，幸好沒真的開口問我好不好，我聽得很煩。

看樣子要放寒假了。路上一直看到爸爸媽媽牽著孩子的手自附近小學回家。好想對他們大吼：「知不知道自己多幸福！」要是我牽得到丹尼爾，絕對不敢隨便鬆開。

思緒回到夏綠蒂。實在無法理解，她明知我多想當爸爸，為什麼選擇這樣殘酷的方式奪走機會？為什麼將我等了好久的孩子害死？即使她真的真的不想活，認為死亡是唯一出口，那先把丹尼爾生下來再死啊？儘管還是會心如刀割，至少保有前進動力，可以稍微釋懷。夏綠蒂連兒子一起帶走，連帶造成我也不知道自己為什麼要繼續活著。

提著塑膠袋裡一手啤酒回家，我決定去後院喝。院子周邊種了松樹和一叢叢綠色紅色灌木，還有六呎高木頭圍籬，鄰居沒辦法看到什麼。當然就算他們發現才下午我就大喝特喝也無所謂。露臺桌椅蓋著帆布，我懶得拉起來一屁股坐下，灌了兩瓶以後盯著池塘上蜻蜓點水。狗兒過來陪我，但空腹連灌三瓶酒以後腦袋模模糊糊，不但沒變輕鬆反而更沉重。

又開始想兒子的事。不知道人在子宮裡是否會感覺到母親內分泌失衡，夏綠蒂跳下去以後他又會有多大痛楚？幾個月前我讀過資料，據說五個月大尚未出世的胎兒對痛覺的感受能力比成人還強。媽媽往下墜的時候，是否也能察覺重力變化？警察說法是夏綠蒂頭部重創，應該落地瞬間當場死去，但丹尼爾呢？是否受困於母體，在劇痛與缺氧中掙扎？這些念頭令人難以承受，我卻停不下來，只能為兒子痛哭失聲。

拉開拉環，瓶子裡氣體先嘶嘶作響然後冒出泡沫。我才喝進一口，轉頭就噴在牛仔褲管和草地上。奧斯卡聞到怪味跑出來看，我拍拍牠的頭趕走，自己跪在地上將這具可悲軀體裡每一滴酒精嘔出來滲進泥土中。

「夏綠蒂，我恨妳。」我喃喃自語：「為什麼這樣對我們？」

7

夏綠蒂死後三週

「否認，憤怒，懇求，沮喪，接受。」

眼睛掃過網站畫面。強尼傳來的網址，上頭說我有這些感受理所當然。他以為我看了會比較舒坦，但我只覺得煩，為什麼要別人告訴我自己該怎麼感覺？網站引述專家說法，傷痛會有五個階段，我還沒度過憤怒。學者認為人越憤怒越快掌控自己情緒，於是憤怒的感受會更快消失，屆時就可以進入下個階段。

鬼扯。我不想前進。我知道自己在做什麼。我會憤怒是因為痛失愛子，我憎恨的是害死親兒子的母親。原諒她，接納一切，那我又算是什麼？反正習慣現在的感覺了，這樣就好，未知的情緒更可怕。

我變得非常敏感，連夏綠蒂這名字都不願提起，更不想面對她紅杏出牆、與別的男人殉情這種事。心裡像是生了爛瘡，偏偏往者已矣，連遷怒對象也沒有，只能朝著我爸媽、她爸媽、親人朋友、負責查案的警察，以及我不再相信的上帝發洩滿腔怨懟。

「目前沒有證據指向夏綠蒂和那名男子彼此認識，死前有任何關係。」歐康納警佐告訴我：「應該算是好消息吧。」

「噢，是呀，天大的好消息，」我完全沒掩飾語氣中的嘲弄。

他端起馬克杯喝口茶，朝我爸媽瞥一眼，似是期待我們多少表達點感激。我沒打算給警佐好臉色看，既然不敢正眼對望超過兩秒，那我索性從頭到尾擺張撲克臉又如何。夏綠蒂和那男人、還是和北安普敦一半男人上過床，於我而言早已無關痛癢。

因為歐康納警佐來報告，大家又圍著我爸媽家中餐桌坐下。他身上飄來若有若無的酒氣，或許面對暴怒鰥夫需要借酒壯膽。

鰥夫。該死，是我。我就是那個鰥夫。一眨眼從丈夫變成鰥夫。

「那他們怎麼認識的呢？」我爸問。

「還在調查。」警佐回答。

「不知道？」我說：「釐清案情不是你們的職責嗎，怎麼到現在『還在調查』？將近三個星期過去了，你們究竟還要多久？」

「兒子，讓人家把話說完。」我爸用眼神朝警佐道歉。

「你們應該也知道，警方會把夏綠蒂的手機和家用電話都徹查一遍，但幾乎所有紀錄和號碼都能合理解釋。我們也檢查過她的電子郵件和Skype通話，同樣找不到異常。看起來她應該沒用過FaceTime，網路留言板或其他社交媒體上找不到符合描述的人。問了她的朋友，沒人留意到她和陌生男子互動。單純就目前資料來判斷，直到當天下午她和那個男的素未謀面。一定要說有什麼值得追蹤的，大概是她的通話紀錄裡面有『終點線』的號碼。」

「那是？」我爸追問。

「一個諮商專線，提供給有情緒困擾的民眾，和『撒瑪利亞會❼』差不多。過去幾週裡，夏綠蒂撥打到終點線中央專線的次數非常多。」

「為什麼？」

「這也還無法確定。」

「到底打了幾次？」

「大約一百次。」

「老天。」我忍不住長嘆自己對妻子的瞭解真的不夠。

「但死亡前一週忽然停了。」

「未免太巧。」媽說完望過來，似乎疑惑同個屋簷下的我怎麼毫不知情。

「夏綠蒂過世那天下午，」我轉移話題：「看起來是下定決心與那個男人一起死，才會朝懸崖走過去。影片上她手好像拿電話貼著耳朵，既然手機跟著墜崖了，怎麼會在人死後的車子裡找到？而且她打給誰？」

歐康納警佐聳聳肩，樣子有氣無力：「想必她有兩支手機。那個男的似乎也一直在講電話。」

「又是『終點線』？」

「沒查清楚身分或找到手機前無法下定論。」

「所以先想辦法確認夏綠蒂過世之前，他們兩個到底和諮商專線的誰講過電話吧？」爸提出建議，強尼倚著餐櫥點頭附和。

「恐怕沒那麼容易。」歐康納警佐鼻子一蹙閉上眼睛，或許酒精漸漸退了。「『終點線』對求助者匿名性的保障做得非常徹底，諮商人員無法實際接觸或追蹤，同時即使求助者表現自殺意圖他們也沒有報告的義務。換句話說，就算夏綠蒂在電話裡親口說了要自殺，裡面的志工並不需要通知九九九[8]。再來，夏綠蒂諮商對象的可能性遍及五個郡好幾百人，警方沒有足夠人力進行徹查。很抱歉，但我只能說……如果夏綠蒂是遭到違法殺害的話，狀況會截然不同。」

「意思是自殺案，警察就不會認真調查。」我說。

「不，萊恩，我們還是會盡力，但差別在於截至目前我們仍然沒理由懷疑案子涉及不法。除非與夏綠蒂或那個男人講過話的志工主動出面，恐怕永遠無從得知兩人之間的關係與尋死理由。」

「這是道德責任吧？」強尼開口問：「告訴志工出了什麼事，他們就該配合警方調查才對？」

「得看他們自己願不願意。」

警佐兜了半天只是要告訴我們前方難關重重，我越聽越火大，就像明明手握著方向盤，車子卻被人遠端遙控。

「還有件事，」歐康納補充：「新聞媒體來問了。一般不成文規定是不報導自殺案件，但素昧平生的兩個人一起尋短非常奇怪，記者得到消息，覺得有報導價值。」

❼ 志工機構，為情緒受困擾和企圖自殺的人提供支援。

❽ 英國的緊急求助電話。

「跟記者說我們不想被採訪。」我沒好氣道：「給身邊朋友知道還嫌不夠嗎，非得說給全世界聽。」

「不是完全沒好處，有可能有人出面指認那個陌生男子。」

「不要。」我語氣堅決還朝桌面用力拍了下去。

「好吧，」歐康納警佐嘆口氣之後趕快吞口茶：「我會轉告對方。」他起身要離去，「但警方無權干涉記者寫什麼不寫什麼，各位還是先對報導內容做好心理準備。」

他的提醒很正確，兩天後事情在本地週報曝光，接著也登上四本小道雜誌和兩份大報。記者挖出夏綠蒂Facebook上所有照片，找上她的前同事和根本不熟的泛泛之交，文章旁邊還搭配毫無美感的懸崖照片與墜落路徑示意圖。

很多記者在我語音信箱留言，表示希望能夠訪談，最後我索性關機。連親友都不想面對了，何況根本不認識的人？

8

夏綠蒂死後兩個月

就連夏綠蒂的葬禮我也不想去。

不需要和她道別，反正對她的記憶不再美好，也沒什麼話想要說。她不值得。之所以還是在教堂告別式露臉，陪著眾人前往火葬場，只因為父母對我道德綁架。但夏綠蒂自己不珍惜生命，又何苦為難我？

前一天吃了從媽那兒拿來的兩粒安眠藥又灌了好多啤酒，腦袋昏昏沉沉，眼睛無法對焦在前面講臺。反正上去的人只會說好話，無視那女人害死自己孩子的事實。

視線到處游移，教堂裡頭擺了很多花瓶插上黃水仙，牆壁海報宣傳接下來的復活節慶典。然而看見四個送行人抬著靈柩進來，我的目光再也無法挪開，聽不見儀式內容也沒辦法隨大家吟唱，連禱告時也忘了低頭。

爸和強尼一左一右，怕我跌倒所以全程架著。很多人過來要向我致哀，我一點反應也沒有，同樣是他們出面道歉。最後兩人將我送回靈車，而我已經什麼都不在意，連守在教堂門口的記者也懶得閃避。誰倒霉與他們對上眼就等著被糾纏。

警方交還夏綠蒂遺體以後，我將後事全權委託給岳父岳母，由他們挑選業者、帶去火化的衣服與雜物、告別式的入場音樂、車隊安排等等。他們的女兒，他們的問題。我透過中間人放話，表示婚戒隨他們處置，自己這枚都不想要了還管得到她的？反正戒指象徵了一個謊言，她心裡根本沒我，現在我心裡也不必有她。趕快結束就好。

然而同星期死因裁判法庭我就想出席了，也讓強尼和媽跟著。我們坐在夏綠蒂父母後面兩排，雙方從頭到尾沒對上眼神。

為什麼想來，我自己也不確定。或許嫌自己還不夠痛苦，試試看徹底崩潰前究竟能承受多少。

目擊證人宣誓後發表證詞，接著當庭播放懸崖前方行車記錄器影像。最後由資深法醫出面，是個發福中年女性，長相和善、眼神溫柔，她說死因叫做「多處受創」。

「什麼鬼玩意兒。」我自言自語，好像被強尼聽見了。

「以自殺結案前有兩點合理懷疑必須排除。」法醫繼續說：「首先是史密斯太太自己實行了造成死亡的行為，再者是她有殺害自己的動機。根據調查得到的證據，我確認兩點皆成立。史密斯太太與目前尚未確認身分的男子一同前往孛靈海岬，跳崖後撞擊下方岩石導致悲劇。據此判斷，我認為此案為自殺。」

就這麼簡單結束了。三天後我妻子火化，全世界都相信她自己想不開，而我或許也該向前跨出那一步。

住在爸媽家裡已經兩個月，感覺是回去自己住處的時候。熟悉的環境和用具能重建熟悉的自我，總不能因為夏綠蒂一縷幽魂就永遠不進自家門。

打開正門，我在門口緊張遲疑。空氣飄著她喜歡的香氛味道，鉤子吊著她的雨衣看不出形狀，相框積了一層灰，照片裡新婚的我們在爬滿玫瑰的拱廊下笑得好開心。

三分之一的人生以「我們」的名義過活，轉眼只剩下「我」了。此刻驚覺往昔的幸福無法尋回，也不可能透過另一個人重建。淚水潰堤之後停不下來。

我還沒有勇氣走進臥房，只好先在客房將就，整間公寓也只剩下這裡沒有特別打理，只塞了個床墊和IKEA買來的小床櫃。對現在的我而言剛好。隔壁是給孩子準備的，同樣很難面對。裡頭瀰漫柔和的黃色，放了很多軟玩具，我幻想丹尼爾酣睡的模樣。無論如何都放不下兒子。

幾天後我列印了夏綠蒂的手機通聯紀錄。歐康納警佐提到夏綠蒂常撥打「終點線」，我並非不信，但還是想親自確認。從表單研判，大部分是早上或下午，也就是我還在上班的時候。偶爾幾次是晚上或週末，兩個人都在家才對。我也有印象，她聲稱是與朋友聊天所以躲進其他房間。兩人相隔咫尺，她卻對陌生人說自己想死。

有些通話短短幾秒，也有些持續超過一個鐘頭。看著看著，我的憤怒被沖淡，稀釋為遺憾。

既然活得那麼痛苦，為什麼不能告訴我？

思緒飄到夏綠蒂那輛車。之後還得找時間賣掉。為了回到常軌有好多雜事得先處理乾淨，打包她衣物文件、更改帳單資訊、關閉銀行帳戶等等都不是第一優先。

連工作也變得沒那麼重要。走進那間冰冷大廳裝作生命一切如常，光想想就覺得可怕。精神科醫師同情我，替我多出具一個月休養證明，塞了些因應喪親的衛教和諮商專線手冊過來才讓我走出診所。走向車子途中我隨手翻看，其中一條建議是「週末找個沒去過的地方逛逛，或者長程散心，再不然可以考慮養寵物」。我忍不住笑出聲。

醫師你們說得真好。死了老婆用倉鼠代替是嗎？天才。

強尼和週日球隊隊友輪流到我家陪伴。他們很努力了，但我不怎麼想聊天。強尼還會強拉我去附近的艾賓頓酒吧，希望將我拉出那個自怨自艾的泡泡，可是我沒興趣，也不怎麼在乎了。

「爸媽很擔心你，」一天晚上他語氣沉重告訴我。酒吧裡很安靜，他靠在舊沙發，視線沿著地板來回，心不在焉撥弄連衣帽的鬆緊繩。「他們怕你……你懂的，就是會和夏綠蒂一樣做傻事。」

「莫名其妙鬧自殺？跳下懸崖一頭撞在礁石上，搞得血肉模糊誰都認不出來？」

我知道這種口氣很刻薄，也不能否認確實曾經起心動念，但沒認真過。「你自己呢？」我問：「你覺得我會嗎？」

「我跟他們說你沒那麼自私，你明白那麼做會傷害家裡其他人。」我聽了點點頭。「我也會很傷心的。」他抬起頭，眼神露出濃濃哀愁。

我們兄弟很親近，卻鮮少這樣掏心掏肺說話。夏綠蒂走了以後是他一路扶持，忍受我最差勁惡劣的情緒，願意坐在旁邊陪我哭乾眼淚、或等我吐得滿臉都是再為我擦乾淨。為了我，這段期間強尼犧牲所有的假日。

「要是你傷害自己，我會很自責。」弟弟又說：「看你經歷這種事我也很難過，但是答應我，無論如何別衝動。」

「我答應你。」

「那就好。還有，就聽爸爸的建議如何，試試心理諮商或者拿些藥。」

「嗯，我會。」其實不想，但不附和的話強尼不會放心。「我去尿尿，你再點兩杯吧。」說完我拍拍他肩膀起身。

穿過酒吧休息區，佈告欄上傳單密密麻麻，有計程車廣告、猜謎活動、啤酒節等等。中間夾雜了終點線的小卡，我拔掉圖釘取下後塞進口袋，讓強尼送回家以後我掏出來仔細看，上面一排藍字寫著：我們聆聽不批判。

夏綠蒂從這專線得到什麼是我給不了的？想知道只有一個辦法，就是自己打過去。於是我戰戰兢兢拿起手機撥號，五聲鈴響內就有人接聽。

「晚安您好，這是『終點線』，我叫凱文。請問如何稱呼？」

不知該說什麼好。

短暫沉默後凱文開口：「別緊張，我們不趕時間。」

「萊恩，」我回答：「我叫萊恩。」

「萊恩你好，今天晚上感覺如何？」

不確定凱文聲音本就如此，還是四品脫啤酒在血管流動——他聽起來好溫暖、好有同情心。而且我不明白都這種時間了，他怎麼願意花時間陪不認識的人聊天。或許就像我，他的生命也有一道巨大的坎。

「還好。」

「還好就不錯了。今天打電話過來有什麼特別的事情想聊聊嗎？」

「我妻子……」才起頭我就說不下去。

「你妻子，」凱文重複那三個字：「出了什麼事情是嗎？」

「她……死了。兩個月前。」

「節哀順變。要和我說說她的事情嗎？」

我絞盡腦汁想瞎掰一個自殺之外的死因，總覺得直接說出來會被對方質疑。然而腦袋被酒精影響轉得太慢，真的一下子找不到別的說詞。結果我老實說了，還招認自己明明想她想得要命卻又希望不再想起她。

「碰上這種事，內心五味雜陳很正常。」凱文替我打圓場：「要不，跟我說說你最近的感觸吧？」

我坐在客廳地板，向陌生男子吐露出家人也不知道的心聲。對方沒提供什麼神奇建議，至少沒叫我一直走路或帶動物回家。過程裡，我逐漸明白為何夏綠蒂覺得與終點線志工講話更輕鬆自在。

但依舊無法解釋她為什麼打了超過一百次。

9

夏綠蒂死後四個月

警察終於調查結束，送回夏綠蒂的行動電話、平板和筆記型電腦，都裝在透明塑膠夾鏈袋內，外面貼著標籤紙，黑色麥克筆寫上案號與證物編號。對不認識她的人而言，夏綠蒂就只是兩個字母與七個數字構成的一串記號。

數位鑑識小組徹查了電子裝置內容，沒找到什麼值得注意的東西，最糟糕的是一起死亡的男子身分為何至今毫無頭緒。媒體報導後案子受到注目，但沒有民眾出面指認，遺體也尚未出現在海岸。

以前覺得沒理由干涉夏綠蒂隱私，結果她留下這麼多解不開的疑惑，算是欠我個交代才對。晚上八點鐘，我從手機開始，重溫兩人間許多聊天訊息。雖然是些誰去洗車之類的小事，但警察大概也讀了這些內容，這麼一想總有點不舒服。而且自己都沒發覺：原來我好懷念手機螢幕出現她的名字。

懷孕以後她打給朋友的次數顯著下降，郵件與簡訊數量反而增加了。我猜文字比較容易掩飾低落的情緒，空洞的語調很難壓抑。

我還看了Facebook動態牆，發現最後幾個月她什麼也沒貼。多數準媽媽無法按捺興奮又或者鎮日埋怨自己超胖，但只有我一直告訴親朋好友最新消息或分享照片，夏綠蒂從活躍使用者成了所謂潛水族群。

接下來是筆電裡的檔案，主要是懷孕前的圖像設計作品、她喜歡的俗氣流行音樂，瀏覽紀錄和書籤列都很正常，郵件多數被刪除、還從垃圾桶裡也刪掉，Cookies也未能倖免。一如所料，沒能透過電腦多瞭解自己妻子什麼。

我一方面訝異一方面失落：想不到她手機或平板上半張我們照片也沒有。夏綠蒂特地買了主打攝影的手機，無論我們在廚房、假日在泳池、逛超市在走道中間她都會拿出來拍照，我還常常為此取笑。這樣愛自拍的人，我翻了裝置上好幾個資料夾竟然什麼影像都沒留下，彷彿兩人關係令她生厭，恨不得抹去全部痕跡。人都走了四個月，還有新的手段凌遲我。

午夜悄悄降臨。我已經有經驗，明白再這樣折騰下去會陷入糾結，今天就別想入睡。但我要放下iPad的時候手滑了一下，嚇得趕緊撈住，結果指尖擦過虛擬鍵盤。

再拿起平板，我赫然察覺裡面安裝了個計算機軟體，一個是內建的，另一個不知是什麼。誰會需要兩個計算機？我點了那個圖示，發現已經輸入四個數字，分別為一、三、〇、一。當下我就反應過來：是她的死亡日期，夏綠蒂早有預謀。

按下等於鍵，沒反應。再嘗試了加減乘除，都沒用，直到按下百分比，忽然跳出完全不同的畫面——新的主頁上好多資料夾，滿滿的圖片、文件與記事。夏綠蒂下載這個特殊軟體，為的就是避免我意外發現真相。

我帶著平板回臥室倒在床上，在第一個資料夾找到數十張螢幕截圖，有些是網頁、有些是連結。共通點是和自殺有關。

影像則包括如何割腕能有效失血死亡，文字檔說明藥物過量致死機率最高的組合，甚至附上購買的連結和國家作為參考。

夏綠蒂標記了一個留言板，名字叫做「最後的推手」，裡面提到全國各地「自殺熱門景點」，比如沒欄杆或安全網的多層立體停車場、人能走上去的橋、柵欄損壞的鐵軌、幾秒鐘就能將人拉進水底的湍流水域等等。內附照片、地圖與文字指示路線，還有衛星導航需要的郵遞區號以及地形測量局提供的坐標。事無鉅細一應俱全，夏綠蒂不只讀過，還特地上了書籤。

我盯著螢幕移不開眼睛，原來走投無路的人如此絕望，鼓譟著要他們去死的人實在太噁心。前後看了看，沒發現有人在討論裡提及終點線或撒瑪利亞會，更沒有人指出死亡未必是解決辦法、鼓勵尋短者先找人談談。

有些討論串，發問者還是十幾歲的孩子，卻覺得短短的人生已經活膩了，又或者罹患重症或身心疾病苦不堪言。還有老人家害怕冗長緩慢的死亡過程，寧願將主導權拿在自己手中。寂寞，虐待，憂鬱，戰爭，霸凌，厭食，性……尋死的理由無窮盡。

接著我試圖抽絲剝繭，看看使用者之中有沒有夏綠蒂的影子，但的確找不到她發文的證據。或許就像Facebook一樣，她甘於做個潛水族。

另一個討論板一串留言引起我注意。時間不過幾天前，主題是「死的時候想找人講話」，看帳號資訊有接近三百篇紀錄，選了年輕的安潔莉娜．裘莉當作頭像，暱稱則是電影《女生向前走》[9]。

[9] *Girl, Interrupted*，劇情描述想自殺的年輕女性進入精神病院的一年半生活。

各位，我決定好時間地點了（從千里達寄來的藥星期三會到，我訂好伯明罕的酒店），但覺得來的時候孤伶伶，走的時候沒必要還是一個人。有人願意守在電話另一邊嗎？我需要人陪伴。

許多人回覆恭賀訊息，卻都沒有膽量跨過虛擬與現實之間那條界線，認真答應她的請託，一味推給其他使用者。

親愛的妳在什麼地區？一個暱稱為「R.I.P」的使用者問。

英國萊斯特，發文女子表示。

妳知道之前有個Chloe4也在這裡發文？她是英國人，找到一個幫手，而且那個人以前還幫過她朋友。這邊大都是熟面孔，但後來沒再看到Chloe4，感覺應該成功了。

「幫」是什麼意思？

那個人會教妳該做什麼不該做什麼，還會告訴妳什麼文字紀錄可以留什麼不行。總之她非常明白各種方法的利弊得失，Chloe4尊稱她是「熱線女俠」。

這位「熱線女俠」會在這裡發文嗎？

不會，她是大師，作風低調。據說是在「終點線」還是類似的自殺諮商機構工作喔，哈哈哈。Chloe4也是透過別人引薦。

我長嘆一口氣，不知道忘了呼吸多久時間。眼睛終於離開螢幕瞟了窗外，黑暗逐漸被旭日驅散，通勤車流緩緩湧現，大燈照亮道路。

幾個月時間百思不得其解：夏綠蒂為什麼要自盡，又為什麼選擇與素昧平生的人一起自盡。如今看來，若這位「熱線女俠」真實存在，很可能有我想要的答案。

10

夏綠蒂死後四個月又一週

彷彿提著腦袋撞磚牆。

費了那麼大功夫，使盡各種招數計謀，結果呢？什麼也沒查到。我出了全力，但無法確認「熱線女俠」究竟真有其人抑或只是都市傳說，僅存在於那群道德淪喪的人的幻想裡。至少為了找到她，我能夠重新燃起生存意志。

讀到那個名字以後，除了原本的討論板，我還在另外四個也做過搜索。線索埋在幾百篇文章裡，不過的確被提起二三十次，最近幾年比較少。她符合都市傳說的特性，沒人能斷言其存在。我不禁猜想：若她真的擅長引人上路，成功之後證據便隨死者塵歸塵土歸土，本就不可能回頭在網路說嘴。

另一方面，我仍舊難以理解為何前往諮商熱線工作的人還圖謀不軌。但話說回來，直到昨天我也無法想像世界上有鼓吹別人自殺的網路論壇。如果這個人真實存在，我不只要找到，還得設法引誘她離開藏匿處。

我以自家餐桌為據點，構築一個網路上的假身分。我發信給名為「R.I.P」的使用者，但他已讀不回，只好改從「女生向前走」下手。

抱歉打擾，我輸入訊息，請問妳有沒有聯絡到R.I.P告訴妳的那位終點線人員，就是「熱線女俠」？

打完字，我來回踱步，等待新訊息提示。一小時左右她回覆了。

抱歉老兄，R.I.P也沒聯絡方式。我自己打去試試看了，可是每次都是不同人接電話，感覺大海撈針對吧？也不知道能和他們說什麼，「嗨你們哪個王八蛋想聽我死掉的聲音」？哈哈哈。

我也回了個哈哈哈，心裡可一點也笑不出來。

想呼吸新鮮空氣、補充咖啡因，所以我出門在附近晃晃。以前每個星期天早上，我會去店裡捧一袋馬芬蛋糕和肉桂捲加上熱飲帶回家與夏綠蒂共享。她走了以後我初次舊地重遊，只點一人份東西心裡頗不是滋味。

這回點了雙份卡布奇諾。隨著咖啡機開始運轉，我思緒穿越到平行時空，想像若自己是個更溫柔體貼的丈夫、不堅持己見的男人，是否故事的展開便會有所不同。那個世界的萊恩會提早察覺夏綠蒂的憂鬱症多嚴重，細心聆聽而非只想著治療，於是夫妻兩人還能並肩在店裡排隊，一手替她提包包、另一手替丹尼爾推娃娃車。我搖搖頭，平行宇宙場景如雪片融化消失。

帶著飲料回公寓，心裡繼續盤算得花多少時間才能證明或證偽「熱線女俠」的存在。為今之計只剩下直接打電話試試，一直打到找出此人。但統計機率不利於我，北安普敦郡的輪班志工有四十九名，萊斯特郡八十六名、華威郡五十八名、貝德福郡六十名。去年年度統計以後還會有點人員流動，總而言之找到她的機率差不多是三百分之一。

想不出化繁為簡加速進行的辦法，而且還有個前提是對方確實為女性，畢竟網路上的女俠真面目是男人算不上意料之外，更何況得先說服對方相信我。

為此我編了個背景故事，謊稱憂鬱症嚴重到生活崩潰，找不到繼續下去的意義，不只考慮自殺，還差點就實行。但後來因故收手，現在需要人陪同走完最後幾個步驟，我一個人辦不到。

有組織才有效率。我用夏綠蒂的筆電打開Excel空白報表，將終點線接聽的志工名字全部留下紀錄，並標註時間和回應內容概要。英文名字重複很常見，所以我還加上「年邁」、「年輕」、「鼻音」、「方言腔」、「外國腔」這些形容來做區隔。

面對他們，我一律報上中間名「史蒂芬」。睡眠習慣必須改變，才能對應所有志工班次。人數太多，任務艱鉅，但越快投入就越快確認自己鎖定了正確目標還是虛構想像。我準備了錄音機，搭配網購來的一些器材，實現插進電即時啟動，真碰上了不至於措手不及。

每天我盡可能與不同志工對話，拿捏的長度就是可以在表格上標註「吻合」、「可能」或暫時的「排除」。規律逐漸浮現，我能掌握誰在何時值班、頻率多寡，星期幾可以找到誰。

二十幾天過去，表格密密麻麻好幾頁，滿滿的名字、日期、時間與人物敘述，卻遲遲找不出幾個「吻合」。

如此頻繁撥打電話佔用了終點線的社會資源，何況我還滿口胡說八道，偏偏他們感覺人都不錯，所以心裡十分過意不去。志工們確實不特別阻止「史蒂芬」自殺的念頭，但會認真聆聽，陪他探索內心感受、摸索前進的方向。電話那頭的聲音透出良善，至今無一例外。我能做的不多，就是對自己說：你也只是想要揪出壞人罷了。

有幾次我深深受到他們的寬厚打動，卸下心防變回萊恩本人，吐露了胸中埋藏的絕望與掙扎。

同時我開始在腦海裡描繪「熱線女俠」這個人的樣貌。猜想她已經五十好幾，是個老處女，皮膚蒼白而且兩頰和頸部都鬆垮下垂，額頭皺紋很深。她背負沉重的罪孽卻不敢面對，於是駝背十分嚴重。那雙眼睛乍看很慈祥，但只要望進眼底就會看見真正的她——黑暗冷酷的靈魂，以他人的痛苦取樂，就像電影《醜聞筆記》裡茱蒂．丹契[10]飾演的角色一樣，只是更醜惡。

無論如何，「熱線女俠」佔據我日思夜寐所有思緒，雖然是種能量卻也是拖延我靈魂痊癒的執著。但我很確定一件事：現在扔毛巾投降退出比賽，她是否真正存在就會成為自己後半輩子的心魔。

我當然沒告訴任何親人朋友，他們一定會覺得我發瘋。不過簡訊和語音留言越堆越多，他們發現電話總是打不進來會焦躁不安，長此以往恐怕要察覺我這邊狀況不對。因應之道就是最低限度地陪他們喝小酒、家庭晚餐或上館子，大家才肯相信夏綠蒂走了四個半月以後我開始向前走。其實不完全錯。我是向前走了，走上尋找那個人的道路。

[10] *Notes on a Scandal*，描述女教師藉由醜聞控制女同事。朱蒂．丹契為英國知名女演員。

11

夏綠蒂死後四個月又兩週

八十二。我欺騙誤導那麼多人，終於找到那個「熱線女俠」。

「晚安，這是『終點線』，我叫蘿菈。請問您是？」她開口。

一如既往，每次電話開始我就按下錄音，塞進耳機以後切換到名為史蒂芬的另一個人格，就像換拖鞋那樣輕鬆迅速。我吐出重複過八十一次的說詞：「我沒打過這種電話，不知道從何說起……」

「唔，那從名字開始吧，怎麼稱呼？」

和其他志工一樣，她的聲音帶來撫慰，咬字清晰、語調柔和，彷彿兒童節目裡朗誦床邊故事的人。

「史蒂芬。」我回答。

「好的，史蒂芬。」她繼續問：「請問是什麼因素讓你今晚決定打過來？」

「不確定。感覺……感覺沒人能講話，也不想再這樣下去……不想繼續下去了。」這段臺詞我讀過很多次，幾乎背下來了，還能掌握抑揚頓挫和該哽咽的地方增加戲劇效果。如果奧斯卡有最佳電話角色這項目，我一定能拿獎。

「唔，那你打來是好事，」她說：「先聊聊愛你、關心你的人，生命中有誰能歸在這個類別嗎？」

我假裝思考一陣子。「其實沒有，」再誇張地深深嘆息，「我的生命裡沒這樣的人。」

她問我是否有朋友能聊，聽我說沒有之後表達了同情。目前為止回應都很樣板，我手指在筆電鍵盤游走，準備將她加入表格。蘿菈這名字並不特別，但在名單上倒是頭一回出現。聊到現在，感覺是個樂觀型的人。

機率低，我這樣註記。

「你有找醫生聊過自己的感受嗎？」

「有，她就開了抗憂鬱劑。」

「效果如何？」

「四個月了，每天早上還是找不到起床的理由。偶爾覺得不如全部屯著，可以一次……妳懂的。」

「偶爾，還是常常？」

我故意遲疑，然後低語：「常常。」

相較前面八十一次沒有特殊進展，但話筒那邊傳來翻紙張的聲響，我猜是新手，所以還想查志工手冊。至少我給了她練習機會，所以壓下呵欠，視線飄到BBC運動網站的球賽成績。

「史蒂芬，你不必覺得尷尬，其實大家或多或少都想過結束自己的生命。以前嘗試過嗎？」

等等，她說「大家」？

前面八十一個志工從未將話題帶到這個方向。是急著要我感受到她的同理心嗎？

「沒有，」我裝出慚愧語氣：「曾經有過計劃而已。」

「曾經有過計劃是嗎？」

我按照網路上看到的東西說，還解釋自己想先把事情處理完，免得造成別人麻煩。接著根據筆記，我提起沃佛頓，從那裡穿過壞掉的欄杆可以走上鐵軌。一切都是想像，但她靜靜聽完了。

「或許內心深處，你並不真的想要結束生命。」她這話聽起來與其說是質疑根本就是指控，語調也隨之轉變，不再那樣溫和親切。「說不定是種求救訊號？」她繼續：「我接過很多這樣的電話，他們說自己想死，但討論細節的時候卻發現只是自怨自艾。史蒂芬，你會不會也是這種人？困在自憐的惡性循環出不來？深陷其中的人往往沒有自覺，如果不拿出勇氣從自身做起，最後什麼也不會改變。你不奪回主導權，逼著你今天打電話過來的那種痛苦只會越來越沉重，後半輩子可能四五十年不斷惡化。此時此刻你的身心靈狀態就是往後的模樣。你能這樣子活下去嗎，史蒂芬？我認為不行。」

當下我確信自己找到了。

其他人完全沒對我講過這種話。我該興奮，但也發覺自己太傻，做了那麼多準備卻沒想過現在這階段如何應對，以為能夠即興演出可惜沒那個本事，一下子慌得舌頭打結。

「我……我……不喜歡浪費時間。」我口吃起來：「認真思考很久了，結論沒變。但這樣還不動手，是因為我太懦弱，對不對？」

「不，史蒂芬，你並不懦弱。」她說：「今天你能打這通電話，已經證明你很有勇氣。或許當初你只是選錯日子才沒等到火車，這很常見。」語氣又溫柔起來。

是錯覺嗎？

腦海浮現她輕笑的畫面，彷彿奶油在她口中也不會融化。「記住：我們永遠在這裡等你，以你期待的形式提供協助。」

「聽我說話？」

我屏息等到她回應。方才她明明附和說我沒有活下去的意義，卻又話鋒一轉稱讚我有勇氣。這下子我擔心自己不是貓，而是老鼠，成了被玩弄那一方。

「如果你需要的是傾聽，那我就會聽。」

「假如……我需要的……我最後決定……」我聲音漸漸微弱。

怎麼說才不會嚇跑她？

「你打電話來，是想自我了斷，問我是否支持？」

她居然主動幫我說完？我有種頭昏眼花飄飄然的感覺。操！找到了！接下來該怎麼辦？

「我……應該是吧。」我翻來覆去擠出這句話。蘿菈語氣再次轉變，像是要對我說教。

「『終點線』一貫立場是不介入不批判。」她解釋：「我們只聆聽，不嘗試阻止你的任何決定，只希望你能先和我們聊聊，確定自己有些什麼選項，再看看要不要跨出那麼大的一步。你明白嗎？」

「嗯。」我絞盡腦汁思索如何對付她，卻還是吞吞吐吐：「可是……」

「可是？」蘿菈重複。感覺她知道自己成功刺激我，而且樂在其中。

「要是我真的決定……妳懂的。那妳會……？」

「我會什麼呢，史蒂芬？你希望我怎麼做？」

我口乾舌燥，又沉默了。*萊恩你搞什麼鬼，快說呀！好不容易找到，說話呀！*但我整個人僵掉，需要時間沉澱。「抱歉，我還有事。」一說完就掛了電話。

「操！」我全力大吼，抓起桌上馬克杯朝牆壁砸過去。杯子粉碎，還將一幅裱框的圖畫給震落地板。

我頭埋進手掌重重喘息。蘿菈和別的志工不一樣，絕對就是她。這人就是我要找的「熱線女俠」，對方翻臉比翻書還快，切換人格的能力實在驚世駭俗。她並不是平鋪直敘說「我幫你自殺」，而是在我腦袋植入一個信念——不釜底抽薪，我即使活著也好比身處煉獄。

我從錄音檔開頭再聽一次，發現蘿菈完全掌控了對話節奏。計劃全亂了，我對自己很生氣，竟然無法保持冷靜，慌慌張張掛電話。本能反應是趕緊再撥過去，幸好理智戰勝衝動：貿然二度上門只顯得優柔寡斷、需要關注。目標是讓對方相信我差一步就要尋死，而關鍵也就在這最後一步。對她而言，如何推我到另一邊是個難題，但我敢打賭她樂於接受挑戰。所以應該間隔幾天，裝作經過一番沉思才決定再次打到「終點線」找她。

下次找到她，又要怎麼辦？須得妥善利用時間。蘿菈未必是真名，但目前也只有這條線索。上Google搜尋「蘿菈」加「終點線」，跳出來的結果居然是一本蒸汽火車歷史書作者。關鍵詞改成「慈善」和「自殺」之後，我點進《北安普敦紀事報》的網站。

新聞標題是「糕點慈善義賣募得三百英鎊」，附圖是三位女子一個女孩，前方桌子上滿滿的點心，時間大概一年前。終點線志工自製糕點義賣，募款金額大約三百鎊，開頭這樣說。該諮商熱線已在市中心運作半年，本次藉賽道園遊會機會擺設攤位，發言人表示：「我們採取自籌資金的營運模式。近年成本逐步增加，現金收入很有幫助。」上方照片（左起）：柔伊・帕克，瑪麗・巴奈特，艾菲及蘿菈・莫里斯。

蘿菈・莫里斯。我放大畫面，盯著右邊那女人，外表十分正常，與我想像的邋遢老婦相去甚遠。事實上還算漂亮，穿著合身襯衫與褶裙，頭髮向後梳緊繫成馬尾，笑起來露出整齊牙齒。女兒叫做艾菲，名字和臉蛋都似曾相識。我在Facebook查了下，找到清楚相片。

接著又在搜尋引擎輸入「蘿菈・莫里斯」和「終點線」，找到較近期的消息，標題是「慈善募款人員獲獎」，照片裡是同一個女子。坐輪椅的男人端著銀色獎牌獻上，她單槍匹馬就一年替單位募到五萬英鎊，是所有分部中第一名。

我服務好幾年，深刻體會到這個單位的存在意義。報導引述蘿菈說法：所以我們更加把勁，舉行舊貨和糕點義賣，加上爭取贊助來維持運作。也藉這個機會感謝丈夫東尼與「保險世界」公司的義舉。

她結婚了。我不禁揣測要多麼工於心計才能連自己老公也瞞個徹底。或許他也是同類人？又或者他對妻子做了什麼心裡有數卻不聞不問？

而且終究得考慮一個可能性：或許只是我盲從直覺，誤判了目標。準備闔上筆電前，報導最後一行文字引起我注意。

問起有什麼話想告訴打給終點線求助的人，蘿菈說：「無論你期待什麼形式的協助，我們永遠在這裡守候。」

說出自己求死以後，電話那頭給出幾乎一樣的答覆。終點線網站或其他地方找不到類似的句子，只有她會這樣說。就是這個女人沒錯。

我冷笑起來，有逮住蘿菈的辦法了。

12

我坐在駕駛座上，車子距離北安普敦市中心的終點線辦公室不過幾公尺。

這裡是雙黃線，每隔四十分鐘左右後照鏡就會有個板著臉的管理員來巡，總是手裡拿著機器確認車牌。我一看見就發動，繞這區兜圈以後等她走了停在相同位置。打了三次電話過去，她有接聽，所以我確定蘿菈．莫里斯今天值班。這麼快就能找到她，感覺運氣好得有些奇怪，但今天不想講話，當場掛斷後拎起外套、鑰匙與手機，疾馳到他們工作地點守株待兔。

待了大半個早上，後來忽然幾分鐘裡就五六個人走進去，我猜想是新一輪值班剛開始。頃刻後蘿菈出來，還抬頭眺望晴朗無雲的天空。正值五月銀行假⓫，天氣非常好。她踩著混凝土階梯下來，從我車子旁邊經過。我比對了列印出來的線上新聞，很肯定是同一個人。好幾星期埋頭調查，總算一窺真面目，我不由得興奮得有點暈眩，得握緊拳頭深呼吸幾下。

她穿著白色運動鞋、防水夾克，手裡像個小包的東西是折疊傘。從裝扮判斷應該沒開車，萬一是搭公車就麻煩了，所以我拿了些放在菸灰缸的零錢以備不時之需。停車管理員已經無所謂了，我開門下車跟蹤目標。她一度停下腳步轉身張望，我趕快躲起來，但蘿菈隨即開包包掏出香菸點燃。

我看過很多警探電視劇，知道如何保持安全距離，因此蘿菈應該沒察覺自己被人跟蹤。但我不敢大意，自己能看見對方代表對方多半也能看見自己，所以我趕快戴上耳機，她轉頭只會看到有人邊走路邊聽音樂。

蘿菈步伐平穩，速度不快，但毫無猶豫。跟了大約三十分鐘，到達某處住宅區。家家戶戶前方都有大花園，籬笆與草坪修剪整齊，周圍種上幾排花圃，環境看來頗富裕。

可是其中一間就像銅幣中混雜的白銀，十分引人注目。蘿菈踏進那戶車道。別家窗框都是褐色塑膠並安裝菱形格柵，只有她家採用現代感的深灰色和遮光玻璃，一扇窗底下整齊排列著陶土盆栽，圍牆還重砌過且漆成乳白色。屋子前面沒種草，直接鋪了磚，已經停了一輛黃色Mini Cooper，旁邊還能再容下兩輛。

她穿過雙開門進玄關，我利用短暫機會窺看內部，發現牆壁顏色很特別，深灰的底子上有黑色線條。等她關上門，我才心滿意足回車上。

翌日清晨七點鐘我又過去一趟，希望能夠掌握她每天生活的大致作息。帶了一壺咖啡之後，車子直接停在馬路對面。

看樣子似乎又與她丈夫失之交臂，大門前方車道上還是只有一輛Mini。顏色有點花俏，像是男人會選的。一小時半之後蘿菈才出門，她揹著粉色帆布包步行上路，速度頗為輕快。我在道路另一邊利用樹木車輛作為掩蔽，拿手機拍下她行走的模樣。蘿菈停在西田中學校門前，視線停在奔跑嬉鬧的一群男女學生身上，還對其中一人揮了揮手。女孩根本沒看見，她斂起笑容，注意力短暫轉移到門口其他母親那兒，神情似是想要過去攀談，最後卻又好像不敢冒險掉頭離去。

⑪ bank holiday，英國公共假日，多數商家不營業。

隨著她繼續移動，我也拍了更多照片。最後蘿菈停在機構車道上，大型白色建築往四周延伸。這地方我也很熟，不禁忖度起來：她在這兒幹嘛？

因為面前這地方是金斯索普長照中心，我外公彼特中風導致右半身癱瘓，幾乎無法移動和說話，只好送進來給別人照顧。爸媽每週探望兩次，強尼和我比較少，夏綠蒂死後更沒想到要過來。自己的事情都煩惱不完，很難顧及其他人。

接待員好像認識蘿菈．莫里斯，沒要求確認證件就開門放行。她順著走廊前進，轉個彎從我視野消失。

我在門外來回踱步，思考這個狀況如何突破。跟進去是不是有點危險？即便如此也得試一試。於是我到大廳對接待員說：「妳好，我來探病，想找彼特．史賓賽。」然後擠出畢生最燦爛的笑臉。

「請問你和史賓賽先生的關係是？」對方板著臉回答。

「他孫子，有一陣子沒過來了。」

接待員那表情彷彿想說：我都懂，反正你就不孝子孫。

她要求證件，我就用駕照換了訪客證掛在脖子上。外公住在行動不便病患的專區，得從右邊走廊連接另一棟樓，但方才蘿菈走的是左邊。我東張西望，確定沒人留意，悄悄朝那一頭溜過去，片刻便找到目標。

她坐在這棟樓的交誼廳，牽著病人的手唸故事書，男孩被綁在輪椅，臉上掛著笑容。蘿菈目光在書本和孩子面孔間來回，似乎深怕一個分神眼前的人就會消失無蹤。只有親子之情會這樣濃厚。她掐掐男孩的手，陪著笑了起來。

我看得心裡驚濤駭浪很難平復。幾天前想引誘我走上絕路的明明是同一個女人。偷看幾分鐘後我自覺不妥，侵犯人家的隱私，同時提醒自己：儘管她的孩子處境堪憐，不代表她的人格沒問題，更不代表她沒趁求助者心理脆弱趁虛而入。

我悄悄到來又悄悄離去，也決定既然都進了療養院就拜訪一下外公。敲門後進入房間，他眼睛沒睜開，我好好端詳一陣。兒時印象中外公高壯結實，現在當然不復當年了。記得九歲那年和強尼在花園打鬧時，彼特外公可以一個人扛著灰漿桶上下階梯修補屋頂，後來他將我們兩個也揹到上頭，三個人一起坐在屋脊朝下面往來的轎車公車揮手。媽下班回來看見了嚇得連聲大叫，他才趕緊帶我們回到地面。

二十年過去，或許就是這麼長時間每天兩包滿滿焦油的香菸，導致他連續多次中風，成了眼前這副風燭殘年的模樣。

病床邊壁架上擺著照片，有已故的艾爾希奶奶與爸爸媽媽。牆面懸掛我和強尼的孩提時代，還有一幅大銀框裡面是夏綠蒂與我的婚紗照。情緒來得猝不及防。

「外公，萊恩來看你了。」我輕聲說完提起他的手，皮膚像紙一樣薄，青紫色靜脈如隆起的路障。「好一陣子沒來了，真對不起。」

外公眼瞼緩緩翻開，朦朧灰白的瞳孔逐漸往我臉上聚焦。最後一次中風相當嚴重，對腦部的語言與運動區塊造成不可逆傷害，但他依舊認得自己長孫，左邊嘴角輕輕抽動想笑給我看，食指輕輕擦過我的手。

「地……」他吐出一個音節。

「地什麼？」我柔聲問。

「地……」外公說完看著前面，「下……地……」他眼睛盯的是我結婚照。

「下、地，」我複誦之後問：「是說夏綠蒂嗎？」

他又伸手碰碰我。

「媽都和你說了是不是？」我沒聽她提起，但從外公表情判斷應該沒錯。

「這陣子我過得很慘。」坦承了這一句，接下來就難以自抑，連珠炮似地劈哩啪啦從夏綠蒂自盡開始，說到她或許是被人設計了，而且我已經找到幕後黑手。其實只是想要一吐為快。

「外公，我好怕，」我繼續說：「不知道該拿那個女的怎麼辦。要是你能告訴我就好了。」沒想到外公眼睛忽然亮起來，彷彿催逼所有腦力控制嘴巴，就為了給孫子一句安慰。打開雙唇以後他喘個不停，兩頰與額頭漲紅了。

「沒關係的。」我連忙道。將自己的情緒拋給病人承擔也太自私。

「一……」他支支吾吾：「呀……環」外公的神情像是拚了命要我聽懂。

「一……呀……環……」我重複幾次以後明白了：「以牙還牙？」說了這句，外公馬上伸食指過來，還輕輕點了下頭。

「謝謝。」我緊緊握住外公的手。

13

夏綠蒂死後四個月又三週

隔了幾天，我再度撥號到終點線。

中午陪強尼和爸去艾賓頓酒館小酌兩杯。他們眼裡的我還在掙扎著回歸常態，所以聽到我準備回去上班倍感欣慰。其實進新公司才九個月就碰上夏綠蒂自殺這種事，我一請假就請了將近五個月。之前和老闆布魯斯·艾金森提了回去的日期，他說會著手安排，慢慢來就好無須急躁。

重頭戲是蘿菈。夏日午後暴雨將我淋成落湯雞，回家之後連忙脫下濕衣服掛好晾乾，等不及實行今天的計劃。幸運女神對我微笑，不到兩小時她就接了電話。

「我是史蒂芬。妳可能不記得，但之前我們應該聊過？」

「你好，史蒂芬。沒錯，我們聊過，而且我還記得。今天過得還好嗎？」

「還可以，謝謝。」

「聽起來比上次正向了些，狀況有什麼變化嗎？」

「應該沒有吧。」實際上是天翻地覆的變化，我對電話彼端的人有了很深的認識。

「唔，真可惜……沒關係，至少今天感覺還好？」

「大概吧。」

「嗯，有時候好好睡一覺，早上醒來就會覺得好多了。」

「但不代表壞事煙消雲散？」

雲淡風輕得好像兩個人未曾有過那種對話。蘿菈故意表現得正向陽光，我則開始揣測她背後動機。可能是慣用的話術，藉此測試對方尋死意志是否堅定。有人說逼瘋一條狗最簡單的辦法就是哄完就打，搞得牠難以分辨青紅皂白。我被當成狗是嗎？

兩人在言辭間翩翩起舞進退周旋，彷彿蠍子對上響尾蛇，兜了好幾個圈子誰都不肯先攻。我一再閃避她的提問，終於等到蘿菈沉不住氣。

「史蒂芬，希望你不介意我直話直說。先前你表示自己狀態還好，但現在聽起來似乎並非如此。」

「可能我習慣那樣回答，免得其他人擔心。」

「『終點線』是包容開放的園地，你不需要偽裝自己。有沒有什麼你特別想聊的事情？」

「唔……上次我們……」

「我記得。」

「我說了些東西。」

「你說了很多。」

「關於我想自殺……」

「對，你說過。」

「妳問我有沒有做好準備。」

「我想這應該不是我原本的句子。或許是我用詞不精準造成你誤會了。」

這招不好對付。「噢。」

「那麼針對結束生命這點，後來你得出什麼結論？」

我翻翻自己筆記本，卻一下子沒找到她上回講了什麼，得先瞎掰些東西蒙混過去。「我想了很久，應該說腦袋裡只有這件事情揮之不去。妳說得沒錯，我跳不出循環、什麼都不會改變，後半輩子都會是這種狀況。」

「那你覺得自己可以怎樣擺脫這種狀態？」

不能火力全開，避免引發她疑神疑鬼。「不知道。」

「真的嗎，我認為你其實是知道的？只要你肯對自己誠實。」

「嗯，」我壓低聲音：「我準備好了。我是說，我想……我想死。」

「史蒂芬，抱歉打斷，但得先停在這兒。我值班時間要到了，電話也不能轉給同事。不過你可以待會兒再打來，會有其他人接聽，所有志工都很樂意陪你繼續探討下去。」

「啊？但是——」

「大衛你保重。」她撂下話。

電話掛斷，我僵在椅子上，耳裡只剩暴雨拍打陽臺窗戶一陣陣叮叮咚咚。我搔搔頭，心底湧出懷疑。關於蘿菈、我們的談話內容、她慫恿夏綠蒂尋短——難道一切只是我的想像？因為傷痛太過深沉，酒精與失眠推波助瀾下我徹底扭曲了人家的意思？還是她識破史蒂芬這個偽裝，看見了真正的萊恩？

不可能。相比之下，更值得懷疑的是蘿菈又在評估我究竟多想死，可以刺激我到什麼程度。

然後，大衛又是什麼人？

後來一星期我繼續觀察，挑選不同時段開車前往蘿菈．莫里斯住處進行監視或跟蹤。間諜遊戲並不好玩，尤其正好遇上熱浪來襲，為防中暑我得開窗戶或將冷氣調很強。最近的公共廁所居然關閉，我只好躲進旁邊小巷子尿尿。老盯著後照鏡或側鏡，我眼睛早就瘆了。蘿菈每次露面我就瘋狂拍照，徹底記錄她平日行為模式。無論她去什麼地方我都尾隨，生活大小細節都得掌握。

偶爾趁她在家裡，我隔著深色玻璃看見幽暗身影逡巡於各個房間。又或者百葉窗打開時，縫隙後頭的她時常獨自坐在廚房。一天天黑以後，她拉緊百葉窗，我躡手躡腳到了廚房窗外，發現她和不知道誰在講話。這戶房子裡竟還有我不認識的人。

戶口資料登記的只有她和丈夫東尼，以及未滿十六歲所以姓名不公開的三個兒女。兒子我見過了，不住這兒。從報紙照片和Facebook看過一個女兒叫艾菲。最後一個我還不清楚。

東尼背景很容易摸清楚，畢竟蘿菈受訪時就提過。他經營保險公司，公司名字以及他自己的相片還直接貼在Audi轎車側面，所以非常好認。

先前我開車去他公司看過，位在產業園區。剛好遇上東尼出來，我都跟蹤過他老婆了當然也可以跟蹤他，差別在於這回是開車追。碰上紅燈剛好拍幾張，等他進健身房就從馬路對面繼續觀察。東尼換上背心和短褲，我坐在接待區佯作上網瀏覽，實則又隔著玻璃牆拍攝他怒打沙包洩憤。

隔天開始研究艾菲。經過一整個星期，資料搜集齊全，我也擬定好策略。蘿菈奪走我什麼，我就要她失去什麼。

14

夏綠蒂死後五個月又兩週

聽她反應，蘿菈能從嗓音立刻認出我。

打過去第三次，她語調有種寬慰、甚至是感激，彷彿放下心頭一塊大石。

按下錄音機，剛開始蘿菈還是照表操課。她不是個躁進的人，否則早就被逮到狐狸尾巴。這回我已經在腦袋裡設想過各種可能的劇本，於是毫無懸念、也沒必要像第一次那樣匆匆忙忙掛電話。其實我還寫了些史蒂芬的假背景，適度放進對話作為潤飾，目的是讓蘿菈相信電話另一頭的人痛苦絕望又天真可欺，操弄起來輕而易舉。

「如果你覺得自己狀態不會好轉，能期待的最佳結果是什麼？」聊幾分鐘之後她話鋒一轉。

我盡量延長沉默，放大戲劇效果。「某一天早上，我就不再醒來。」

「你不想醒來。我明白了。」

「妳不問我有沒有活下去的理由嗎？」

「你希望我問嗎？如果我找些理由給你，你聽嗎？」

「應該不想。」

「第一次談話的時候，你提到讓火車輾過去的方法。」她提醒。

「改變主意了。」

「現在的想法是？」

「上吊。」

我上網調查過，發現男性自盡最常見的方式是上吊。蘿菈隨即探詢我研究是否充分，選擇上吊的理由、地點、手法等等，很明顯對我的答案不滿意。

「你現在說的方法太簡陋了，很多細節沒顧慮到……」她忍不住打斷，但迅速回復鎮定：「確定要走這路線的話，下次可以一起檢討改進。」

就等這句話。她上鉤了。先前的猶豫懷疑霎時煙消霧散。雙方權力平衡隨之傾倒，蘿菈信了我編的故事，不再勸我從人生找出希望。前幾個星期都是測試，我高分過關。

「妳會幫我？」我問。

「之前就說過了，我的職責並非勸阻你，也不必說服你接受我的價值觀。我就是聆聽而已。」

「那可不可以……？」我讓聲音飄遠，但並非故意，寫好的劇本上沒有這橋段。可是心跳得好快，我思考著該不該冒險——直接開口如何？嘴巴打開了，卻遲遲發不出聲音。

「大衛？」蘿菈問：「還在嗎？」

「大衛是誰？」我反問。

「抱歉，我是說……史蒂芬。你剛才說『可不可以』什麼？」

混蛋。說吧。「我動手的時候，可不可以要妳陪著？」

「假如你需要人陪伴聆聽，我很樂意。」

「不是講電話。」

一句話殺得她措手不及。蘿菈很清楚我的意思，卻還要我清清楚楚說出來。

「蘿菈，我是說，我上吊的時候，妳願不願意陪在我旁邊？到我家來，可以嗎？」

完全沉默半晌後她才重新開口。雙方都只能聽見彼此緊張的氣息。

「這……這恐怕不合適。」她支支吾吾。

我也覺得得重新來過，讓事情聽起來順理成章。「我希望妳親自來，看看我有沒有什麼地方做得不夠好，確保事情會順利成功。然後都最後了……妳懂的……」

「對計劃有遲疑嗎？」

「沒有。我沒有。就只是，嗯，妳懂我……」我試著訴諸她膨脹的自我，說這幾次電話對談比好幾個月的心理治療還有效。「可以考慮看看嗎？」

「不行，史蒂芬。很抱歉，你要求我做的事情違反法律，而且完全不道德，我會惹禍上身。」

「妳說得對，我很抱歉，不該問的，」我回答：「沒有下次了。」說完我咧嘴笑著掛掉電話。主導權到了我手中，再來就等蘿菈自己點頭。

15

蘿菈急了，我感覺得到。她一接電話聽到是我聲音就不對，很明顯在壓抑洶湧的情緒。演技其實沒她自以為的那樣精湛。

而且她不想被我察覺內心多雀躍。夏綠蒂恐怕就這樣遭到矇騙。

一個人在公寓裡窒息感越來越嚴重，有時牆壁彷彿要壓在身上。受不了了，只好帶著手機和筆記本過去艾賓頓公園，找了三個湖裡最小的坐在岸邊，看著水上鴨群爭搶麵包屑然後打給蘿菈。距離上次電話好幾天，目的是給她時間沉澱思考，最後禁不住誘惑冒險一試，到現場親眼見證我的死亡。

首先我假意道歉，說自己害她為難了。

「沒關係，史蒂芬，我不會批評你的。你想說什麼，都可以告訴我。」

蘿菈呼吸比平常紊亂，語調聽起來就很勉強，感覺想說什麼卻又天人交戰。兩個人多閒話家常一陣，我開始打探她的私事，也趁機刻意迎合，說自己想像蘿菈長得就像《飢餓遊戲》電影女主角。近距離觀察過很多遍，她什麼尊容我當然一清二楚。然而她忽然將話題帶到我想不想生小孩，應對起來有點棘手。

「以前是有個人，我想勉強算是我想成家的對象吧。」我說：「就溫柔、可愛，我也覺得她很愛我。不過她忽然就消失了。」

如果我營造自己心靈脆弱的形象，或許蘿菈會更想見縫插針並且接受我的提議。再不著邊際地聊了十五分鐘左右，她終於按捺不住。

「我答應你。」她忽然下定決心：「如果你是認真要結束生命，那我會親自過去陪你。」蘿菈聲音非常小，大概怕被同事聽見。

我在電話裡連聲道謝，其實心裡一方面飄飄然，另一方面覺得這人真是噁心。蘿菈倒還沒說完，開始解釋自己有一套標準，不徹底瞭解對方心靈就無法合作，因此期待我開誠布公無所隱瞞，之後會提供班表方便固定時間聯絡，每週至少三次。關係穩固之後再約定死亡日期。

「過程裡我會從頭到尾守在旁邊，但史蒂芬你要注意，這是一段夥伴關係。」蘿菈補充說明：「我們必須扮演好各自的角色，你的職責是對我坦誠，而我的職責是確保你能順暢進入到下個階段。」

看來第一階段考核是我求死的決心和堅持，第二階段則要審查是否百分之百真有史蒂芬其人。給她一丁點懷疑的理由計劃就要告吹。

各懷鬼胎，看誰設的局更勝一籌。

16

夏綠蒂死後六個月

「繩結得高，在頸部後面，如此一來才會隨著壓力增加收更緊。」蘿菈解釋起來聲音很小，有時候我很難聽見。「練習的時候，確定繩子固定在梁上不會滑動，這一點極其重要。」

我們說好自我了斷前有五個星期做準備。第二週起，她開始講解吊死自己的實務方法。我窩在床上，耳朵貼著手機，膝蓋拱起如兩座金字塔撐好大腿上的筆記本。有時候會在上頭畫火柴人，今天的火柴人一個個被吊死。只要讓她聽見動筆、或我親自複誦指導內容，蘿菈就會很開心。

接著她建議我事先測試繩索是否堅韌，最好加上墊子免得摩擦頸部造成出血，並說明繩結正確位置與類型，似乎致力使我死得乾淨俐落、可以的話無痛無怨。其實我不懂，反正只是想看我掛在梁上死掉，何必管這麼多閒事，對她而言究竟有什麼分別？

繼續聽蘿菈講話，我閉上眼睛想像她伏在辦公室桌上，透過話筒壓低嗓音諄諄教誨，為學生即將死於非命內心樂不可支，而且周圍同事每一個人知道她在幹這種勾當。

偶爾我們會聊到比較平凡的話題。實際上我的死亡和死法只佔對話的四分之一不到。蘿菈想知道我生活的許多細節，大的像是我和父母、兄弟之間的關係，小的則包括我喜歡的餐點、電影，我想在自己告別式上放的歌曲，以前交過的女友……能想到的，她幾乎都問過，而且我感覺她是真的有興趣，彷彿抓緊這短短的相處時間收割我的生命，才能對死在她面前的人有透徹完整的認識。

有時會懷疑一切只是誤會，蘿菈對家庭主婦的角色感到厭煩，從我身上尋求刺激，等著看雙方誰會先示弱投降並戳破幻想。然而日子一天天過去，我的「自殺」越來越靠近，她完全沒有表態退讓的意思。

扮演想自盡的男人比我想像中困難許多，對蘿菈說過的謊言我必須全部記得，光這點就堪稱殫精竭慮。我的筆記好比一本自傳，只不過主角根本沒存在過。

「可以問妳個問題嗎？」某一次對話中我說。

「當然。」她回答。

「能不能找一件妳的事情出來聊？也不一定要很私人之類的。」

她愣了一下才開口：「為什麼？」

「會有人在意我這樣的人，還肯伸出援手，我想瞭解看看。」

「那你想知道什麼？」

我已經知道蘿菈住哪、工作是什麼、家人有誰，連她習慣的商家也跟著去過，甚至聽了她唸故事書給癱瘓的兒子聽。表面看來是個再尋常不過的女性，但直到現在我仍舊不明白：她為什麼做這種事？

「我有點好奇：妳有為別人做過同樣的事情嗎？還有我這樣的人嗎？」

「嗯，有過。」

「是怎樣的人？」

「你會希望下一個我選中的人認識你嗎？」

「唔，是不會。」

「那就得尊重他們的隱私。」

已經第十二次對話，我能從蘿菈細微的語氣變化判斷出話題是否脫離舒適區。不過期限快到了，我想賭一把，她投入這麼多心血，應該不會因為我稍微窺探就退卻。果不其然，蘿菈改口說人人秉性不同，她得因材施教。聽起來意思是她針對每個人提供客製化的自殺服務。當然蘿菈從不對我提起「自殺」這兩個字，總是刻意迴避。

「人生太辛苦了不必形單影隻，」她說：「有的人只是略微走偏，幫忙拉回正途就好。但也有人偏得太遠，再也找不到路，這時候就需要我。」

我想起夏綠蒂。如果蘿菈鼓勵她在原本那條路上多待一會兒，面前地板上就會有四個月的嬰兒玩娃娃，我也不必盤算他們母子一屍二命的大仇如何得報。

「有沒有懷疑自己弄錯過？幫了某個人，事後想想卻覺得或許對方多熬一陣子，生活就會好起來？」

「沒有。」蘿菈毫無遲疑：「來找我的都是自願，就像你一樣。我不主動找人合作，是對方找到我。我以前沒有、未來也不會後悔自己幫過他們。」

我倒認為，蘿菈妳很快會有一番截然不同的體悟。

17

夏綠蒂死後七個月又一週

史蒂芬進行審判之日到來。

午後，我踏上雜亂草坪，面前是當初買下，想給妻子驚喜的老屋。仲介那片藍白色「售出」看板還釘在地上，我彎腰拔起丟到灌木叢後頭。舊窗框油漆似雪粉般剝落，磚塊縫隙的水泥裂了需要重嵌，屋頂有些灰瓦片歪掉，不更換或整理遲早要漏水。買下之前空了四年半，買下之後七個月我不管不顧，薊花長到兩呎高，與蕁麻一起包圍道路，路面的碎石子隱藏在蒲公英下。

爸媽借我三萬英鎊頭期款，剩下的靠房貸，夏綠蒂和我的儲蓄可以用在初期必要的裝修，其餘按照本來計劃慢慢就會上軌道。這是雙贏做法：我爸喜歡居家DIY，但他自己住的地方已經動無可動，早就覺得手癢，準備好幫我們省下一大筆裝潢費。

最後屋子沒機會發揮原本功能，拿鑰匙當天夏綠蒂結束生命。這段期間即使開車經過我也不肯下來瞧一眼，更別提進入檢查。

「想買這棟嗎？」一個行經的女子問。她圍著頭巾，粉紅色牽繩拖著老鼠樣子的小狗。

我搖搖頭：「不是。」

「可惜呀，」她說完繼續散步：「很適合一家人住的地方。」人家隨便一句話卻說得我哽咽。的確，屋子本身是好的，但今天另作他用，得先收拾蘿菈．莫里斯。

回車上我翻出繩子、燈泡以及三個硬紙板檔案夾，裡面塞滿她和她家人的照片。連著兩捆膠帶全部拎到門口，我躊躇後插進鑰匙推開門。事前付清電費，所以按了開關以後走廊緩緩亮起，屋內還有之前住戶留下的幾件老家具和裝飾品，否則可說是家徒四壁。

開始行動。首先在臥室牆壁貼滿照片，一點空白也不剩。臥室裡面只裝一個低瓦數的燈泡，蘿菈剛進來沒辦法立刻看清楚。階梯有幾級踩了會嘎嘎響，我先背在腦子裡，才不會被她察覺行蹤。接著我用二十分鐘綁好上吊用的繩圈，確定符合蘿菈的要求才放下木梁。是她罪有應得，我意志沒有動搖，但並不想親手殺她，目的只是逼她承認對夏綠蒂做了什麼，再稍微嚇唬，讓她以為自己無法活著走出去。最後放了也罷，但屆時她明白惡有惡報，或許會懂得收手。

約定的時間到了，我坐在臥室地板，蘿菈撥號到預付卡手機確認地址。「確定不會有人不請自來吧？」她問。揭穿熱線女俠真面目以來，我首次聽出真實的恐懼。

「不會，不可能才對。」我操起史蒂芬那種沉鬱語調回答。

「還記得正門不上鎖，電燈要開著？」

「嗯。信不過我嗎？」

「信是信，但你是人類，人類就是不可靠。我得十二萬分肯定你有照吩咐來安排，否則遇上突發狀況怎麼辦呢。正好，你將流程說一遍給我聽聽。」

「妳會在晚間八點整抵達，察覺任何可疑或不安會立刻倒車離開。我自己留在臥室，位置是二樓樓梯上來左邊第二間。繩子已經綁在梁上，也依照妳囑咐繫好繩圈、加了軟墊。妳進來看我爬上椅子，往前一腳踩空，確定我死了就走。」

「很好。然後，史蒂芬，先前一直沒機會說，但我要感謝你的邀請。這兩個月和你對話十分愉快。如果你心裡有猶豫，想想一開始為什麼會打來。我們一起探索過所有可能性，最後你認為只有這個選擇合乎邏輯，只有自己先走一步才能騰出空間給在乎的人向前走。我很佩服你。」

「謝謝。」我暗忖這番話怎麼聽都是照稿演出，說不定夏綠蒂也聽過，而且一字不差。

八點前不久，外頭天黑了，我躲在屋子前面庭院內，利用沒修剪的松柏做掩護不讓蘿菈看見。屏息中看著她將汽車停在路旁，視線受到她握方向盤的手指吸引。她猶豫了，不知該放縱情感爽快進屋，還是聽從理智走為上策，在駕駛座翻來覆去，將就有限的視野觀察屋外各個角落。

來了，真的來了。蘿菈．莫里斯終於露面，為了親眼看我死。

我握緊拳頭、全神貫注，腦袋裡催促她趕緊走進去。掃視四周最後一次，她總算推開我沒闔緊的正門。都入內了，過了幾秒鐘竟回到門口，搬了張椅子擋住門板免得門會關上。我看得心急如焚，就好像想上廁所憋不住。

等她慢條斯理上樓梯走到預定地點，我從後面追趕，小心翼翼避開會響的階梯，躲在黑暗中看蘿菈發瘋似地扯下牆上貼的照片，然後一聲不吭鑽進房間。才開口，她倏然掉頭，被聲音嚇得眼睛又大又圓。見我上前逼近，她不由自主退後。

「你……到底想幹嘛？」電話裡可從來沒聽過這種語調，她完全無法克制內心恐懼。

我繼續向前威嚇，問她為什麼迫害心靈脆弱的人，想不到蘿菈的回應是從外套口袋掏出餐刀模樣的利刃，欲振乏力地在面前揮舞。我出言嘲弄她根本沒有捅人的膽量。

「看見繩子了沒？」我問。她當然看得見。「今天要吊上去的不是我，是妳。」

頃刻間屋內只剩蘿菈的手和刀顫抖晃動，最後我出面打破僵持，伸手扣住她手腕、手臂扯到身後固定。她痛得哀號，刀子脫手落地，還被我挾持著推向臥室中央的繩索。計劃是套上蘿菈的脖子，等她開口求饒、露出最卑微淒慘的姿態就網開一面，明天將電話錄音交給終點線分部主任，由警察決定如何發落。

問題就出在我事前沒想過怎麼將繩子套上去。手才輕輕鬆開，蘿菈逮住那瞬間空檔以手肘重擊我下體又朝小腿骨大力戳下。神經反應難以抗拒，我手指掐不牢了，她一扭就掙脫開來，撿起地板上的刀往我腹部刺過來。

插得很準——她運氣好。起初感覺到刀刃，卻沒有疼痛，等手掌按住傷口，血液汩汩流至牛仔褲褲頭時感官才爆發。隨後還有一道氣流——蘿菈彎腰將刀子拔走，我倒在地上聽她腳步聲遠離，卻又從樓梯那頭傳來一陣乒乒乓乓，可能她跌了一大跤。凝神細聽，暗忖該不會摔斷她頸子，多個屍體怎麼處理才好？結果蘿菈又站起來，跑出正門衝上車揚長而去。

獨自躺在老屋臥室，牆壁上和她撕下來丟滿地的照片圍繞身旁。

雙方都低估對手，這回敗陣的是我。但事情還沒結束。

第二部

第一章　蘿菈

我好好深呼吸，吸進泡泡浴的檀香氣味，身子往下鑽一些，讓溫熱的泡沫覆蓋胸口停在下巴。

浴缸邊緣點了七根香草味香氛蠟燭。火苗搖曳，偶爾發出輕微的啪嚓聲，劃破瀰漫浴室的死寂。

開始正念練習。首先集中在水浸潤皮膚的觸感，再來抬起腿，感受腳趾滑過水面與泡沫以及浴缸支撐背脊。專心呼吸，更慢更深，起伏的是腹部而非肩背。徹底放鬆時，臀部向前，張開嘴巴，上半身壓進水中盡己所能吞下，直到肺部被灌滿。

大腦直接反應是彈出水面咳嗽，但我極力克制，留在水下扭動掙扎，彷彿困在網裡的魚。喉頭肌肉收縮，開始默數血氧存量，雖然刺痛但眼睛始終睜開，依稀看見電熱毛巾架散發出模糊藍光。已經拚盡全力了，但我多撐了一會兒，直到身體再也無法承受那股灼燒感。暈眩中我拉直上半身，靠著浴缸用力朝地磚嘔出水和膽汁，心裡很肯定比起上次又多支持了幾秒。

鎮定之後，我拿法蘭絨擦乾水蒸氣，凝視自己的鏡中倒影。與史蒂芬起衝突摔下樓梯後六星期，撕裂的嘴唇和耳朵、瘀青的眼周臉頰脖子手臂復原未免太快。只能上淡妝，否則結痂會被遮住看不見，多掐幾下瘀血可以保持色澤。

準備好了。我將以英雄之姿重返終點線。

✦

逃離史蒂芬那間小屋之後，一時情急走投無路下我捏造自己遭受襲擊的事件，沒想到竟成了神來一筆：非但製造出不在場證明，還拉近我與丈夫的距離。

事發當下我只知道自己持刀捅傷一個人，太過震驚失去思考能力，只想逃回家中尋求熟悉的安全感。滾下樓梯時手臂和腦袋受了傷開始疼，但我顧不得那麼多只是拚命沿著馬路跑。渾身顫抖，寒意流竄四肢，最後彷彿整個人結凍。怎會這麼蠢，從沒考慮自己被設計的可能性？史蒂芬掌握我太多資訊，不知道究竟跟蹤我多久。

我嚇得連紅綠燈都沒看。有人朝這頭狂按喇叭，我猛踩剎車滑過路口，側向駕駛一拐彎爬上人行道閃開，雙方僥倖沒擦撞。我不敢停下來看對方反應或開口道歉，反而重新催油門。

一個左轉進了小路之後停車，面前那條排屋外觀疲憊不堪。我努力調節混亂的呼吸，告訴自己已經沒事了。

但怎麼會沒事？心底的聲音警告：妳剛捅了個人啊，要是人家死了呢？妳就是殺人凶手。

我擔心的並非史蒂芬是死是活。倘若他一命嗚呼，屋子裡還有串連我們的證據：他裝神弄鬼躲在房間外面攔住去路，那時候我正要拆下貼在牆壁的照片，現場還留有很多。

就是這時候我靈光乍現——絕處逢生之路是從加害者變成受害者。

將車開到終點線辦公室外面時夜幕低垂，我在大街上狂奔，但片刻的思緒清明足夠確認頭頂上沒有監視攝影。目的地是附近那座一百二十英畝長方形賽馬場，周邊路燈零零散散。找到昏暗偏僻的角落，我一動不動盯著手機顯示的時間。得隔五分鐘再出去，可是有股酸蝕般的灼熱感在面頰蔓延，耳朵嗡嗡作響，身體好像疼得受不了，隨時可以癱倒在地上。

「別認輸。」我咬著牙喃喃自語。五分鐘過去了，我吸飽氣往人潮最多的地方跑，行經許多有錄影的商家和街燈。

「救命！」我在坎貝爾廣場警局朝值班警員哭喊，無需演技身子自然打起哆嗦。對方見我臉上手上血跡斑斑一定觸目驚心，立刻呼叫同事支援。穿著制服的年輕女警出面將我領到椅子坐下。

「需要急救嗎？」她柔聲問。

我搖頭：「應該不用，他沒有……沒有強暴成功，我逃掉了。」

於是女警帶我去偵訊室做筆錄。後面兩小時如夢似幻，好比身體、大腦、談吐都受到外力操控。我只是觀眾，旁觀自己口中接二連三綿綿密密的謊言。

我解釋說自己從終點線出發，經過賽馬場周邊要回家，忽然被人從背後推倒。光線昏暗，沒能看清對方面孔，那男人將我扭一圈朝臉上打，然後壓住我肩膀和手臂。衝突中我瞥見犯人手中有刀，攻其不備膝撞他兩腿內側。男子一時脫力，讓我找到機會逃走。

警察派人去現場，留下我的筆錄與傷口照片正式立案調查。過程中他們竟然叫我脫衣服，實在不大舒服，尤其得換上很醜的檢驗衣。

如今成為暴行受害人，即使鄉村小屋任何線索指向我都有不在場證明。如果這招行不通，我大可聲稱史蒂芬曾經打電話求助，雙方逐漸熟識，然而他以自殺威脅要見面。儘管我明白會違背志工倫理，終究擔心他的人身安全。故事結局理所當然是他攻擊我，我自衛時失手傷人致死，天衣無縫滴水不漏。

待在警局做筆錄發揮意料外的功能：東尼終於理我了。凌晨時值勤員警打電話聯絡，憂心忡忡的丈夫趕來，妻子傷痕累累的模樣化解了累積一年的疏遠冷漠。

「還好嗎？」他本能摟住我肩膀吻了頭頂，雙唇軟得像樹莓，但我卻不由得瑟縮。畢竟是從樓梯滾下來，現在一碰就痛。「怎麼回事？」

我適度提起精神哭了一陣，趁機將臉埋在他脖子旁邊好好吸幾口，嗅到了前一天的刮鬍水和保養品香味。警察出面說明現在狀況。

「帶我回家好不好？」我哀求道。

警員給了我們案號與文件，囑咐說如果傷勢惡化隔天要記得求醫。十幾分鐘後東尼開車載我上路。

「丫頭們知道了嗎？」我問。

「我沒說，免得她們窮擔心。怕艾菲半夜起來，就留了字條說早上再解釋。妳車呢？剛才沒看到。」

「停在辦公室。」我說。

「既然值晚班幹嘛走路回家啊？」他語氣有點懊惱，但又沒直說。

「你覺得是我不對？」

「不是，不是那個意思。先進去。」

東尼幫我開門，又摟著腰扶我站穩，還一路摟到門口，觸碰彷彿帶著魔力。可是他眼睛在左右牆壁來回之後才肯正視我，我知道那顆腦袋裡裝了什麼。

「現在只想好好睡一覺。」我淡淡說完轉過身。

他繼續攙扶上樓，我換好睡衣鑽進被窩。

「你今晚可以留下來嗎？」

東尼望向我，神情有點尷尬。「蘿菈——」他開口。

「今天而已，」我說：「心裡有點慌，你陪著有安全感。」

雖然他點了頭，我也拉開隔壁被子示意，東尼竟只是開了床邊小燈就坐在房間角落椅子上。不過有進步了，至少願意與我共處一室。儘管渾身痠痛，知道丈夫伸手可及，我很快墜入甜蜜夢鄉。

早上醒來得晚，東尼留我一個人先出門了，但傳訊息說自己去終點線將車牽回來停在門口，下午會回家一趟。算一算我能獨處七個鐘頭，說獨處也不大對，史蒂芬在腦海中陰魂不散。他會不會還沒死，留在小屋裡慢慢失血，又或者被我捅完肚子當場斷氣？我得查清楚。

於是我開車回去那個小村，戰戰兢兢接近老屋，然後躲在鎖好的車子裡努力克制雙手抖動。沒看到警察也沒有封鎖線，我用椅子卡住的前門關上了，第一個房間沒點燈。種種跡象顯示我離開以後這邊有人活動。前門驟然打開，一個男子現身，樣貌比史蒂芬老很多。這人拿起園藝剪刀開始整理籬笆，如果史蒂芬死在裡面想必已經被發現，毫無疑問他還活著。

新發現衍生出許多問題，譬如史蒂芬人在何處？

隨後幾星期我過得提心吊膽，每一兩個鐘頭就要透過臥室百葉窗偷窺外頭情況。先看看停在周邊的車，再檢查鄰居家每扇窗戶每簇樹叢，深怕有人影潛伏在暗處。我總是拉緊家裡窗簾，早晚檢查門戶是否緊閉。

不聽廣播了，地板輕響或貓咪走動都足夠刺激到我。丈夫不在的話，偶爾我會啟動闖空門警報系統，然後鑽進臥室躲好，徹底與外界斷絕聯繫。只有約診時間才出門，一律由東尼開車接送。晨昏交替、日月如梭，我活在史蒂芬的威脅下備受煎熬，不知他何時會再闖進自己生命。入口的菜、睡前的酒，行經住處的每個路人身上都能看見他影子。我就是如此恐懼史蒂芬——他對我太過瞭解，我卻只掌握了他的偽裝。

以往理所當然的自由遭到剝奪，連帶亨利也不再安全，顯然史蒂芬知道他住在什麼地方。我擔心再去探病會連累兒子，只好每天打電話過去，請護理師將話筒放在他耳邊聽聽媽媽的聲音。

和過去完全不能比。

失去生命的支柱，我的心靈四處飄蕩失去意義。一天早上泡澡時忽然有個念頭：如果當初沒找到夏綠蒂，而是自己陪大衛跳下懸崖，會是什麼感覺呢？而他沉入海中，又是什麼滋味？

我將頭埋到水下，試著想像一切脫離控制：水溫驟降、水流向下拉扯，他被拖離海岸，身體因為撞擊產生劇痛。我將水吸進口鼻，太疼了，身體忍不住彈出水面。然而內心卻有了另一番體悟——自小屋那夜以來，我第一次真正將自己的人生抓在手中。不奪回主導權，這種日子就不會結束。

妳不是那種人。妳會存活到最後。妳必須振作。

接著我想起世界上有許多人需要幫助，少了我的指引他們只能繼續受苦。我一天不敢面對，東尼、兩個女兒和亨利就多遭受一天池魚之殃，史蒂芬想必正在幸災樂禍。

不能再這樣下去。我爬出浴缸，做了幾次深呼吸，感受窗外陽光溫暖了面孔。蘿菈復出的時候到了。

◆

回到終點線頭一天，我在走廊大鏡子打量自己最後一次，拉平襯衫、攏弄頭髮，髮絲順著臉蛋包覆才會好看。衣服也是特意挑選，用俐落褲裝烘托自己「倖存者」而非「受害者」的新身分。

儘管走路過來也只要三十分鐘，我還是開了車，不著痕跡提醒所有人：蘿菈對於獨自行走於街道仍然心有餘悸。打理妥當，我推開辦公室的門，首先見到了珍奈。

「歡迎回來。」她給了個沒什麼熱度的握手。

「謝謝。」我答道。沒接電話的同事瞧見了紛紛圍上，每個人都想來個擁抱、輕啄一下臉頰，雖然很煩但我盡量配合，還口口聲聲說自己逐漸康復平靜以對了。

並非一回來就能重返原本崗位。志工工作需要強大的情緒韌性，不處在最佳狀態很難給予求助者需要的回饋。但我演技精湛，大家相信沒殺死我的令我更堅強，因此如同之前癌症治療剛結束，我可以坐在瑪麗旁邊聽她電話對談，重新熟悉終點線的服務模式。

不到一個月我就上了軌道，最初每週輪三班，自信也回復很多——如果史蒂芬不放過我，那就放馬過來。我不再抱頭鼠竄，反而想要請君入甕。想必對方也是嘔心瀝血才揭了我的底，我怎麼能夠不禮尚往來？

我活下來，就為了再接他一通電話。

第二章　萊恩

不再和蘿菈說話的感覺很奇怪。

汽車音響時鐘顯示早晨七點四十，幾個月前相同時間我通常正在整理筆記，為當天的電話諮商做準備。每週三次，「史蒂芬」撥給蘿菈，依她要求鉅細靡遺交代自己的生活。有些元素是創作產物，我一有靈感就寫在筆記簿或手機軟體。不過抒發絕望感的時候其實發自肺腑，所以相比親人朋友的話，我對蘿菈更常敞開心胸說話。簡直就是斯德哥爾摩症候群[12]，差別在於對方還沒綁架我，我就自己有了情感依附。

她設計我，我也設計她。她要我死，我要她不再摧殘別人。我沒遺忘蘿菈靈魂上巨大的污點，卻也逐漸明白妻子從她得到了什麼。與蘿菈對話確實輕鬆自在，也為彼此生命賦予意義，我的陰謀、她的病態融合為扭曲共生，說穿了婚姻的基礎還沒這麼堅實。

如今我倆只剩下沉默，彷彿人生拼圖又缺少重要的一塊。

車子停在公司安排的位置，我抓起公事包與後座幾個資料夾走進大樓，途中手滑掉了一個在地上，彎腰拾起卻覺得心頭一凜。太久沒上班，大半時間只有少少幾個親戚朋友相伴，我得重新習慣人群包圍是什麼感受。幸好幾個月下來也慢慢自在了。

見我有起色，強尼和爸媽都鬆口氣。我晚上會找朋友出門，也打算回去健身房和參加週日足球賽。別人眼裡的我是回復本色，沒人知道那個萊恩已經隨著夏綠蒂葬在過去。

穿過走廊，我笑得臉都僵了，不斷對老面孔點頭問候。鑽進小隔間，桌上有張字條，布魯斯．艾金森要我正事開始之前先過去報到。

「坐、坐。」他招呼我進去，指著辦公桌前面的空椅子。

「有什麼問題嗎？」我問。

「沒事，沒事，萊恩你別瞎操心。」他回答：「只是確認一下你回來以後是什麼狀況。已經，多久，三個月了？」

「四個月，但一切順利。應該吧。能回來挺好的……不會想太多。」

「唔，是呀，經過你……呃，你老婆，那種事情……心情應該舒坦些了吧。」

我猜是人資部艾邦妮叮嚀他要記得定期訪談。對話內容太生硬了，感覺就不是他自己的意思。但看布魯斯扭捏作態也滿好笑。

「大家對你的態度還可以嗎？」他繼續問。

「也一樣，都不錯。」

見我沒真的帶什麼麻煩進來要他處理，布魯斯安心點頭，拿塊布手帕擤擤鼻子。「主要就是告訴你一聲，要是呢，嗯……需要更多時間，或者……有什麼需要幫忙的，儘管開口。」

「謝謝。」我說完淡淡搖頭，他便送我走出辦公室。

就算需要幫忙，也不可能找他。

⓬被害者對加害者產生情感連結的心理現象。

沿走廊回座位，我暗忖也不是只有布魯斯，大家都拿捏不準該對我說什麼好。倘若夏綠蒂是癌症或心臟病發死亡，許多人有類似經驗，所以容易同理。換作心理疾病或自殺這種無形因素，多數人不知如何切入，與其揭人瘡疤、說話不得體甚至舌頭打結，不如乖乖閉嘴也罷，但結果就是我日子過得頗為寂寥。

腹部忽然一緊。刀傷雖然癒合了卻時常隱隱作痛，沒痛到我會表現在臉上，只是總能感覺到。之前假借疝氣手術名義延後兩週才重返校園，總不方便跟同事說有學生家長是心理變態，捅了我一刀逃之夭夭？現在就算傷口被看見我也能夠含糊其辭。

那個夜裡，蘿菈逃走之後，我倒在地上縮成球，灼熱感自敞開的傷口延燒到四肢，彷彿渾身著了火。

聽到她駕車離去，我知道傷勢需要救治，狀況不適合叫救護車，找爸媽又需要解釋太多，別無選擇只好自己處理。下樓梯走向車子的每一步都是煎熬，爬進車廂我翻出手帕先按壓止血。北安普敦綜合醫院急診室的車程才十五分鐘，那天開起來感覺像是好幾個鐘頭。停在殘障車位，我踉踉蹌蹌拖著身子穿過入口，櫃檯護理師察覺我摔著肚子、衣服一大片紅，急急忙忙送進後頭隔間。

後續都很朦朧。總之一群醫生過來診察治療，測量呼吸心跳、戴上氧氣面罩，打了點滴也拍了X光片，全身上下經過清潔消毒。雖說失血不少卻還不需要輸血，刀刃也沒傷及重要器官及腸胃，縫幾針便沒有大礙。醫院詢問是否有親屬可以聯絡，我索性說自己與家人斷絕聯繫。

翌日清晨，一位女子過來，她披著白色外袍、內裡一襲簡單套裝，開口表示自己是精神科護理師，語氣清淡問起為何受傷。我說自己想劈開爛掉的木頭地板可是失手了，對方表情不買帳。

「醫院有規定，病患傷勢可疑時必須通報警察。」她提醒。

「別勞師動眾，」我聽得心慌意亂：「明明自己手笨又想省錢才搞得這麼丟臉。要是不放心，妳派人過去我家看看那團亂就會明白了。」

我心裡一直祈禱不會被戳破。她又問了好多事情確認精神狀態以及是否自殘，折騰半天才肯走。後來另一個護理師露面，說當天晚些拿了抗生素就能出院，可是得有人接。

結果強尼帶我走之前竟然先被精神科護理師攔截。這下子對方肯定知道什麼斷絕聯繫都是胡說八道，而且我得連弟弟一起瞞進去。

「在那棟房子做DIY，結果戳到自己。」他開車的時候板起臉：「你什麼時候對居家裝潢也有興趣了？」

「想說嘗試看看，看起來不大適合我對吧？」我擠出苦笑。

「晚上八點，一個人拿著刀，說是要整修地板。」強尼在我的說詞找到很多漏洞。

「心血來潮罷了。我知道交給爸也行。你沒告訴他吧？」

「說了的話他已經坐在旁邊了。但我不喜歡有事瞞著他們。」

「抱歉啦，是我一時糊塗。」

「你是不大正常。」他躊躇片刻，似乎在腦袋裡字斟句酌之後才再度開口：「拜託別說你是認真的。雖然經歷很多亂七八糟的事情，但我以為你夠堅強，挺得過去吧，不會因為夏綠蒂就一蹶不振放棄希望。你還有大好人生要過。」

「當然不是。」我說。可是弟弟沒接話，我想他不信。

後來兩人間一直維持尷尬的沉默。我下意識伸手按著傷口縫線，心想自己也該收手了。原本目的就只是恫嚇蘿菈．莫里斯，目的已經達成，儘管計劃最後一步被她掙脫，還差點賠上這條命。如今該做的是聯絡終點線主管，公開事情經過與錄音檔案，之後遠離蘿菈，反正她再也無法利用求助者的情感弱點造成無可挽回的遺憾。

不過在家休養一週左右，這段期間我反覆思索。沒錯，顯而易見我嚇壞了她，問題是這樣足夠逼她離開志工崗位嗎？蘿菈這種人無法約束內心的扭曲，為所欲為不顧他人死活。我敢拿全副身家打賭：「熱線女俠」不出幾天又會潛伏在留言板的陰暗角落，物色下一個任她操弄的受害者。

與她周旋，好像喚醒了我體內不為人知的某種東西……那是復仇的愉悅。我想再次揪住她尾巴。

蘿菈奪走我摯愛，她該自己嚐嚐那是怎樣一種滋味。我在心底發誓，必定向她討回公道。

於是我打開手機上的Facebook。回到原本的生活與工作，代表我多了別的手段可以用。

第三章 蘿菈

趁著更衣間沒人顧，我用三片鏡子好好看清楚自己。

身上只剩胸罩短褲，我稍微朝左邊轉一些，看見腹部變平坦十分開心，伸出手指上下感受，想再掐出側面贅肉卻已經所剩無幾。壓力飲食法比起瘦身藥丸裡的安非他命還有效好多。

我從店裡桿子拿了五件進來，一件一件試穿，確定現在能輕鬆套上八號衣服真是欣喜若狂。接著自口袋取出老虎鉗，找到喜歡那件，剪開防盜標籤，折好收進袋子，袋子塞入手提包。其餘不要的交給剛走進來一無所知的店員，向她道謝後轉頭離去。

沿著購物中心三樓繞一圈，下電扶梯，橫切一樓然後爬階梯向上，兜兜轉轉之後再搭電扶梯下去。過程裡我時時透過櫥窗和玻璃門偵察，確定背後沒人跟蹤我才安心，準備回到自己車上。之前我刻意在艾賓頓街等了二十分鐘的戶外停車格，光天化日比起車輛間全是死角的立體停車場安全得多。絕對不能大意，免得又被史蒂芬堵在密閉空間。

經過市中心，我總會順便找找有沒有奈特的下落。原本他偶爾到終點線辦公室外頭徘徊想碰見我，我也常去公車站附近那個固定位置找他。可是上回奈特自己出院以後就杳無音信，不禁做好最壞的打算。

我逼自己想點快樂的事情，開車時不由得微笑起來。新衣服很漂亮，素雅但又不老態，還稍微裸露出苗條結實的臂膀與腿，希望東尼也能捕捉到我要傳遞的訊息——我會在艾菲這次的親師面談給他做足面子。

「遇襲」之後，東尼展現遺忘已久的關心，終於按照理想的方式看待自己：我與十幾歲相遇那時沒什麼不同，依舊是個嬌弱女子，需要他給予安全感。要是早兩年想出這招，或許現在一點隔閡也沒有。木已成舟，雖然他還不肯回臥房，在我看來只是時間早晚。

頭兩個星期他安排女兒住在祖父母那邊，免得被我一身傷給嚇著。後來又說要給我靜養身心的空間，所以自己一個人去陪孩子。

比較訝異的是，東尼竟然沒要我一起去學校。明明電子郵件副本都寄到我信箱來了，這還是學校第一次聯絡我。他完全沒提，或許考量到我的遭遇，不想製造多餘壓力吧。

艾莉絲乖巧順從，喜歡討好大人，在學校從不闖禍。艾菲差遠了，惹出好多事端。讀了郵件引文，我發覺丈夫和她們老師見過好多次，卻沒半次叫我一起。

之前東尼堅持將艾菲轉到聖吉爾斯中學就讀，從沒清楚解釋過原因。當時我忙著癌症治療，只好全權交由他處理。最近幾個月她成績下滑太誇張，一路從A掉到C甚至D，言行舉止也嚴重惡化，面對老師也愛回嘴耍脾氣，不參與曲棍球或話劇這類課後活動，與新結交的朋友又開始疏遠。

最後這點特別令我費解。艾菲轉學前人緣相當好。從她還小的時候，每次說要請朋友回家，我都堅定回答「不可以」。後來對艾莉絲也如法炮製。兒童太麻煩了，髒手亂抹、滿臉鼻涕、不是頭蝨就是疥蟲，老要人陪卻又老玩同樣東西，沒完沒了的問題，喜歡堆東西砸東西弄得一團亂，又臭又吵卻連馬桶也不會沖。我非常鼓勵女兒們去朋友家裡接受款待。

不知道是我受傷對女兒的刺激比想像更劇烈，抑或出現其他問題而父親和老師束手無策，總之艾菲每況愈下我還被蒙在鼓裡，已經不是挫折感三個字所能形容。即使東尼認為將我隔開比較好，孩子現在正需要母親。我直接到現場露臉，東尼應該會明白我足夠堅強，擔得起家長這角色，說不定還能因此舊情復燃。

到家以後也是標準做法：先在車外停留，用十分鐘時間觀察每道門窗，如果燈光忽明忽滅、影影綽綽彷彿有人就要繃緊神經。史蒂芬知道我住處，一想到他可能埋伏在自己家裡不免膽寒。今天只看到肥貓像團大毛球窩在窗臺睡覺。這陣子嗶啵總算發揮作用，牠聽力絕佳，而且外頭一丁點噪音或動靜就大聲喵喵叫，作為警鈴煞是可靠。

進入屋內，我關掉防盜系統，鎖好前門再從玄關桌抽屜抽出麵包刀，然後躡手躡腳巡視所有房間，不忘檢查門板與窗簾布後方、衣櫃內部與床板底下。萬分確定家裡沒別人我才敢鬆懈。

✦

看見我現身學校接待區，東尼表情非常複雜，停在驚訝之後慢慢回神。這身精心打扮果然沒有白費功夫。

「妳在這兒幹嘛？」他上前質問，語氣煩躁，我一頭霧水。

「怎麼樣？」我回答：「喜不喜歡這套衣服？為了今晚特地準備的。」我縮小腹，轉了個圈給他看。

「我對妳的衣服沒興趣。」東尼低吼：「不是說好了，這種場合妳不必來。都交給我嗎。」

「該是我出面的時候了。東尼你別忘記她也是我的女兒。艾菲狀況不好，你卻瞞著我這個做母親的。我有知道的權利。」

「是嗎？」他問：「妳真的這樣以為？以為她們兩個需要妳？」

我退後一步，強自鎮定：「為什麼對我這麼凶？還以為我遇上那種事情，兩個人關係有拉近一點，能像以前那樣過正常的家庭生活，結果你這種態度好像很不歡迎我。」

「蘿菈，這件事情講過十幾遍了。」東尼語調帶著慍怒：「妳和我之間……沒有可能。什麼家不家的，也只是妳自欺欺人罷了。」

我心跳得好猛烈，彷彿即將彈出胸口，忍不住握緊雙拳。「不對，」我回答：「你別胡說。」

「現在不是討論這件事情的時間地點。妳回家去，晚點我再跟妳解釋清楚。」

東尼將我扭了半圈往外推，彼此距離隨著每一步越走越遠。但無論他如何無理取鬧、弄得我遍體鱗傷，我依舊愛他。現在還牽涉到女兒，我必須證明自己。

前面校長室的門打開，一個頭髮集中在耳朵周圍而非頭頂的男子走出來，正好瞧見我們。

「莫里斯先生和……噢。」

「之前應該沒見過面，我是艾菲的母親蘿菈。」對方不知道，我就自報身分比較快。

校長瞟了東尼一眼似乎很不解。東尼閉起眼睛點點頭，樣子很不情願。

「請進。」校長開口。我們尾隨進入辦公室，兩扇大窗眺望外面板球場，一場比賽打得火熱。有個教師站在窗邊，背對我們觀戰。

對方還沒請我們入座，我直接開口先聲奪人。「我看了艾菲的成績，實在很難滿意，」我語氣強硬：「所以很想知道為什麼女兒的功課一落千丈？教育是你們的專業，這個問題得請你們負責才對吧？」

「給你們介紹一下艾菲的級任導師。」校長回答：「莫里斯太太，這位是萊恩・史密斯。」

「幸會。」那人轉身開口，我立刻認出史蒂芬的嗓音與面孔，內心震撼得天翻地覆。

「請相信我，作為導師，一切安排都是為妳女兒做最好的打算。」

第四章　萊恩

站在布魯斯．艾金森辦公室裡，蘿菈講話的聲音隔著牆壁傳進來，我心跳又快又猛，像跑車引擎一樣。

起先她和老公講話，不知談了什麼，但男方似乎動怒了。

身為級任導師也在他們班教英語，艾菲成績低落、期中考表現差勁、上課常常心不在焉，當然約談過莫里斯先生好幾次。學校文件上，無論電子郵件或電話都只列出父親作為首要且唯一的聯絡對象，甚至附有備忘錄表明除非極端緊急情況否則嚴令禁止教職員通知母親。我詢問其他教師，沒人知道原因，後來索性自行撤掉備忘錄並找出蘿菈的電子信箱。

之前晤談，我用兩三次機會偷渡母親這個話題試試風向，莫里斯先生完全忽略她的存在。推敲起來，她對女兒課業恐怕沒有太多置喙餘地，既然要靠郵件釣魚當然得附上前後脈絡。早料到她很快就會沉不住氣浮出水面。

剛才窗戶倒映出蘿菈自信滿滿的身姿，與我在小屋見到的天差地遠。那天的她驚魂未定，先是發瘋般撕扯牆上自己與家人的照片，後來又認定會被我殺掉。今天蘿菈氣定神閒，燙了頭捲髮，妝容也挺不錯。諮商電話中她語氣和緩撫慰，在小屋則好像含著眼淚顫顫巍巍，現在居然一副理直氣壯要告倒學校的模樣。

可是簡單一句介紹，然後短短瞅了下，蘿菈彷彿腳下地毯被人掀翻。史蒂芬與蘿菈久別重逢，恍若隔世。

這麼精采的戲碼花了我不少時間力氣來鋪排，關鍵在於艾菲，但她對自己扮演什麼角色一無所悉。其實在本地報紙看到她和母親合照時我就覺得眼熟，看了Facebook以後更是十拿九穩：這女孩是我們學校的學生。新學期回來任教發現老天爺也在幫我，原本的英語教師席蒙斯太太懷孕，代表我不只會給艾菲上課，還同時身兼級任導師與學年主任。

返回崗位的時候學生還在放假，我趁機熟悉課程大綱，協助課後運動競技等等。起先我假借疝氣手術名義說自己身體虛，都揀些輕鬆工作。九月開學就得全力以赴了。

同事先給我介紹了十年級學生的概略情況，多次提到艾菲的名字。這女孩頭腦聰明，但有老大心態，才轉學過來第一週就開始經營小圈圈。她擅長運用社交平臺，看誰不順眼就發動網路霸凌，令對方在網路世界生不如死。可是玩過頭，一個男同學受不了便以雕刻刀自殘手腳，後來轉學。艾菲倒也機靈，竟也沒被揭穿、逃過一劫，印證上梁不正下梁歪這句古話。

我心裡明白女孩才十四歲，或許能長成更善良的性子，不過此刻她這樣更方便。霸凌者通常比起被霸凌的對象還要缺乏心理安全感，輕輕一推就會自神壇跌落。教書教了九年，我很清楚年輕女孩族群只擁戴人氣和成績，奪走這兩樣東西她什麼也不是。

首先是改變作文和試卷的批閱模式，採用比席蒙斯太太更嚴苛的標準。第一次從A掉到A⁻，第二次再滑到B⁺，給她上課一個月以後艾菲的平均變成C。在她班上發還作業和考卷時我會特別留意，艾菲果然眉頭緊蹙，還會刻意遮住左上角鮮紅的成績字樣不給周圍同學看到。第二個月她就爆發了。

「老師，你為什麼都給我很低分？」她趁其他人換教室的時候跑過來問。

「感覺妳沒聽懂該怎麼作答。」我說。

「席蒙斯太太從來沒給過這種分數！」

「我是我，不是席蒙斯太太。」

「以前她都說英文是我最拿手的科目。」

「從成績來看並非如此。」

艾菲臉一垮，幾滴鱷魚的眼淚凝在眼角。我冷面相對，得讓她明白這招不管用，否則贏不到尊敬。接著我開始解釋，說她文章理路正確，但下次要記得以文本內容佐證。然而「下次」女孩的分數不是不變就是更糟，看到別人成績如常更是羞憤疑惑，自信被我一點一滴鑿穿。

她開始逐字逐句解讀，深怕漏掉任何一個我想看到的答案，結果作文越來越長，被我以駁雜無章的理由評了低分。之後做《人鼠之間》的報告，她那篇明顯是從網路剽竊來的東西，被我當著全班的面訓斥一頓。看她滿臉通紅，我差點壓抑不住心中竊喜。艾菲原本以為自己可以提早一年參加GCSE（中等教育普通證書）的英文大考，我預測分數之後她就打消念頭。

本來期待女孩會進而質疑自己其他學科的表現，事情進展卻快得超乎預期。原來放肆作風底下那顆幼小心靈比我以為的更敏感，各科成績同時大幅度滑落，歷史、地理、哲學倫理教師都來跟我反映問題，說艾菲陳述模糊缺乏連貫，似乎對自己寫下的任何文字都沒把握。甚至如數學這類通常只有單一正解的科目，據說她的答案也開始亂七八糟。

以前艾菲靠學業成績傲視群芳。沒了這項本錢，她和別的校園惡霸沒兩樣，吸引注意的方式轉變為惹是生非。一天放學鐘響，我請她留下來到辦公室談談。

「我是說真的，艾菲，妳最近情況很令人擔心。」說完我還遞上一杯咖啡。見我拿她當大人講話，女孩似乎頗為訝異。「出了什麼事情嗎，可以和老師聊聊看？」

「和你？」她嗤之以鼻，又擺出以往桀驁不馴的態度。看來我還得再加把勁。

「家裡都還好？」

「沒事。」

「父母有沒有吵架？」

她愣了愣才搖頭。

「還是同學？聽說其他女孩子最近對妳不大客氣，是這個緣故嗎？被排擠了？」

艾菲瞪我一眼：「什麼意思？」

「是不是有人取笑妳的成績，還有妳的……這個怎麼說才合適呢，就是……外表？」

「外表？老師你到底在說什麼？」

「啊，抱歉，或許是我多管閒事太雞婆，就想確定一下妳有沒有受影響。妳的體型是這年紀的正常範圍，那些自稱是好朋友的人在妳背後嚼舌根當耳邊風就好。」

艾菲臉上竄過一股震怒：「有人說我胖？」

我裝得很懊惱：「哎喲，妳瞧瞧，我真的太不會說話了。難怪其他老師叮嚀我別多嘴，讓妳們少女小圈子照自己的規則發揮。」

「其他老師？還有別的女孩子，你們大家都在背後笑我？」

「詳細是誰，我不方便說出來啦。反正聽見她們在走廊對妳品頭論足的話我會過去勸告，畢竟暗地道人長短很不可取。何況我看不出妳哪裡胖哪裡笨了。」

她屁股靠著椅子邊緣，急促吸進一口氣：「究竟是誰？有多少人？」

「那種事情妳就別放在心上。」

「賤貨……」她杏眼圓睜，雙臂箍著胸口朝椅背靠上去：「一定是布瑞妮和摩根！」

「那就別理她們兩個，」我回答：「這種人留在自己生活裡做什麼？梅麗莎和盧碧也半斤八兩。」

「連她們也？又聽說什麼的話，可以告訴我嗎？」

「呃，不太妥當吧——」

「史密斯老師，拜託你。」

「好啦，但別問我是誰喔。」

艾菲輕聲道謝走出辦公室。沒過多久，她和布瑞妮起爭執，打得摩根流鼻血，下令禁課一週的時候我真的好想笑。艾菲人際關係崩潰、慘遭同學孤立的同時我按慣例發郵件通知她父親，只不過悄悄將母親包括在副本裡。

十一月與莫里斯先生面談，約好四週後再討論他女兒情況是否好轉。我一方面預期蘿菈讀了郵件會想插手，另一方面暗忖應該對艾菲加大力度。

方法是固定週一週五進行課後輔導，聽她吐苦水發牢騷，說自己「受夠了」哪些老師或同學。心血來潮時我就火上澆油，聲稱自己在教職員休息室聽到別的老師偷偷數落艾菲。

計劃實行不到三個月，她開始對我推心置腹。又過了一兩個星期，我察覺關係起了進一步變化。

最初艾菲來見我會多解一顆鈕釦，接著塗抹閃亮唇膏還故意嘟嘴。有時我起身背對她給馬克杯加熱水，發現這丫頭居然盯著窗戶倒影裡我的下半身，一轉頭回來她立刻別開視線。

既然親近了，正好打聽打聽她家的詳細情況。

「好像從來沒聽妳提起過媽媽？」我問：「妳聊過妹妹和爸爸，但總是略過她。」

「不能提。」

「為什麼？」

「她……和別人家媽媽不一樣。」

「怎麼個不一樣？」

「我聽說師母的事情了。」

話題轉換生硬得令我一呆。

「聽說什麼呢？」我問。

「就是，嗯……她……自殺了。」

「嗯。」我點頭。

「會想她嗎？」

「當然。」

「有新的約會對象嗎？」

「沒有。」

「不找一個？」

「暫時先不。以後的話，或許吧。」

「她為什麼那麼做呢？」

「我想我這輩子都無法真正理解。人類心思很複雜，即使自認為熟悉對方，也未必總是能想通對方腦袋裡究竟裝了什麼。」

「我媽就是這種人。我爸形容她『是一股捉摸不定的破壞能量』。」

「妳和媽媽親不親？」

艾菲笑了。

「我說了什麼好笑的東西？」

「沒有。」

「那妳怎麼忽然就笑了？」

「問這些做什麼？」女孩手指刷過髮絲，挑出幾條細縷纏繞中心一綹。「萊恩你好多問題喔。」

我眉毛一挑。

「哦，對不起，是史密斯老師。」

「問問題是老師的工作，問了才知道怎麼幫妳。」

「就沒看你花這麼多時間找別的學生問問題。」

「其他人不像妳這樣讓老師操心。」

「老師為我操心呀？」艾菲歪著頭，窗戶斜射進陽光，照亮莓金色頭髮與淺灰色眼眸，我愕然驚覺她外表故作狂妄，內裡終究只是孩子。心不禁一沉，感慨自己恐怕被蘿菈拽進了深淵。

「每個學生，老師都會照顧。」我回答。

「好吧。」艾菲拎起書包走向門口，但還是回頭朝我笑一下才出去。

第二次與她父親面談，我給艾菲安排好位置。聽見蘿菈的聲音從辦公室外傳進來，我真想衝出去朝她大叫一聲「砰！」

意識到導師的真實身分之後蘿菈強作鎮定、板起面孔，彷彿化為冰雕，但那雙眼睛出賣了她。腎上腺素影響下，蘿菈心跳加速以輸送氧氣給肌肉，大腦進入超頻狀態。這些生理機制我當然看不見，我能觀察的是瞳孔。瞳孔擴大是讓眼底盡可能接收光線，以便掌握四周任何風吹草動。

也就是典型的「作戰或逃跑」本能反應。不過丈夫就在身旁，她無處可逃。

第五章　蘿菈

使出渾身解數才按捺得住。我眼睜睜看著萊恩坐在丈夫隔壁，心裡祈禱臉別紅、手別抖，此時此地不能洩露半分軟弱。然而脈搏恐怕打破紀錄，眼珠子也快掉出來了。即便如此我又怎能不注意他，視線挪開一秒都辦不到。

或許我糊塗了，幻想這一切？大腦又在跟我開玩笑是嗎？那些醫生和專家都這麼說，說我看到聽到的不是現實而是偏執。瞪他瞪得太用力，眼睛隱隱作痛。

「艾菲的成績如何？」東尼開口：「後來有起色嗎？」

「這部分，很可惜沒有顯著進步。」萊恩回答：「英文文學部分平均依舊是C，歷史、社會、地理的分數則是高低起伏很大。」

沒錯，就是史蒂芬。我百分之百肯定。史蒂芬？萊恩？史蒂芬……他如何自稱並不重要，反正他就是那個人。

原本四個月前我就該親眼見證這男人在自己臥室上吊。今天他居然坐在我面前和東尼談笑自若，彷彿什麼也沒發生過。絕對不是巧合，這點我同樣有把握。他蟄伏暗處等待時機成熟，所以學校才會忽然開始寄信告訴我女兒表現不佳。是萊恩的誘餌，而我再次疏於防備著了他的道，大搖大擺走進陷阱任人宰割。

他假裝自己真的關心艾菲，東尼也就傻傻地信了。但我和他彼此心知肚明這是個局。還有什麼陰謀詭計？何必牽連我女兒？

上次在陰暗臥室，這回則是大白天辦公室內，看清楚了發現萊恩貌不驚人、屬於鄰家大哥哥類型。深褐色瞳孔，眼白微微泛紅，可能好一陣子睡眠不足。暗金色鬢角夾雜幾絲銀光，搭配白皙皮膚給人一種錯覺，彷彿他到二十好幾都沒長大，卻被外力逼得迅速成熟，身體一時半刻追趕不及。我既想化身野獸衝上去抓花他的臉，同時又想躲得遠遠地假裝從未見過這人。但現實是我黏在椅子上動也不敢動。

「感覺她似乎已經不在乎自己的成績。」萊恩繼續說：「莫里斯先生，請問她在家中表現如何？」

他語氣裡的關切像演技，與表情根本對不上，簡直像是強忍笑意。

東尼口中的艾菲「安靜」而「孤僻」，我聽起來總覺得說的是別家丫頭，不是那個我竭盡所能去愛的女兒。家人間的距離真的這麼遙遠了嗎？

萊恩一聲不吭將話題帶到我這兒，害我渾身冰冷。「莫里斯太太，依妳所見，艾菲會不會遭遇什麼特殊的情況？」

我張開嘴卻發不大出聲音，只能清清乾啞的喉嚨擠出兩個字：「譬如？」

「很難確定，尤其我並不是諮商師，但現代社會的青春期少女滿多心理問題。比方說她提過，班上其他女生會嘲笑她的體重。」

「體重？」東尼豎起耳朵：「她又不胖？」

「嗯，我也不認為她體重過重，可是如果她自己有這種念頭，又從同儕那裡聽到太多次，思考就會受到影響。厭食症與自信低落十分常見，超過三分之一中學女孩子有焦慮之類的身心問題。」我留意到萊恩目光飄過來，同時微微握拳。「憂鬱症被稱為『沉默的殺手』其來有自。」

究竟暗示什麼我還參不透，但他對我的敵意恐怕來自私怨。

「我女兒沒有厭食也沒有憂鬱。」東尼回答。

「內分泌和大腦化學物質轉變有可能造成缺陷感，對環境、朋友、工作或課業失去興趣，」萊恩這番話像背誦教科書：「長此以往就會困在自憐的惡性循環出不來。身為教師，我有義務提醒家長，並且永遠守候學生，以她期待的形式提供協助。」

「自憐的惡性循環」？「以她期待的形式提供協助」？這傢伙拿之前的諮商內容坑我！

「也不一定就是那樣。」他補充：「我想說的是，無論我們覺得自己對一個人認識多深，其實很難掌握對方腦袋裡究竟什麼情況，親生孩子並不例外。有時候他們受到外界影響，還是那種想像不到的人物——孩子們被信任的對象唆使，犯下難以挽回的錯誤，整個人生都毀了。妳明白我的意思嗎，莫里斯太太？」

我不明白，但顯而易見這話是衝著我來的。萊恩一定背地裡搬弄是非，他和女兒說了什麼？

「老師是認為艾菲太在意他人眼光嗎？」東尼問。

「艾菲或許會有些出人意表的舉動。」

「例如？」我問。

萊恩故意打啞謎吊我胃口。

「這我也不確定，」他回答：「只是午餐時間我過去關心一下，發現她狀況不大對，好像非常沮喪，但又不肯告訴我究竟發生什麼事。我無能為力，只好請她答應回家之後會找妳談談了，莫里斯太太。」

親師談話到尾聲，艾金森先生送我們走出辦公室回到接待大廳。東尼手機響了，他看一眼號碼後說：「抱歉我先接個電話。」然後留下萊恩和我就走到旁邊。過程中第一次和萊恩單獨相處，我心慌意亂差點兒嘔吐。

「你到底想幹嘛？」我悄悄問：「對我女兒說了什麼鬼話？」

萊恩斂起笑意，湊到我耳邊低語。

「換作是我，會立刻回家看看艾菲是什麼情況。經過今天中午那種事情……她會怎麼做，我可真不敢想像。」

第六章　萊恩

就算眼睛不看蘿菈也知道她狠狠瞪著自己。艾菲遺傳了她深沉尖銳的目光。與她雙親見面前，女孩也這樣瞪過我。午餐時間本該自由活動，艾菲卻被關進教室，原因是體育教師通報她欺負同學。十和十一年級還有另外六人犯錯受罰，我暗揣她會不會是看了值勤教師的名字才這樣做。

其餘學生看似低頭做作業，但艾菲連裝也懶得裝，坐下以後那雙眼睛就跟著我轉。幾個月下來她剩沒多少朋友，我又在課後輔導加強力道，對話時將她當成平輩、傾聽她的怨懟不滿，也能清楚感覺到師生關係在女孩心中扭曲變質。端正視聽只是舉手之勞，但和我的計劃無關。

處罰結束，其他人急著衝出教室，只有艾菲慢條斯理收書包穿外套，等兩人獨處以後走到窗戶邊，表情茫然地撥弄教室內耶誕樹裝飾上的小東西。

「下雨了。」她開口。

「有看到。」

「下午沒課，想說乾脆先回家，可是我沒帶傘。」

「所以？」

「沒人給我搭便車的話，就要淋成落湯雞了。」

「稍微淋點雨死不了。」

「我感冒的話可能會引發哮喘，哮喘就有可能出人命。」

「放心妳會好好的。」

「老師就不能開車送我一程嗎？你一個半小時之後才有課對吧？」

「艾菲，妳把我的課表都背下來了嗎？」

「沒啊，老師。你關心我，我也關心你而已。時間很多，你送我到家再回學校也來得及。」

「開車載學生違反本校校規。」

「我又不會說出去。」

「問題不在那裡。」

「我保證絕對不會說出去。」

「艾菲，人與人之間有不能跨越的界線。例如妳是學生，我是教師。」

「對你來說，我就只是個學生而已？」

我沉吟一陣拿不定主意。費了好大一番功夫走到現在這節骨眼上，機會就在面前了我卻躊躇不前。換作蘿菈，會怎麼做？我問自己，而答案是為達目的不擇手段。那麼，別無選擇。

「十分鐘後到辛普森大道和塔孛路交叉口。」我如履薄冰地回答：「有個公車站，我在那邊接妳。」

錯身而過時，艾菲的手擦過我臂膀，臉上強忍著笑意。我反覆告訴自己：這是個霸凌同學卻全身而退的女孩，她擅長以他人為工具滿足私利私慾，只是還太天真，沒發現此刻狀況已經失控。

我將車子停在路旁，艾菲就站在我說的地方。四顧無人，女孩鑽進車內，不只畫上眼線還換了更閃亮誘人的唇膏，秀髮上一層晶瑩水珠被她手指撥落。

「快坐好，繫上安全帶，」我催促：「別磨咕。」

「卡住了。」艾菲弄了半天扣不起來。我伸手將釦環嵌進插槽，她卻趁機圈住我手指。

「這是誰？」她指著擱在中央操縱臺充電的手機，螢幕保護程式用的是相簿。

「我弟弟強尼。」

「身材不錯，而且你們很像。」

我靠眼角餘光觀察女孩，她腳尖隨廣播音樂在地板踩踏，看見車子停在距離自家幾戶外露出疑惑表情。

「去你家待一下怎麼樣？」她歪著頭問。

「妳明知道我得回學校。」

「那下次好了？」她將手放在我膝蓋。

「艾菲——」

「噓……」女孩的手往上滑，停在距離鼠蹊一兩公分處。

「艾菲，我是妳的老師。」

「在車上不是。」

「無論車上、學校，任何地方，都一樣。」

「我不會說出去的。」

她微微扭動身子，臉朝我湊近，溫熱氣息落在我頸部與耳朵，還有一抹香水的甜竄入鼻子。直到四目相交，艾菲才停下動作。

「有件事情得先說。」我開口。

「什麼？」

「艾菲，搞清楚：就算世界上只剩一個女的，我還是不會碰妳。真以為老師會對妳想入非非？成績已經夠差了，沒想到實際上更笨。」

她聞言一怔，蹙起眉頭，沒能立刻聽明白，身子朝後縮的同時手也從我大腿抽回去。「什麼意思？」

「妳沒聽錯，艾菲。我對妳沒興趣。誰會喜歡一個整天尋求關注、動不動找別人麻煩不讓人好過的幼稚小鬼。妳現在體會到什麼叫做被羞辱被排拒了嗎，以為妳這樣的人能吸引我？未免太傻了。滾下車吧。」

女孩臉一垮，我也頓時怨恨起自己。這樣傷害孩子是何苦，過去的我從未如此惡毒。只能說是必要之惡。她用力推開車門跑進雨裡，背影消失在馬路遠方。

四小時後輪到她母親體驗被玩弄是什麼滋味。妳能為自己一時痛快設計陷害我妻子，難道我不能以其人之道還治其女之身？彼特外公說得好：以牙還牙。

第七章　蘿菈

「艾菲人呢？我說現在，她在哪？」

我丟下萊恩跑來找丈夫問話。他在入口雙開門前面，正將手機收回外套口袋。

那句警告觸動情緒，恐慌襲來五內如焚，延燒到胸口與咽喉，燙得我幾乎擠不出聲音。這種感受上次發生在小屋，被他拿刀指著差點沒命，現在同個男人又追過來逼我再經歷一遍，而且為了驚嚇我竟將歪腦筋動到女兒身上。

「艾菲在家。」東尼回答。

「確定？」

「嗯。」

「一個人？」

「沒有，她幫忙照顧艾莉絲。」可是東尼語調不大肯定。

「我要見她。」

東尼搖頭：「蘿菈，我們談過了，這樣不妥。」

「她是我女兒。」我咬牙道：「兩個都是我的女兒，今天晚上我一定要見到她們。」

「明明說好等女兒心智獨立了再讓妳們見面。」

我瞪大眼睛，腦海卻閃過好久以前與丈夫吵架的畫面。

「妳還記得嗎？」東尼追問。

「記得。我記得。」嘴上這麼說，其實腦袋裡有層迷霧從天而降，思緒變得朦朧恍惚。「可是得回家看看，免得她們出事。東尼，拜託，快點帶我回家。」

看我六神無主的模樣，他卻拉起我的手輕聲說：「蘿菈，妳自己一個人住將近兩年了，我們三個住在別的地方，還有印象嗎？妳記不記得我們為什麼搬出去？」

我猛然抽回自己的手，模模糊糊想起癌症手術以後丈夫開車送我回家，家裡變得冷冷清清毫無生氣。我流連在走廊房間找孩子，東尼卻說她們暫時住外面，原因怎麼也想不起來。唯一肯定的是之後我給全家人做晚餐，但都沒人回來吃，東西只能塞冰箱，塞到塞不下只能丟掉重來。

太陽穴隨著紊亂的脈搏節奏陣陣抽痛，混沌中我努力保持專注。得親眼見到女兒才能確保她們沒出事。

「見一面而已，到底要等多久？」我忍不住提高音量：「只不過想面對面五分鐘而已，確定她們平安我就放心了。」

東尼皺起眉頭。放學鐘響，學生朝校門聚集過來，他左顧右盼一陣才說：「蘿菈，冷靜點，別鬧到大家圍觀。」

「愛看就來看，我不在乎。」

他將我推向走廊那頭一間空教室。牆壁貼著學生繪畫作品，我想起自己以前好喜歡陪艾莉絲畫畫，她很有天分。艾莉絲？還是艾菲？記不清楚，過去種種全攪成了一盆漿糊。

「是潛意識，母親的直覺，小孩遇上危險的時候媽媽會知道。」我繼續說：「何況你自己看看，把我們隔開以後她變成什麼樣。難道你以為艾菲成績一塌糊塗只是巧合嗎？」

「妳覺得自己不用負責任？需要我提醒妳為什麼她們得搬走嗎？」

需要，因為往事是一盤我組不起來的拼圖。心頭閃過自己躺在病床的影像，再來是亨利住進療養院，我不知道這些是幻想抑或事實，可是有個聲音告訴我別追問比較好。只有一段記憶特別清晰透徹。

「今天下午見不到她們的話，明天一大早我就帶著文件去找警察，告訴他們公司成立和營運的詳細經過。」東尼臉色倏地白了。「所有帳號、報表和交易紀錄都還在家裡，別逼我。」

深呼吸。蘿菈，深呼吸，回想妳的支柱就能鎮定下來。

「雖然沒辦法解釋，但得趕快確認艾菲是否平安。」我繼續說：「剛剛老師不是也說了，如果女兒的處境比你知道的更慘，該怎麼辦？萬一她做傻事，你良心過得去嗎？」

「好吧，」東尼無奈道：「我開車。」

不知道是威脅奏效還是他終於理解我的恐懼，總之配合就好。

快步走進停車場，我想起方才東尼還在傳訊息，而且一副怕我發現的樣子。這麼推敲起來，應該就是艾菲，他不想讓我看到號碼。

「你打電話給她吧？」我說。他上了車開始撥號，我偷偷記下儀表板閃過的數字。艾菲沒接，於是改撥室內電話，同樣石沉大海。

「她怎麼不接呢？」我焦急起來：「出什麼事了？」

「控制情緒。」東尼態度又強硬起來：「妳明知道孩子們對妳最後的印象是什麼，讓她們看到妳像瘋婆子一樣在外面大吼大叫還得了？」

你這話什麼意思我還是沒聽懂，但不是追根究底的時候。光看東尼每個黃燈都減速停車，我不破口大罵已經費盡全力。他好像還不明白情況多緊急，居然遵守市區速限慢慢開。經過的路段都在市區另一頭，離我們曾經共處的家好遙遠。

最後駛進新住宅區死巷內停下來。那棟屋子很現代風，我沒見過，前方是造景花園，窗戶都很大，被簾子掩著，二樓亮著兩盞燈。東尼上前開門，我懸著一顆心。

「艾菲？」他大叫，我跟著上樓。「艾菲！」他又叫喚一遍，然後推開臥室門。明明才快傍晚，窗簾卻拉得嚴實，昏暗中我倆看得發怔——床上的女兒雙目緊閉，一隻手垂到外頭指著地板。

我衝過去掀開被子，抓住她肩膀用力搖晃。女兒赫然睜開眼睛，沒來得及認出我就嚇出驚聲尖叫。

「媽？妳幹嘛呀！」回神後艾菲摘下耳機坐直。我掩著合不攏的嘴，東尼完全沒上前。「妳怎麼會在這兒？」女兒對我的出現很不解。

「很擔心妳啊。」我說完注意到她眼眶泛紅，程度超過所謂的睡眼惺忪。

「怎麼了？」背後傳來稚嫩嗓音，轉頭看到還穿著制服揹著背包的艾莉絲。她露出笑容，十分燦爛。

又有記憶片段湧入腦海，這次是我與還是娃娃的艾莉絲手牽手上學，但後來前往學校的路上只剩下一個人。我彷彿看見站在校門外的自己，遠遠凝視小女兒和朋友玩耍，巴望她能注意到這邊，否則會不會忘記媽媽的長相和聲音。我就對母親的面容已經沒了印象，也想不起來她說過什麼話。

「媽咪？」艾莉絲幾乎尖叫道：「妳回來了？」她撲過來緊緊摟住我腰腿，我抱著她喜極而泣。「來看我的房間！」小女孩伸出手，我先朝東尼瞟一眼。他猶豫後點了頭，我牽著女兒走到樓梯口。她的手掌好小好軟，想起以前常常嫌她麻煩的自己實在太不知好歹。

還沒走到小女兒房間，走廊另一扇沒闔緊的門勾走我視線。床鋪上丟著外套，是我最後一次給東尼過生日送他的禮物。外套旁邊乍看是個俗氣的橘布包，但靠近觀察我才發現那不是抱枕之類的東西。

是個手提包。橘色手提包。繡了一條中國龍的手提包。

我丈夫床上放著珍奈的手提包。

第八章　萊恩

公寓前門底下漏出微光。我握緊雙拳。

終於又和蘿菈當面對峙，兩分鐘前停車時我還樂翻天，此刻卻擔心跨過門檻又要領略現實的殘酷無情。佇足良久，我緩緩扭動門把。門沒上鎖。中學畢業之後就沒打過架，我的拳頭恐怕沒多少威力可言。

鬼鬼祟祟潛入自己家中，我拿起玄關桌上的玻璃珠飾品，在手裡還挺沉的。無聲無息鑽進客廳，我聽見窸窸窣窣、開關抽屜的聲響，便朝那方向靠近，想看清楚要面對怎樣的不速之客。

「老天！」結果我卻叫了出來。

驀地一轉身，強尼臉上同樣寫滿驚愕。

「嚇死人了！」我說：「你幹嘛呀，而且怎麼進來的？」

「我本來就有你家鑰匙。」他沉聲回答。

仔細一看，小櫃子與旁邊衣櫥都被打開過，我習慣將帳單之類文件收進去。櫃子頂端堆著照片，就是之前貼在老屋牆上的那些，主角是蘿菈和她家人。另外還有假上吊的繩子。

與蘿菈在小屋衝突過後，雖然腹部中刀疼痛難耐，我還是趕快過去清理那一夜留下的各種痕跡，將地板上自己的血跡擦乾淨。大部分東西都塞進一個黑色回收桶，四個月過去了我才想起來：放進回收桶，但我忘記拿出去回收，一直擱在後花園沒處理。

「你翻我東西做什麼？」我問。

他不理我，逕自反問：「星期三晚上，你停車在誰家外面？」

「啊？你居然還跟蹤我？」

「別岔開話題。重點是你在那間房子外頭做什麼。」

心裡第一反應是被逮到了好丟臉。我三不五時還是會慢慢開車到蘿菈住處外頭，甚至在馬路對面停下來，想知道她究竟在屋子裡做些什麼。有時只待五分鐘，但也有一回神才發現好幾個鐘頭過去了的狀況。問題在於，我也不知道自己能夠去哪裡。

第二反應就是怒火中燒。

「你在我家外面放哨放上癮了是嗎？」我揚聲問。

「是又如何。這女的是誰？你拍了人家這麼多照片，有好幾百張吧？繩子又怎麼回事？你刺傷自己那一夜根本打算自殺對不對，否則為什麼繫了繩圈，不就是刀子不成的備案嗎？」

我心裡好像有座火山要爆發：「出去，強尼，否則我要翻臉了。」

「你不說清楚，我就不走。」

「我叫你滾出去！」

「休想。沒得到解釋之前，我不會離開。」

這牛脾氣惹得我更惱火，忍不住出手扣住他胳膊。但強尼迅速撥開，反手一掌推我胸膛，動作俐落得大出意料，我當下沒站穩一屁股摔進椅子，才剛癒合的傷口好像又要撕裂。我氣沖沖起身，向弟弟發動第二輪攻勢，可他運動神經比印象中更靈敏，手一翻揪我衣領往後推到牆壁壓制，前臂抵住我下巴，臉湊近至幾公分內。

「別執迷不悟！」他吼道：「就因為我是你弟弟，今天你不交代清楚，就別想叫我走出你家大門！」

我急促呼吸幾次，心裡掂量是否有藉口能搪塞，但事情來得忽然實在沒主意，轉念便一股腦傾瀉出來——失去夏綠蒂之後的心境起伏，發現背後竟有蘿菈這樣的人，開始追蹤她、然後反被殺傷，以艾菲為工具，今天終於再度交鋒。埋藏許久的情緒一眨眼全攤在陽光下，我停不下來自顧自說個不停。身體越來越重，強尼那雙手臂都撐不住，只能任我腿軟跪倒。他索性跟著坐下，靜靜守護哭得像嬰兒的哥哥。

夜裡，我們各自坐在餐桌兩邊，中間多出四個啤酒瓶，全空了。無論沾沾自喜的、還是心中有愧的，我不再有所保留，卻也不敢正眼望向弟弟。強尼完全沒打斷，臉上風平浪靜，確定我說完才開口回應。

「哥，你想看到怎樣的結局？」

「什麼意思？」

「這麼多不足為外人道的事情，意義在哪裡，有沒有目標？就是你希望得到什麼？」

「希望蘿菈明白自己錯了。她不可以假扮上帝，踐踏別人的生命。」

「那你覺得恫嚇她，玩弄她女兒，能達成目的嗎？」

「能……嗎……我不確定。不知道。但還能怎麼辦？什麼也不做，眼睜睜看她製造第二個夏綠蒂？」

「那你有意識到自己對一個青春期少女、而且還是你的學生做了什麼嗎，和她母親對夏綠蒂做的事情一樣惡劣不是？」

「不一樣吧，我可沒有教唆對方自殺。」

「你怎麼能肯定他們夫妻回到家，不會看見女兒自殘？」

「因為我很瞭解艾菲那種女孩子。對她而言，情緒差個幾天、自尊心稍微受創罷了，一下子就又生龍活虎。」

「你自己聽聽自己說的是什麼話。我不相信你不懂，沒人知道這個經歷會不會給女孩子留下一輩子陰影。你想對付媽媽，卻硬是把女兒給攪和進來當籌碼。最糟糕的一點就在於——你不在乎。」

我搖頭：「你沒見過艾菲，也不知道這些事情之前的她是怎樣的人。」

「所以？那些事情重要嗎？人家未成年啊，青春期少女性格有點偏差並不奇怪，但你對她做的事情在太多層面上錯得離譜，居然一點也不慚愧。」

雙頰滾燙、眼睛發癢，我舉起手背揉了揉。再望向強尼，我意識到自己原本還有另一條路。曾經神似的兄弟如今不再相像，他眼裡倒映的我蒼老陰暗得多——因為我找到了夏綠蒂隱藏的檔案，知道世界上有「熱線女俠」這麼個人。強尼說的都對，是我不願意承認。

「那既然你都知道了，倒是說說我當初應該怎麼做？」我答道。

「我覺得應該將電話錄音提供給警方，告訴他們有蘿菈這樣的罪犯。」

「你『覺得』？那你覺得我沒想過嗎？可是這樣子的證據根本不夠啊，強尼，報警了也只會縱虎歸山。」

「她不是承認了自己也教唆別人自殺嗎？」

「她有說名字嗎？連夏綠蒂都沒提到過。到時候她說自己只是順著兩個人的話題胡謅給我聽要怎麼辦？而且我也沒辦法證明她就是在新房子那邊刺傷我的人。」

「那我會設法與終點線負責人見面提出警告。即使無法直接處理蘿菈，至少還能有人盯著。當然像艾菲那些事情就略過比較好，免得對方認為你也是危險人物。」

「你呢？覺得我是危險人物嗎？」

強尼閉上眼睛深呼吸：「我只覺得你對夏綠蒂過世的反應方式會惹火上身。你對那女孩子做的事情、算計她的心思……從小到大我第一次因為你覺得很慚愧。而且不能怪在蘿菈頭上，不是她和夏綠蒂逼你的，都是你自己的選擇。就像夏綠蒂選擇自殺一樣，你現在也選擇以非理性方式面對。」

他拿兩瓶啤酒，拉開瓶蓋，遞了一瓶過來。

「你現在的人生只剩下對這女人的執著了，對不對？」弟弟又說。我點點頭。「你上次好好讀本書，或者上Netflix看影集，是什麼時候？洗碗機修好沒？後來還有沒有過去新房子？我看鐵鍾擺在玄關櫃上好幾個月，還在等你把那幅畫掛回去。你得開始過真正的人生，否則永遠走不出去。」

「我連怎麼開始都不知道。」

「從今天晚上起，和那些事情徹底劃清界線，接下來有我陪你。」

從警察出現在公寓門口，告訴我夏綠蒂自殺身亡，我總覺得身體深處某個地方打結了。然而此時此刻，那個結似乎鬆動了些。沒有完全鬆開，但我總算能喘一口氣。

第九章 蘿菈

轉折來得太快太猛，我一時之間難以接受，無法釐清自己的思緒。

萊恩和珍奈，兩個都陰謀策劃要將我碎屍萬段，表面上看來彼此毫無聯繫。我一個人坐在陰暗屋內，今天終於察覺家人們根本不住在這裡。按照東尼說法，這個情況還持續將近兩年。我大腦下意識拒絕接受他帶著兩個女兒離開的事實，於是騙自己說只是夫妻分居，一家人還是同個屋簷下。知道真相以後孤寂感強烈得讓我瀕臨崩潰，即使不斷念著亨利也沒用，連他也撐不起我。隨著精力耗竭，我又開始無法分辨現實與妄想。

只有兩件事情我很肯定。首先萊恩目標不只是我，還動到我女兒身上，絕對不能放任。

再來是珍奈，她也在算計我，手法更細緻更扭曲就是了，成了我生命裡看不見的黑手。與我丈夫有染，難怪無時無刻不表露蔑視，人在辦公室裡還是持續監視，逮到機會就在同事面前貶損我。如今她鳩佔鵲巢，搶走我家庭，雖然還沒下蛋將原本的小鳥擠出去，卻努力堵住我這正牌女主人回去的機會。就是因為她，東尼和兩個女兒這個時候了也不在家裡房間。不是我的問題。

東尼在她面前怎麼說我？她憑什麼知道我的私事？大家離開我究竟是為什麼？我想不起來……

我走進後花園抽菸。從東尼新家回來以後菸就沒離過手，我也懶得管自己到底抽了幾根。腦海裡幾個畫面反反覆覆：他和我穿過學校停車場的時候不斷傳訊息出去，恐怕是提醒珍奈我會露面，手提包之所以丟在床上根本是要給我下馬威。說不定那時候她根本躲在別的房間竊笑。我為了女兒的安危懸著心，東尼卻心知肚明他家裡有珍奈顧著。

於是我無法向東尼解釋為何認為女兒有危險，一如東尼無法說服我別大驚小怪——他不敢說出自己在我背後幹了什麼好事。

東尼你怎麼可以？居然這樣對我們？

以前我自認是倖存者，直至此刻我才意識到身分逐漸轉變為被害者。得設法尋回過去堅強自信的蘿菈，重新取得主導權。我最後長長吸一口菸，丟在地上踩熄。萊恩、珍奈……珍奈、萊恩……他們搞不清楚自己招惹的是什麼人。

不過該先除掉誰？情感說珍奈，理智說萊恩。應該是萊恩，我對他掌握太少，他對我的安穩日子破壞卻太大。這人見過我先生、向女兒下手，不僅知道我住址，還能找到我兒子。輪到我摸清楚對手底細報一箭之仇，眼前不就有個最好的消息來源嗎？

✦

我在操場左顧右盼，得搶在上課鐘響前找到艾莉絲。

平日每天早上短短五分鐘裡，我看著女兒身體變高頭髮變長，動作越來越敏捷。不知道她記憶中的媽媽是怎樣的人？聽東尼的說法，我給她最後的印象應當不大好。但等我除掉那些奸人就能重整生活，往後又能像以前一樣，天天送她上學。

艾莉絲忽然看到我了，臉上表情一亮。我心裡大大鬆口氣，女兒還是愛我的，即使聽見鐘響還是朝我跑過來。「沒事，」我用唇語說完還朝門口比劃，示意她先進教室：「我待會兒再過來。」艾莉絲揮揮手以後鑽進校舍消失。

貝絲．葛利菲斯轉頭過來，她可能不記得我，但我認識她。我猜她可能是化完整臉的妝才睡覺，或者天還沒亮鬧鐘就先響，否則怎麼可能有媽媽送小孩上學前還這麼有空？

其實以前就常常在艾莉絲的校門口看到她帶著兒子出現。然而東尼和我走出艾菲的學校，竟也見到她迎面而來，衣服上還別著手寫名牌，上面標註了「家長會」字樣。

「哈囉，」見她打開休旅車門我上前攀談。貝斯．葛利菲斯猛然轉身，朝我上下打量。「妳好我叫蘿菈，我女兒和妳兒子同班。」最後這句是我瞎掰的。

「喔，這樣啊。」她回答，儘管堆著假笑還是滿滿冷漠

「昨天傍晚我在聖吉爾斯中學見到妳了，沒想到妳家也有孩子在那邊。」

「是啊。」她毫無延續話題的意思，彷彿晴空飄來一片烏雲，越快起風將我吹走越是痛快。看她皮膚光滑到不自然的地步，我想打進去的填充物比泡芙餡還要多。

「妳女兒是十年級吧，狀況如何？」

「還不錯，準備提早參加中學會考了，多謝關心。那麼妳家……」貝絲說不下去，只好我代勞。

「我家艾菲也還好，轉學過去兩年了。」

「那邊升學率一直很高。」貝絲回答：「抱歉我不能多聊了，還有點事情——」

她想趕快上車，但我可不會輕易讓打開的話匣子又闔起來。

「能遇上史密斯先生那種老師，對家長和學生而言都很幸運。」我趕緊說：「前些日子我才第一次見到他，這位老師是新人嗎？以前好像沒見過。」

「沒記錯的話，已經上任一年半，最近才接下十年級導師的職務。之前他都在處理私事，妻子出了那種事也真是不幸。」

「妻子？」

貝絲這種人很好辨認，所以我才有辦法直接鎖定。有些媽媽過度參與兒女的校園生活，背後原因十分簡單：她們自己的人生乏善可陳。而這類人都有同樣嗜好——愛聽流言，更愛散播流言。

「妳沒看到新聞？」貝絲繼續說：「真叫人心碎，他太太自殺了。而且妳相信嗎，居然是跳崖！也太淒慘。」

我指甲嵌進掌心。

不會吧。是她？夏綠蒂？大衛的夏綠蒂？

「真可憐。」我說。

「還有更慘的。他太太明明再兩個月就要生小孩，居然跟外遇對象一起殉情，大家都說難道是學羅密歐和茱麗葉嗎？」

我搖搖頭假裝同情，忍著沒糾正貝絲這番話。夏綠蒂沒和別的男人勾搭，只是被我找來幫大衛獲得解脫。事情過後我沒多想，或許出於嫉妒吧，居然是夏綠蒂陪大衛走向終點。所以葬禮我沒去，導致自己低估她這條命能引發多大波瀾。

這解釋了為什麼在鄉間老屋那時候，萊恩會說自己一無所有、全部被我奪走。知道他的動機，就能反過來為我所用。

「既然妳還有事，就不多打擾了。」我微笑說完掉頭離去。

「幸會。」貝絲朝我背影叫道。但我很清楚，即使明天又相見，她壓根兒不會記得我是誰。

第十章　萊恩

「感謝妳能抽空見面。」我先開口，脫下運動夾克，折好放在沙發扶手。

「要喝點什麼，有茶、咖啡，或者開水？」她打開窗戶，房間裡是有點悶，感覺不常有人進來。

「開水就好，謝謝。」

想要約見終點線主任珍奈．唐森，新年前最快也就這天，地點在他們分部的一樓。趁珍奈離開房間，我東張西望觀察環境，留意到天花板角落有兩個監視攝影鏡頭，上頭間歇閃爍綠色燈號。推敲起來這兒應該受到監控。裝潢採用木屑壁紙，但該重新上一層漆才對，面對面的兩張沙發也頗為老舊可以換掉。咖啡桌上有一盒面紙，旁邊掛著鎖頭的門後不知藏著什麼。

珍奈端著水回來放在桌上。

「您在電話提到，想會面是關於我們的志工蘿菈？」她問話時從亮橘色手提包取出筆和本子，嗓音不像蘿菈那樣滑順，比較有公事公辦的味道。

「她今天應該沒值班吧？」我問。

「沒有，要星期五才會來。」

「好。我認為——應該說，我確定蘿菈會鼓勵一些求助者尋死。」

珍奈臉上表情完美詮釋為何之前我寧可私了。看得我都口乾舌燥起來，趕快拿起水吞一大口，隨即坐在沙發邊緣上飛快解釋來龍去脈，從夏綠蒂自殺說起、到蘿菈親自前往我新買的屋子。說給弟弟聽的時候心情輕鬆多了，何況現在還得改編部分內容免得惹禍上身。我坦承的包括跟蹤蘿菈、但沒提到她家人，被她刺傷以及利用艾菲那些部分也省略。整個過程她一直做筆記。

「好的……」珍奈開始回應：「史密斯先生，您做出頗嚴重的指控。」

「我明白這些事情、或者說我講的這些故事會給人什麼感覺，但重點是得有人阻止蘿菈。」

「容我冒昧，請問妻子過世之後，您是否接受過悲傷治療？」

「沒有。意思是？」

「有時候喪親造成的悲痛太大，會以其他形式呈現。至親之人選擇輕生的時候更明顯。我們容易責怪自己，或者將憤怒發洩在其他——」

「恕我打斷，」我很堅定告訴她：「我很清楚悲痛的影響，也體驗過心如刀割的感受，但我確定自己依舊理智。我花了好幾週時間和她對話，讓她相信我處於情緒低潮，然後親自見證她言語裡的說服力，據此判斷她對打電話求助的人是個威脅。」

「方才說的這些，有證據嗎？」

我取出錄音機，正要按下播放，珍奈卻示意暫停。

順著她目光，我也望向監視攝影機。珍奈從包包取出一對入耳式耳機接上去，跳著播放了幾段來聽。

從旁觀察，珍奈面無表情但仔細聆聽，想必能理解蘿菈在訊息裡摻加的蠱惑。過了五分鐘，她按停並摘下耳機。

「首先，蘿菈是團隊內很受歡迎的成員，也是我們募款的強將。」珍奈說：「少了她，我們連維持營運都會遭遇很大困難。」

我一聽像洩了氣的皮球，暗忖這位主任其實並不在乎，所以拿回錄音機準備起身離去。「意思是只要她能籌到錢，做什麼都無所謂吧？果然終究是浪費時間。」

「等等，萊恩。」珍奈卻忽然起身，又抬頭瞟了監視攝影一眼，接著低聲在我耳邊說了幾句。

第十一章 蘿菈

我挑了他一張結婚照片。擺放角度剛剛好，無論他躺什麼角度都能看見。新郎比新娘好看不少。從兩人身後禮車以及新娘伴娘的禮服樣式來推測，玫瑰金相框裡的照片將近六十年歷史。照片稍微褪色，可是影中人凝望彼此時的永誌深情清晰依舊。萊恩的外公就躺在我背後病床上，現在模樣自然不復當年鏡頭下的健壯爽朗。

昨天我連上艾菲學校的網站，費了好一番功夫翻找幾十張教職員工照片才鎖定萊恩。回想起來，他居然能趁我沒留意拍下我與亨利在療養院交誼區的照片，關鍵是他怎麼進去的？於是我將萊恩的照片存在手機，亮給兩個沒腦袋的接待員，其中一人立刻指認。

「是彼特．史賓賽的孫子對吧？」她說：「忘記叫羅伯特？還是萊恩……里察？之類的。」兩人都沒過問我為何打聽，謝過之後我先朝亨利那頭走，中途掉頭轉往老人病房那側。走廊亞麻地板有點黏，空氣飄著消毒水臭味。找到這兒的接待櫃檯，我裝起外國口音，對護理師聲稱要探望遠方舅舅史賓賽先生，她同樣不看證件就叫我自己去二十三號房，而我則在心裡寫下備忘錄：之後得提出客訴，這裡的出入管理未免太過鬆散。

片刻後我站在毫無抵抗能力的脆弱老人身旁，其實只要枕頭壓緊些就能幫他離開囚禁自己的殘破身軀，即使他不想自殺但那仍舊是慈悲，我對自己選上的目標也是如此。

我四下看看，房間裡東西不多。翻翻衣櫃，裡面吊了些衣服，包括一套正式西裝。我猜得等他下葬才穿得到了。架子上有其他照片，我想是兒孫輩，仔細一瞧果然有萊恩，而且還是結婚照，夏綠蒂就站在身旁，穿著是已經過氣的一字肩白色蕾絲婚紗。拿起來端詳，她長相比聲音給人的印象要好，也比我更高更瘦。就算沒跳崖，他們婚姻又能持續多久，萊恩那種條件留不住夏綠蒂的。

倘若給萊恩一次預知未來的機會，我挺懷疑他知道夏綠蒂怎麼對自己以後是否還願意結這個婚。我就不同了，無論發生什麼，我都會選擇東尼。

我們婚禮很簡單，在威頓村教堂舉辦，靠近他長大的地方。那時兩個人都才二十出頭，很年輕，但嫁給他是我此生無悔的決定。

婚禮的意義不僅止於對彼此許下承諾，也在於結合兩個家庭。只可惜這部分我辦不到，還麻煩他請的接待幫忙將賓客平均分配在走道兩側，免得最後所有人擠同一邊場面會尷尬。當天早上，原本新娘母親的角色由他媽媽接手，過來幫我打理大小事務。他父親牽我進場那一刻，我深刻體會到自己活得形單影隻。

那一整天我本該笑得開懷，卻只巴望早點結束，因為一切的一切都提醒我同一件事：除了這個新婚丈夫，我誰也沒有。門口一次次有東尼的遠方親戚詢問新娘父母何在，於是我被迫一次次解釋自己父母雙亡。從婚紗店到花店、從司機到安排座位的餐廳主任，我已經向無數人解釋了無數遍。

沒有親戚能商量，伴娘也只是不熟的同事，不好意思拒絕才點頭來露臉。我的婚禮建立在湊合上。

讓父母有點存在感的辦法很勉強，就是自己戴上母親的訂婚戒指、將父親留下的手錶送給東尼。他願意收下我都險些痛哭流涕，總不能老實說那是從隔壁奧爾尼村古董店買來的。不過念舊而已，念的是別人的舊也無所謂。

萊恩外公床邊桌上有一只沒扣起來的銀色手錶，背面刻了字：祝兒子百年好合。

真叫人感動呢，我心裡感慨之後又想到他父母買這玩意兒花了不少錢才對，便連同電視遙控的電池一起收進口袋。

我剛走出病房又停下腳步，掉頭再進去，悄悄掩上門。然後專心聽了聽老頭子的肺。他呼吸極度吃力，氣息帶著碎裂聲。虛弱到這程度恐怕不只是哮喘，而是肺氣腫等級。活著也是受罪，死了才叫做解脫。

✦

電話來得忽然卻像一場及時雨。我踩熄菸蒂時手機跳出認得的號碼。

「孩子！」我接聽以後忍不住閉起眼睛享受此刻的雀躍心情。艾菲打來了，懸在心上的大石總算能放下。在女兒新家嚇到她之後過了一星期，還好搭東尼車子的時候記住了儀表板顯示的電話，便主動傳訊告知女兒聯絡方式，希望她願意主動重建母女練習。運氣好的話可以鼓勵東尼依樣畫葫蘆。

「還好嗎？」

「還可以。」但是她語氣很猶豫。

「真的嗎？聽起來不太開心。」

「妳能不能……我們可以見面聊嗎？」

「當然好啊，什麼時候呢？」

一小時半之後我們就在咖啡廳皮沙發並肩坐著了。她挑在郊區購物商場的星巴克，理由是不想碰上爸爸或朋友。我們邊喝糖霜奶蓋熱可可邊聽女兒描述我不在期間發生什麼，艾菲提到不知誰駭了她Facebook帳號狠狠羞辱前男友托姆，卻也導致有些朋友因此反目。除了逐漸被孤立，成績也一落千丈，對自己的腦袋越來越沒信心了。其實我只想知道有關萊恩．史密斯的事情，但也不能沒頭沒腦就插入別的話題。

「妳喜歡什麼科目？」我問：「以前成績好的是什麼？化學嗎？」

「英文和生物。現在英文成績慘不忍睹，生物又好可怕，居然要我們解剖動物。小豬耶……好噁心。」她臉皺起來。

艾菲說這些的時候沒辦法直視我眼睛。我能理解，雖說名義是母女，在她眼中我更像陌生人。還想不起來究竟什麼原因導致我和一家人分開，雖然很懊惱卻也不適合現在提起，萬一揭開什麼瘡疤可就糟糕。今天目標是增進關係、爭取女兒回到身邊，讓丈夫明白推開我這個妻子多划不來。等艾菲終於願意視線接觸，四目相交時我彷彿從她臉上看見自己。

而且靜下來陪女兒談心，我才意識到以前從未好好聽她講話。應該說聽是聽了卻沒放在心上，總當作小孩子鬧脾氣。艾菲十五歲生日快到了，已經是個小女人，我也該採取更尊重的態度。

她好幾度張開嘴巴似乎想問我什麼，卻又回心轉意沒說出口。

「我不是想逼妳，但是不是有什麼事情想告訴我？」我好言相勸。

她搖搖頭，望向停車場，許多顧客提著大包小包上車、將嬰兒固定在安全座椅。艾菲噘起嘴，神情很落寞。

「媽，我怎麼什麼都做不好啊？」她臉一垮，眼淚撲簌簌掉下來。

天賜良機，我趕快挪到女兒身旁摟著安慰。

「我們換了老師。一開始以為他很討厭我，總給我很低分。」艾菲繼續說。

「是史密斯先生？」我問。

艾菲點頭：「後來他好像很關心我，花很多時間做課後輔導，我們就越走越……近……」

「多近？」我追問。親子團圓比預期更豐收，儘管我不希望女兒遭到萊恩·史密斯傷害虐待，但若他稍微逾越界線倒也是美事一樁？

「因為後來沒什麼朋友，老師又對我很好，我就有了好感。本來以為他也一樣，但等我真的開口，他對我完全不留情面。」

原來是這個意思。萊恩居然引誘這傻丫頭，不過我也因此有了施力點。

「孩子，你們有肢體接觸嗎？」

「沒有啦。只是，雖然明白不對，但我會想。然後他就狠狠拒絕了，還說我很噁心很笨。我也覺得自己真的太傻了，現在一看見他就有種想吐的感覺，好討厭。」

「他表面上裝成好人，我猜背地裡一定在教師辦公室拿這件事說笑。」

女兒臉上寫滿驚懼：「妳是說，他會告訴別的老師？」

「那種年紀的男人就喜歡吸引妳這種年輕女孩子注意，不然拿什麼去跟朋友炫耀？何況妳也知道校園那種地方，一傳十十傳百。說不定他是慣犯，常常勾引女孩子然後再羞辱，還引以為傲。現在只能希望事情別傳進同學耳裡。」

艾菲臉埋進手掌又開始啜泣，我拍拍她肩膀但沒哄女兒，自己心裡天人交戰——究竟該當個好媽媽，還是趁機對萊恩展開反擊？只要拉攏艾菲照我的方式思考，她一個人就有摧毀對方的火力。

「還有別人知道妳對史密斯老師的心思嗎？」我繼續問。

「沒有。我沒說。」

「有別人看見你們在一起？」

「應該有吧。之前每星期都有兩次課後輔導。」

「但總不是單獨相處，都沒別人在？」

「只有我們兩個留在教室而已。」

這答案太甜美，真希望停下世界運轉專心品嚐。母女齊心，就能毀掉萊恩。

「每次都是你們單獨會面？」我重複一遍：「確定？」

「嗯。」

「他有這樣對其他女學生嗎？」

「沒有。還會等別人出去。」

「你們兩個，私底下，身體距離多接近？」

「一兩公尺吧。」

「唔。」

我可能露出失望的表情了，艾菲竟然立刻補充：「有時候更靠近啦。」但這丫頭誇大其詞我總是聽得出來。

「他有問過妳家庭狀況嗎？」

「問了一點。像妳和爸的事情。」

「妳怎麼告訴他呢？」

「沒特別說什麼。」

「老師有沒有解釋為什麼要問妳父母的事？」

「他說想先瞭解我的成績會不會是受家庭問題影響。明明是他自己莫名其妙硬要給我很低分，卻又說什麼不想讓妳和爸為難，叫我別把老師說的話告訴你們。」

「老師要妳隱瞞父母？」我搖搖頭，雙手抱胸，裝模作樣長吁短嘆道：「真典型的手法。」

「什麼手法？」

「釣未成年人上鉤。」

「啊？戀童癖那種嗎？」

我點頭：「媽媽在『終點線』也會和有過類似遭遇的年輕人對話。通常會找到我們那邊都是已經無法挽回、經歷非常悲慘的案例。唉，艾菲妳想聽的話，媽媽有很多故事可以說。」

「那為什麼我在車上開口的時候，他還沒反應？」

「妳上過他車？」

「嗯。他送我回家，我以為會有什麼發展，結果他就說我很噁心。」

「有可能是臨陣脫逃，也有可能是欲擒故縱。那種人的心思誰猜得透呢。」

「是不是該告訴爸？他知道怎麼處理比較好。」

「不，我覺得先不要比較好。妳也知道妳爸的個性，他對孩子保護慾太強烈，可能會做出什麼衝動的事情。交給我，我來解決，不過首先得確定一點：妳希望我做到什麼程度。」

艾菲愣了一下，接著望向我，臉上浮現前所未有的堅決。「他讓我多糟糕，我就要他多糟糕。」

「好。再來，我需要妳的幫忙，才能確保他不會再拐騙或羞辱其他女孩子。」

「謝謝媽。」

我將她摟緊懷中輕撫頭髮。挽回大女兒了，感覺真好。

環顧四周之後我壓低聲音：「妳應該明白，一旦揭發這件事，他以後就再也當不成老師了吧？」

艾菲點頭微笑，顯然已經明白我有什麼打算。

「乖孩子，」我說：「乖。」

第十二章　萊恩

「有人進過外公病房。」強尼打電話告訴我，語氣焦急又困惑。

「什麼意思？」

「雖然不想嚇你，但你還記得病房架子上有一張你們的結婚照吧？夏綠蒂的臉不知道被誰用筆劃掉，我也是要走的時候才發現。」

「確定？」

「當然。我趁外公沒醒就先帶走了，免得被他看到。究竟誰會幹這種事？」

「蘿菈，」我嘆道：「該死。」

「什麼？你覺得是她？」

「唯一的可能性就只有她。」

我靜靜思考。首先，蘿菈察覺到外公和她兒子住同一所療養院。再來，夏綠蒂與她對話很多次，曾經明確提到自己迷上賈斯汀所以將雜誌上布蘭妮的臉劃掉。總而言之，這是蘿菈的警告：只要有心，她也能掌握我的一切。

實在不願相信。但如果是蘿菈幹的，代表她已經走出陰影，還特地使手段殺我的銳氣，而我卻承諾強尼不再執著於過去。

「天吶！萊恩，如果是她的話，你得想想辦法。要是她更過分怎麼辦？」強尼態度硬起來：

「那女人照你說法根本心理變態，趁我們不在不知道會對外公怎麼樣。」

「我知道。我懂。」我說：「抱歉。」

他掛電話之後我卻還將手機按在自己胸口。明明自己外公也住同個地方，當初怎麼會拍下那張她和癱瘓兒子相處的照片？

「該死，該死！」我大吼大叫，將電話朝沙發摔出去。實在不知道該怎麼辦了。既然已經將事情告訴蘿菈的上級，或許保持低調等她自己跌跤才對？但倘若蘿菈要朝我動刀，我也必須有所準備。

第十三章 蘿菈

「哈囉，親愛的，妳復活啦？」

瑪麗說完就給我一個大熊抱，整個身體壓過來那種，讓人想要立刻換衣服。

「嗯，肚子不舒服而已，我家丫頭們也中了。」

當然都是鬼扯。在艾菲學校見到萊恩、又發現老公與珍奈有染，我決定謊稱感染諾羅病毒先迴避幾天。直接與珍奈面對面，我怕自己忍不住燒一壺開水朝她頭頂澆下去。

「在家這幾天就順便做了些東西。」

我打開金屬筒，裡面塞了三盒分量的奶油酥餅，前一天出門買的。「別怕，做的時候我已經康復嘍。」趁瑪麗皺巴巴的手探進去時我故意打趣，也趁機觀察辦公室情況。同事都很熱情、習慣將別人放在自己前面。他們真的很善良，但同時又遲鈍得不可思議，很多明顯的事情一直沒發現，更別說戳破我的偽裝了。

「收收心，」凱文趁我走向自己桌子時提醒：「珍奈安排妳半小時以後去做個別面談。」

我翻個白眼。她知道我不喜歡與求助者面對面還偏偏指派給我，明知故犯。這下子不但得去辦公室見她，還得編個理由推掉苦差事。

「她不在，」凱文看穿我心思：「休假兩天，說是和新對象出門。」

我腳步一頓：「新對象？」差點嚷嚷起來。

「嗯，好像跟人家約會一陣子了。從她跟柔伊說的情況來看，應該挺認真。」

「唔，果然青菜蘿蔔各有所好，即使珍奈那副獨特尊容也不例外。」

我跑進她辦公室一個人生悶氣。是知道自己不該將東尼、珍奈、他們的姦情掛在心上，但哪能說放下就放下，腦袋裡冒出他們手牽手在海濱散步、去鄉下野餐、光天化日之下忘情擁吻。午後颳起雷陣雨，東尼拿外套蓋著兩人頭頂一起走。所有該和我一起做的事情，女主角都換成她。

盯著桌上的面談時間表，我絞盡腦汁想不出答案——找人代替我也就罷了，那麼多人可以選，怎麼會選那傢伙，讓一個土裡土氣的黃臉婆依偎身旁，照顧我倆的孩子？難以置信。

本以為我遇襲之後夫妻關係稍微回溫，所以還急著修補自己與女兒們的關係。既然是一家人，不就該以活在同個屋簷下為共同目標嗎？還期望時間久了，東尼會願意接亨利回來，一家五口過正常日子。怎麼會變成她，怎麼正好是珍奈？

計劃是先收拾萊恩再料理珍奈，但怒氣好比滾燙岩漿自火山口狂湧而上，如今兩個人倒在我心裡平起平坐了。

我深呼吸一口氣嘗試鎮定，豈料空氣裡珍奈的超市廉價香水味黏在喉頭，癢得我連咳好幾聲。原本要查待會兒面談對象叫什麼名字，卻意外瞥見辦公桌有個抽屜沒關緊，珍奈的行事曆擱在裡頭。確定沒人看這邊，我拿出來一頁頁檢查，果然今天開始休假，她寫了「冰島」（Iceland），加上三個驚嘆號，更可惡的是i用小寫就罷了，上面那個點居然畫成愛心圖案。東尼明知道我一直想親眼看看北極光，卻總以怕冷為藉口推託，怎麼現在就能帶珍奈過去？極光最好亮一點，閃瞎她眼睛。

東尼和我以前也很多次請一天假連著週末找些大城市觀光。小孩托給他父母，兩個人從週五到週日待在布魯日或巴塞隆納之類。帶別的女人重溫舊夢，可惡至極。

往前翻幾頁，我留意到珍奈曾經劃掉什麼文字，下手很重所以在後面一頁都看得到痕跡。想隱藏什麼？好奇驅使下，我拿起紙張對著日光燈看，結果找到個名字。

下午四點十五分，萊恩．史密斯。

我又呆了，大腦一下無法反應。眨眨眼睛，再看一遍，名字沒消失。我黑名單的兩個人竟然聯手。

敲門聲嚇得我差點失了魂，我隨便拿了本資料夾壓住行事曆。

「蘿菈，約定的面談來嘍，」柔伊微笑：「我來開錄影。」

樓下是個面容枯瘦、渾身菸臭的男人，一開口就是老婆跑了人生悲慘。鏡頭後頭有人，我只好適時點頭、投以同情微笑，但這人說什麼自己死了比較好我可不信，反正現在不缺目標。思緒糾結在珍奈與萊恩也在這房間見過面，不知道他們對話內容令人坐立難安。

後來求助者好像真以為世界上有人瞭解他的窘境，心滿意足離開了。我回到二樓，先去監控室感謝柔伊幫忙盯著鏡頭，等她回座位以後溜進裡面關上門。電腦開著，柔伊帳號沒登出，我調閱之前現場面談的存檔，檔案標籤包含求助人姓名、日期、負責談話與監控的兩位志工，但是這些MPEG檔上都找不到萊恩的名字。我雙手抱胸有點氣餒，隨即又靈機一動，游標點開「資源回收桶」，被刪除的檔案裡有個名字是「R．S」。

「萊恩．史密斯（Ryan Smith）。」我喃喃道。

不是全名，我猜珍奈是自己設定錄影、後來刪除，忘記要將資源回收桶徹底清除。

我戴上耳機按播放，等了半天才看見他們進房間，然後珍奈又出去端了開水回來。萊恩坐下以後手指在腿上彈跳、腳尖一直輕踏地板，神色十分緊張，與學校裡冷笑挑釁的他判若二人。

萊恩開口告訴珍奈前因後果：妻子夏綠蒂自殺身亡，卻輾轉發現網路上有「熱線女俠」這號人物。他描述自己如何費了九牛二虎之力證實傳聞並非空穴來風，接著回憶我們通話裡許多內容，主要就是我如何鼓吹他自盡、接受邀請去現場見證。我心跳加速，緊盯珍奈那張臉。聽了萊恩歷歷在目的指控，她卻始終漠然不動。

敘述失去妻子的空虛淒涼讓萊恩變得像個人，否則之前他彷彿天災，狠狠折騰我卻難以預測無法捉摸。錄影裡的他很真實，就是一個受傷、痛苦、寂寞的男人，誰能想到我會為了躲他連著幾個月不敢踏出家門半步。

正因如此，我更想毀掉他。

他忽然取出像是錄音機的東西交給珍奈。珍奈瞟了鏡頭，從包包取出耳機，聽了五分鐘不發一語。我忍不住坐在椅墊邊緣、上半身向前傾，好想知道萊恩究竟錄到什麼東西。良久之後，珍奈終於講話了。

「首先，蘿菈是團隊內很受歡迎的成員，也是我們募款的強將。」她說：「少了她，我們連維持營運都會遭遇很大困難。」

我可沒料到她是這種反應，以前從沒給我好臉色。看萊恩重重跌一跤準備起身離去，我鬆了口氣。本來就是一面之詞，更何況顯而易見他沒走出喪妻陰霾，很可能只是想找個代罪羔羊減輕自己的罪惡感。至於我，大家讚不絕口，簡直是慈善的同義詞。就算珍奈不喜歡我也得識時務。

我打算拔下耳機，但眼睛還盯著萊恩走向門口。珍奈忽然站起來要他留步，又一次朝鏡頭使了眼神，然後往他耳邊湊近。我聽不見，轉回去重播還是模模糊糊，音量開到最大才勉強拼湊出隻字片語。

「我相信……說……」她這麼告訴萊恩：「……懷疑……一些想自殺的……特別高……別的分部……我保證……一點時間……想辦法趕走……警方介入。這個組織……我會設法……」

聽完我往椅子一倒。眼前兩個身影走出面談室，片刻後畫面全黑。

唉，珍奈，妳這是何苦？

大家忙著接聽電話，沒人有空管我動了辦公室什麼。為了找到那臺混蛋錄音機，從抽屜、檔案架到座位後方儲物櫃我全搜過，結果一無所獲。

找不到錄音，至少可以刪除錄影——下次沒人能找回來了。我腦袋裡好像有個開關打開，將整個局勢以及現在未來看得一清二楚。沒必要各個擊破，就讓萊恩和珍奈相互掣肘。

他們是二鳥，一石在我手。

第十四章　萊恩

爸媽坐在餐桌對面，神情嚴肅，氣氛就像我小時候闖禍被抓到。

兩人開口一搭一唱配合無間，彷彿晨間新聞播報員盯著讀稿機唸出臺詞。我心裡有數，他們不但事前排練過，還特地列印帳戶資料、標示最近的支出，以證明自己所言不虛。

「我們撐不下去了。」媽喝了一小口氣泡酒繼續說：「再這樣花下去，就得動用退休金本金。」

我點頭：「我懂，對不起，是我疏忽了，其實你們可以早點說。」

爸媽要我去他們那邊，目的是討論我名下兩份房貸。公寓還是我自己繳，村子那棟空屋則靠他們幫忙。教師薪水沒高到可以揮霍，父母的儲蓄同樣會坐吃山空。

「我明白你兩邊都捨不得，」爸接著說：「但恐怕得盡快做個取捨，沒辦法魚與熊掌兼得。」

我在心裡衡量一下兩個地點的好壞。既然夏綠蒂過世後回去公寓也是觸景傷情，搬去她從未居住過的空間似乎是比較合理的選擇。

「把公寓賣掉吧。」

「確定？」媽問：「要不要再多考慮兩天？」

「不必，我也該尋找新方向，才能向前走。」

之前強尼寄了很多心靈自助主題的網站連結過來，我拖到聖誕假期才起了好奇心打開看看，裡頭滿滿都是這種句子。即使如此，也是最近這陣子我總算生出共鳴，所以新年新希望就是重新出發。

弟弟跑到家裡問話，質疑我最後要拿蘿菈怎樣，結果我還真的答不出來。那幾個月裡我腦袋沒別的東西，全兜在如何折磨她、讓她過得一樣慘。但強尼點醒了我——我的行為和蘿菈沒有不同。於是我意識到癥結點：全副注意力放在她身上只是轉移焦點罷了，我遲遲不願面對自己往後的日子怎麼過下去。

關於蘿菈的狀況，我已經告知終點線分部主任，對方也願意相信，因此接下來就看珍奈如何以我提供的證據解決問題。不知道要過多久她才會給個消息。

蘿菈的事情到此告一段落。她跑去外公病房抹掉照片裡的夏綠蒂應該只是洩憤，至少我這樣希望。

「強尼有個同學在『基石』做房仲，我請他幫忙估價之後就掛上去賣吧。」

媽的手搭過來：「我知道不容易，但你做得很好。」

天下父母心，是我害她擔憂了。然而還有件事情得處理妥當，才能將一切拋諸腦後。

✦

上次送她回家、在車上拒絕她示好之後，艾菲在學校變得很低調，沒有違規受罰也不在課堂搗亂。只不過新年開始之後，她不敢跟我視線接觸，多半縮在座位上，一副希望有個地洞能鑽進去的可憐模樣。

我逐步將她成績拉上來，回到我動手腳之前的水準。可是每天這麼相處，映入眼簾的始終是因我失去自信的女孩，心裡不禁充滿歉疚。

「艾菲，有空嗎？」

午餐鐘響，她聽我開口這樣說，臉上神情十分訝異，兩手插在口袋不敢拿出來，眼睛飄來飄去就是不肯直視我。果然，我犯了不可饒恕的過錯。

「那天下午的事情，」我說：「是老師的錯，我想向妳道歉。」

艾菲本來盯著地板，聽了這番話微微抬起頭。

「老師不該開車載學生，我也不該說出那些話。我……我想我們兩邊都有點逾越分際，但畢竟我是教師，應當知所進退。對妳釋放錯誤訊號是我不好，我保證以後不會再讓彼此尷尬了。」

她點點頭。

「妳有告訴別人嗎？」

「沒有。」

「那我們都別說出去了吧？」

她又點點頭。

「妳成績進步了，有注意到嗎？」

「是為了封口嗎，史密斯先生？給我漂亮成績，免得我到處張揚？」

我沒回話。

「果然。我可以走了嗎？」

「可以。」

隨著艾菲匆匆離開教室，我覺得自己終於了卻心事，能夠像那些網站教的一樣放眼未來。重建人生的時刻到了，這次沒有夏綠蒂也沒有蘿菈。

第十五章　蘿菈

我準時抵達，不過房仲車子已經停在公寓前面，車身印著鮮豔的公司商標。

他穿白襯衫，褐長褲卻有一頭紅髮，看上去活像一杯覆盆子冰淇淋，臉上倒是堆滿笑。

「您好，幸會！我是安迪．韋博，今天過得好嗎？」

我一向不喜歡別人裝熟，也不欣賞現在流行的武士頭髻與鬍鬚造型。

「還不錯，謝謝。」我將包包掛到肩上，沉甸甸的。

「您今天是想到七號轉一圈看看對嗎？」

為什麼不能轉兩圈三圈我是不懂，反正點頭就對了。

「好的，請跟我來。」

幾年前面前這片住宅還是市政府辦公大樓，一次慘烈氣爆將其夷為平地，死了十幾名公務員，改建之後重新規劃為住宅。安迪說起這兒的歷史滔滔不絕，聲稱作為投資極有潛力，前幾天一個物件掛牌開賣之後就好多人要求帶看。我們搭電梯上四樓，途中沒仔細聽他嘮叨什麼，一心只想衝進曾經被萊恩當作「家」的鬼地方。

以為只有他才能調查別人身家底細可就大錯特錯。骨牌的第一張就是以公文申請閱讀效率低的驗屍報告，上面自然列出她住址。原本只是好奇她從什麼地方打電話來，卻意外從手機上的房市軟體發現那一戶要出售，所以趕快預約帶看。事前知會了艾菲、交換了情報，能確定我過去的時段屋主不會在現場。

「如您所見，這一戶最近重新裝潢過。」安迪解釋：「客廳與餐廳很寬敞，廚房也翻新了。如果您在尋找適合單身貴族的房子就相當理想。」

我可看不出他說的這些，分明只是個鳥籠，從窗子望向夏綠蒂已經不想參與的世界。難怪她會憂鬱症，懷孕了還更嚴重。

我一個一個房間查看，將格局記在心裡。目前環境就像IKEA雜誌上的相片，從廉價壁爐櫃、裡頭的仿炭火螢幕到各種家具選擇，所有陳設透露出屋主是新手，根本不懂自己買的是什麼。

「能去臥室看看嗎？」我問。

「當然。」房仲立刻作勢要領路。

「這地方也不大，我自己過去就好。」

他聳聳肩留在廚房等。我打開門，面對狹小房間，面積只容得下床墊與床頭櫃，棉被折好了、枕頭留有後腦壓出的印子，可想而知萊恩還是睡這兒。隔壁還有一間，看上去是給孩子準備，裡頭空氣窒悶，應該有陣子沒打開。旋轉動物吊飾自天花板垂向小床，每樣東西不是白色就是黃色，不知道寶寶性別就打安全牌。想起母親多脆弱、父親使壞多惡劣，我堅信自己提供嬰兒退場機制才是對他好。

主臥室光線昏暗，我拉開窗簾之後四處查看。有一邊是這屋子裡唯一非組裝家具的東西：設有三面長方形鏡子的古董梳妝臺。我猜夏綠蒂以前就坐在那兒，從各種角度端詳自己不知多少遍，怎麼也不明白丈夫看上她什麼。

梳妝臺上幾個不成套的相框塞了她和萊恩的照片，旁邊還留有幾瓶香水。一面鏡子貼著胎兒掃描圖，下面珠寶盒內有些戒指手鐲，當然全都是假貨。

我打開衣櫃瞄了瞄，有名牌、有潮牌，但是孕婦裝竟然比例較高。一件婚紗藏在後頭，就是在萊恩外公病房那張相片看到的蕾絲禮服，款式簡單、價格便宜，用透明塑膠布蓋住了，不會像主人那樣腐朽凋零。

「完美。」我對自己說完，從外套口袋取出一雙黃色塑膠手套戴好，再探進包包取出裡頭沉重的物體。

「看得如何？」安迪的叫喚從外頭傳來，我悄悄關上衣櫃別給他看到自己幹的好事，手套塞回口袋便回去客廳，順手將牆上空調面板開到最高溫。

「對我來說太庶民了點兒。」聽了這句話，安迪擺出一臉我浪費大家時間的表情。

他領我出去時，我又看見一個櫃子上擺著好東西。趁房仲沒留神，我手一撈就丟進包包，忍不住對自己露出微笑。

第十六章　萊恩

一打開門走進公寓，溫度和氣味撲面而來。

星期五晚上我在強尼家，兩個人買泰國菜回去吃，看了付費頻道的拳擊賽。幾罐啤酒下肚後我直接睡了，遠離這間公寓一天感覺還不錯。隔天我又和爸一起去新買的房子，一個一個房間檢查，記下需要優先處理的工程。很久沒有這種充實積極的感受，思緒總算不再讓蘿菈・莫里斯霸佔。

然而一回自己家，室內彷彿滾沸，還瀰漫一股令人作嘔的惡臭。我先檢查冰箱，暗忖不知道什麼東西才兩天就過期，卻發現味道來源不是這兒。接著留意到不知誰看房子的時候誤觸了空調，竟然開到最高溫，我以前也幹過這種蠢事。但空調溫度設錯無法解釋奇怪的氣味。

循著味道找，似乎在夏綠蒂和我的房間最濃烈。我查看床底、梳妝臺、窗簾後方，以為是死老鼠造成。她生前提過老鼠有辦法從水管往上爬，就算住在四樓也同樣會遭殃。那時候我還不信呢。不過靠近衣櫃以後，我嗅到怪味來源，打開一看忍不住掩住嘴。

「老天！」我慘叫著向後跳。夏綠蒂的婚紗被挪到前排，聚乙烯防塵套被拆下，禮服腹部染成一片血紅。

下方有個屍體——很小的豬胎，皮膚泛白但同樣沾了血。我一下靠近、一下躲遠，究竟該怎麼辦心裡拿不定主意。自己不在的三十六小時，家裡出什麼事？我起初想不通，但彷彿腦袋打了聲驚雷：蘿菈，一定是她來過，沒別的可能性了。不但以喪妻之痛刺激我，連孩子未出世也拿來羞辱我。

忿忿不平的我屏住氣息，用抹布將腐臭豬胚胎包好便拿起鑰匙出門，東西扔進外面垃圾桶之後立刻發動車子。

房仲安迪坐在辦公桌前面，正好面對門口，寧靜週六午後即將被我衝進來攪得一團亂。

「啊，兄弟你來啦——」他開口寒暄。

我可沒興趣聽他廢話：「這兩天你都帶了誰去看房子？」

「有問題嗎？」

我抬高音量：「到底是誰？」

兩個女同事轉頭張望，他趕快拿出手機滑來滑去確認記事本。

「一對帶嬰兒的年輕夫妻，兩個同志，然後還一個女的。有狀況嗎？」

很不希望是蘿菈。不是她的話，日子會簡單太多太多。

「女的叫什麼名字？」我追問。

「夏綠蒂．史密斯。姓氏和你一樣。」

安迪張嘴還想說什麼，我卻一個字也沒聽見，因為人已經又衝到外頭了。

十五分鐘後，合金輪框在人行道刮出刺耳聲響，車子停在蘿菈家外面。

我激動地甩門下車，沒看見後頭別人開過來差點撞上。對方緊急剎車猛按喇叭，我連轉頭道個歉也懶，直接穿越馬路往她家車道走過去。一如往常，百葉窗都關一半，這不代表她不在。我兩手握拳用力捶門，透過玻璃部分窺看，明明大白天屋內卻異常昏暗。

「他媽的給我滾出來開門！」我吼完以後又蹲下來朝郵筒縫隙嚷嚷：「妳這變態幹的好事我都知道了！」

沒反應。長這麼大，頭一回氣到難以自抑。

眼睛在房子前面掃一圈，沒找到能繞到後面的路線，入口柵門鎖著，太陡了沒法爬過去。我靈機一動，想到她這房子後面是運動公園，以前週日聯賽常常在那邊舉辦。我順著大街鑽進巷子，找到小路通往草坪，轉個彎來到蘿菈家後方。

她家翻修過，風格與周圍截然不同特別醒目。從後面看感覺更大，現代風格設計的兩條分支讓整個建築建構呈現L形。屋頂傾斜，設有老虎窗，推測整頓時將閣樓新增為第三層居住空間。

隔著低矮灌木與及腰木籬，能看到膝蓋高度的草坪上有張蹦床，旁邊掛著老舊繩網。花園裡頭植物孳蔓毫無修剪，彷彿並非同一戶人家。灌木叢有個缺口，我正好翻過籬笆闖入她家土地。

第一個目標是廚房，窗戶沒透出光線，我靠近隔熱玻璃偷看。檯面與水槽很乾淨沒堆雜物，櫥櫃竟是深灰色，牆壁也泛黑。我手掌遮著眼睛上方降低反光，瞇起眼睛用力看，發現牆壁那種怪異色澤似乎並非油漆，而是濃煙燻過的痕跡。朝更深處望去，室內還有一扇門，感覺像儲藏室，門板是同樣顏色。這裡究竟發生過什麼？

大惑不解之中，我又繞到一道雙開門前窺探，看見餐廳天花板也被燻黑，客廳那頭電視機和桌椅包著塑膠膜，價格標籤還沒拆。

「操！」

我忍不住低呼，嚇得差點休克。蘿莅坐在沙發邊上，手機拿在眼睛前面，卻往我的方向露出燦爛微笑，接著面孔扭曲、皺起五官以後手指將鼻頭向上頂。她究竟在幹嘛？我沒看懂，只覺得這女人果然是瘋子。

蘿莅一直坐在原地沒動，我看著看著依稀聽見她發出些聲音，聽不清楚只好一直靠近玻璃，直到距離剩下幾公厘。然後我終於明白她搞什麼鬼。

扮豬臉，學豬叫。

她是不是神經病不重要了。我只想找個夠重的東西砸開門窗衝進去宰了她。

第十七章 蘿菈

早料到萊恩發現公寓被人動了手腳會立刻登門拜訪。

從那副火爆神情和想砸窗戶的舉動判斷，肯定不欣賞我留在他家衣櫃的小豬紀念品。

那天一大早，我開車去艾菲學校，她從實驗室冰櫃拿豬胚胎送過來，沒有過問我要這種東西做什麼、我塞在她掌心的隨身碟裡又藏了什麼。母女事前約定過，我怎麼吩咐，她就怎麼配合。

後來我趁單獨進入萊恩臥室的機會，將解凍一陣子的豬胎丟在衣櫃，順便灑了「血」上去——其實是我用水、糖、食用紅色素與可可粉調配製成的假血漿。除了小豬，連夏綠蒂的婚紗也染紅，之後匆匆離開房間緊閉房門。

激怒萊恩的方法很多，但我知道這招最立竿見影。得讓他明白很重要的一點：無論接下來他還想耍什麼心機，我永遠領先一步。而且我不在乎代價，不在乎手段多骯髒，不在乎為達目的需要利用誰。他贏不了。

我隔著百葉窗觀察好一陣子了。今天的萊恩不體面，穿著球鞋、牛仔褲和印花T恤就跑來，先在門口車道東張西望半天卻找不到路進來。同樣不出所料的是他會嘗試走後門，所以直接到客廳待命，給自己斟一杯奇揚地葡萄酒，然後舒舒服服坐在沙發休息。拿起手機先檢查訊息，艾菲變得很乖巧，已經確認明天會面的時間地點，我再次提醒她先別透露給父親知道比較好。

幾分鐘以後萊恩就從運動公園那一側現身。我開啟手機攝影，關閉麥克風收音。雙開門鎖緊，加上玻璃稍微染色，從外面很難看清楚屋內情況。換句話說，他不得不靠近。

好一會兒他才發現我。看他向後竄一步差點跌跤，想必心裡很震驚。

勾起惱火只是請君入甕，真正好戲在於點燃他心中的癲狂，實行起來並不費事。學豬叫這把戲是幼稚了點，但正中要害。等萊恩開口吆喝威脅就開始錄音。

「妳這瘋婆子！」他吼道：「給我開門！」

「你別這樣！很可怕！」我跟著大喊，不忘加點哭腔、掌鏡的手微微顫抖。

「開門！」

「這裡是我家，拜託你離開好嗎？」我回應之後拋個飛吻過去：「我不知道你誤會什麼，我沒招惹你啊？」

「睜眼說瞎話！」

他又握拳猛捶門，門框上的雙層玻璃晃動不已。收手之後萊恩回頭，似乎想在後花園找東西砸碎玻璃，結果看上我以前用來卡住籬笆門的磚塊，高高舉起揮過來。玻璃碎裂噴濺，他反覆敲打，我緊張後縮。

門鈴一響，我飛快從客廳往前門跑。「感謝主！」我啜泣著開門：「救救我！」

就在這時，另一個房間窗戶也破了，萊恩的腳步在木頭地板震盪。他衝出來撲向我，卻轉瞬之間被兩個孔武有力的警員壓制在地。

老貓從窗臺跳下來，代表有外人靠近大門車道，一察覺跡象我就直接撥電話報警。嗶啵以為是東尼，但我心裡有數。

即使被制伏，萊恩嘴裡仍在叫罵，可惜無論那雙手臂怎麼扭也得被上銬。

「謝謝，謝謝！」我連聲對警察說：「還以為會沒命。」

「該逮捕的是她才對！」萊恩口沫橫飛，看他肢體動作顯然好幾處發疼：「她害死我老婆，現在連我也不放過！」

警察哪裡肯聽他說話，宣讀嫌疑犯權利之後就用無線電呼叫支援。

「先生，請你先冷靜。」其中一人膝蓋朝萊恩脊柱施力，將他狠狠按在地上。

後來我一邊滴下鱷魚的眼淚，一邊看警察將萊恩拖起帶走、丟進警車押送。

第十八章　萊恩

他們給了我透明夾鏈袋裝車鑰匙、手機、腰帶、零錢與鞋帶，又要我到值勤櫃檯那邊簽名。

強尼陪著我跑完程序。兩天內我打電話求救兩次，第一次通知他我被捕、需要律師，第二次請他過來保釋。我要他別張揚這事情讓爸媽擔心，但弟弟眉頭緊蹙還不肯正眼看我，從這樣子判斷心裡應該是氣炸了。生氣的也不只是他一個人，我被關起來以後也快被自己給氣死。

折騰一番以後離開警局，我跟在弟弟後頭幾步往馬路對面的收費停車格走過去。上了車我才敢開口講話。

「準備好了，說吧，儘管罵。讓我知道我到底有多傻。」

強尼沒回話，摘下眼鏡用連帽夾克的袖子擦了擦。

「我知道我是白痴，」我繼續說：「也知道這樣會丟掉工作、會留下前科。用力罵吧，我心裡有數。」

「你身上很臭。」他這樣回答。

「同一套衣服連續穿兩天，最好你不會臭。」

「你有把事情交代給警察知道吧？夏綠蒂、寶寶，你被反戳一刀，家裡被放死豬這些？」

見我不講話他反而怒氣爆發：「不會吧，萊恩，你搞什麼呀？明明有機會解釋清楚呀，你開什麼玩笑？這下子她不就真以為你發神經，沒事私闖民宅騷擾她？」

「我揭發她，就等於順便揭發自己跟蹤她家人、戲弄她女兒。身上麻煩已經夠多了。」

「那為什麼不把她勸你自殺的錄音交出去？」

「東西還在蘿菈的上司珍奈那邊。」

「她怎麼都沒有採取行動？」

「不知道。」我自己也很疑惑，都好幾週過去了。另一個可能是珍奈的確做了什麼，卻因此刺激到蘿菈，導致她潛入我家搞破壞。而且現在我覺得她不會善罷甘休了。「你幫我個忙。」

「還有什麼事？」

「幫我牽車。」

「你幹嘛不自己去？」

「車子停在蘿菈家前面，我保釋條件之一就是不能再接近她。」

「嗯，理所當然嘛，除了害你妻小又想搞死你的瘋女人家門口，你還能把車開到哪兒去？」

「強尼，拜託別酸我了。」

「放心，不酸你，以後都不酸你。應該說我現在不想理你。開車送你回去、幫你牽車之後，暫時不想再看見你這張白痴臉。」

「這樣不公平吧？我不是不想斬斷牽連，你說服我面對現實，然後我已經嘗試彌補艾菲、也把她成績拉回原樣，原本從我的角度來看一切是結束了。」

「結果卻又跑去蘿菈家裡，說要宰了她。」

「我是氣昏頭了！換作是你會怎麼辦？」

「報警，讓警察處理。」

「不就說了那條路行不通嗎。」

「行不通是因為你不願意像個男子漢面對過去的錯誤，才會一步步淪落到現在這步田地。」

強尼猛搖頭，車子停在公寓前。

「不能這樣繼續下去。」他開口補充：「之後無論她說什麼做什麼，你必須承擔。再怎麼不情願，事實是蘿菈獲得最終勝利，你該祈禱的是對方願意見好就收。」

第十九章　蘿菈

艾菲和我坐在艾金森校長的辦公室外等待會面。祕書在另一頭影印，機器卡住了，聽得到她低聲咒罵。女兒看起來十分緊張，竟然咬起指甲周邊皮膚。遺傳自我的習慣。我將她的手從嘴巴撥開。

「還好嗎？」我問。

雖然她點頭，但神情還是不對。得給她打個強心針。

「妳知道自己是媽媽的驕傲吧？」她擠出淺淺微笑。「妳願意相信媽媽，讓媽媽幫忙，我真的很開心，對我來說這是世界上最重要的一件事。我們做的沒有錯，所以不要擔心，我會陪在妳身邊。」

校長室門打開，他請我們進去。我挺直身子，清清喉嚨。

「開門見山地說吧——校內有人不守師道，對我女兒做出侵犯身體的行為。」我掐掐艾菲的手，她會意點頭。「我還真不知道從哪兒說起比較好，」我調整音色讓自己彷彿聲淚俱下：「艾菲的導師史密斯先生，這段時間一直對她不禮貌，甚至威脅我人身安全。」

「史密斯？妳是說萊恩．史密斯？」傻校長一頭霧水。

「警察應該通知學校了吧？三天前他意圖闖入我家，被警察逮捕了。」

他眉毛糾成一團，搖搖頭回答：「沒聽說，我這邊得到的消息是他得流感在家休養。」

「那從頭說起吧。我是『終點線』志工，史密斯先生不知為何認定我們單位與他妻子的慘劇有關。當然是無稽之談，但他不僅這樣想，還特別針對我個人。上星期六，他私闖民宅，揚言取我性命，倘若警察沒有及時趕到，後果不堪設想。」

「唔，莫里斯太太，妳說了這麼多……我得先確認事實情況——」

「艾金森校長，這些都是事實。」我打斷他，亮出手機播放萊恩大吼大叫的影片：「他看起來就是想殺人吧？」我用力眨眨眼睛又按摩眼角，扮成淚水即將潰堤的臉孔。「女兒回家聽說了也膽戰心驚，這才透露了自己在學校的遭遇，原來史密斯先生早就有非分之舉。她年紀小不懂事，心裡害怕一直不敢告訴我。」

艾金森轉頭望向艾菲。「我知道可能有點強人所難，但還是請妳說一下大概狀況好嗎？」他從筒子取出筆，開始在便條紙做紀錄。

「前陣子他一直留我課後輔導……」艾菲說得很慢很小聲。

「孩子，放心說出來。」我假裝鼓勵道：「這兒沒人會傷害妳。」

「他會帶我去教室後面那間辦公室，附近都沒人。聊天的時候感覺像朋友，一開始我覺得他人很好，像是很關心我。」

「嗯……」艾金森聽了說：「是不應該和學生獨處——」

「後來有一天，他開車送我回家，竟然問我要不要做愛，還一邊摸我手腳、一邊碰自己那個地方……趁他拉拉鏈的時候我趕快開車門跑走。」

真叫人讚嘆，這孩子憑自己天分也能將故事說得如此逼真。她看向我，我點點頭表示讚許。

「妳說是在他車上發生的？」

艾菲點頭：「那時候我好慌。」她哭了，眼淚很自然。

艾金森搔搔下巴，彷彿正在回想性侵調查如何啟動。他很清楚維護學生是自己職責所在，無論對象惹過多少風波也不能例外。

「而且這樣一切都說得通了。難怪艾菲行為反常，」我火上加油：「成績大幅退步，全都是史密斯先生銷假之後開始的呀。不信你調成績出來就懂了，我怎麼看都覺得是他在……這樣說很噁心，但他就是在『釣』我家艾菲吧？」

「莫里斯太太，茲事體大，我會慎重處理。艾菲，有其他證實妳遭遇的辦法嗎？例如證人或證物？」

女兒點點頭，換她從口袋掏出手機，點了一個應用程式再按下播放。過了一分鐘，艾金森面色鐵青。

「能讓我備份嗎？」他問。

我遞給他隨身碟：「已經幫你準備了。打算怎麼辦？我是刻意先來找你，沒直接報警或請公家單位介入。」

「先不要，緩一緩，」他連忙阻止：「交給我比較妥當。」

半小時後，我開車載艾菲回去爸爸那邊。

✦

「媽，我表現怎麼樣？」

「棒得不得了。」

「史密斯先生會多慘？」

「我不想騙妳。他會丟掉工作。」

艾菲沉默一陣，開始思考自己的指控多嚴重。「但其實他沒真的碰我，我和校長說的那些……」

「孩子，史密斯先生碰了是傷害妳，不碰也是傷害妳。假裝想和妳更進一步的是他，釣妳上鉤、給妳洗腦，之後卻惡意羞辱妳的也是他。就算嘴巴沒講，弦外之音明擺在那兒。要是下個目標他得手了呢？強暴人家嗎？想想妳阻止了怎樣的慘劇，是不是就覺得自己做得很對？我們或許是有點不按牌理出牌，但有時候為了保護自己和別人必須有所取捨。我明白妳這個歲數還不懂史密斯先生的罪行多重，再過幾年妳回顧這段日子，會深刻感受到我們多勇敢。」

「妳剛剛跟校長說到另一件事，史密斯先生的太太，還有『終點線』……那些是真的？妳和師母講過電話？」

「我接過的求助電話非常非常多，所以不是不可能。至於他為什麼矛頭只針對我一個人，我也百思不得其解。其實幾個星期之前，他還找過我們主管麻煩。一個叫珍奈的阿姨，下次該讓妳們也見見面。」

艾菲眼睛直直望著馬路，顯然不知道是否要開口說出父親新女友的身分。今天我就先不追究了。

「妳們那個史密斯老師也跑去騷擾人家。我們主任還得面對面解釋求助者選擇自殺實在不能怪罪在志工身上。」

車子停在他們新家附近，裡頭不會看見的距離。可是我已經看到珍奈那輛綠色Astra停在前面沒多遠。

「好啦，先這樣。改天我問問妳爸，找個週末媽媽帶妳和艾莉絲去吃烤雞大餐如何？」

她點點頭，然後怯生生問：「媽，妳……現在好多了嗎？」

「什麼好不好？」

「亨利的事情。」艾菲別過臉，猶豫著要不要延續這話題。

「我沒事，亨利也沒事。他應該會想見姊姊吧。」

「爸說不可以。」

「艾菲，我們是母女呀，哪有媽媽不能見女兒的道理？」

她笑了笑，輕輕吻我臉頰，然後下車回家，還轉頭揮揮手。我心跳加速，知道自己贏回一個孩子。剩下兩個，加上一個老公要繼續努力。

第二十章　萊恩

我鎖好車，拉緊褲子。

失去夏綠蒂以後我消瘦不少，體重一直沒回來，腰帶得扣到最後一個孔。接連幾天的壓力讓我更沒胃口，從車窗倒影能看見自己多憔悴。額尖一撮亂髮翹起，被我壓了下去。

裝病也不能一直裝下去，語音信箱裡塞滿布魯斯・艾金森的留言，他說有一場會議很重要，我必須盡快露面。我猜自己威脅學生家長遭逮捕的事情已經露餡了，校長的立場不可能有什麼好話。

我趕快留言給珍奈。只有那臺錄音機的內容是鐵證，不知道她行動了沒。如果還沒，究竟在等什麼呢？

踏進學校玄關時我瞥了下手錶，來得早了點，但校長已經在教職員辦公室等著。他領我出去時大家都很關注，到了校長室發現副校長賽蒂・馬克斯和人資部的戴夫・普勞德洛克都在場，兩人神情侷促不安。

「是我請他們做見證人。」布魯斯解釋：「萊恩，我就直話直說了，有學生和家長指控你行為不檢。」

「誰？」其實不用問也知道答案。蘿菈找到他這兒來了。

「艾菲・莫里斯和她母親。」

「對方怎麼說？」

「指控內容是你對艾菲做出不合乎教師規範的行為。莫里斯太太用了『釣』這種描述。」

賤人。使新花招了是吧，以戀童的臭名構陷我。以為潑髒水自己不必付出代價嗎？

「無稽之談，我費了很大功夫才把艾菲成績拉起來，輔導課還佔用了私人時間——」

「兩個人關在辦公室。」

「對，但是——」

「你明知道校方立場不希望師生獨處就是擔心這種局面。」

我點頭：「但我絕對沒有對艾菲不禮貌，更不用說是『釣』她了。」

「你有沒有和她單獨乘車？」

「我的車嗎？沒有，當然沒有。」希望自己不會臉紅到露出馬腳。

可是校長忽然眼神一暗，朝辦公桌靠過去按了鍵盤。緊接著，我竟然聽見自己的聲音。

「那天下午的事情，是老師的錯，我想向妳道歉。」我是這麼說的。

「老師不該開車載學生，我也不該說出那些話。我……我想我們兩邊都有點逾越分際，但畢竟我是教師，應當知所進退。對妳釋放錯誤訊號是我不好，我保證以後不會再讓彼此尷尬了。」

完蛋了。完蛋了完蛋了完蛋了。

「妳有告訴別人嗎？」錄音裡的我繼續問。

「沒有。」

「那我們都別說出去了吧？」

一陣詭異沉默之後，錄音裡的我才接著說：「妳成績進步了，有注意到嗎？」

「是為了封口嗎，史密斯先生？」艾菲回答：「給我漂亮成績，免得我到處張揚？」

我不講話更顯得心虛。

「果然。我可以走了嗎？」

我彷彿被活埋。

「不對、不對，這根本掐頭去尾斷章取義啊。」我說：「事情不是這樣！」我望向賽蒂和戴夫，希望他們表態支持，但兩人神情寫滿懷疑。

「否則你為什麼向她道歉？」布魯斯問。

「艾菲以為我喜歡她，向我示好過，我拒絕了。」

「事情發生在哪兒？」

「我車上。」

「就是你剛才說沒讓她上過的車？」

「嗯。」我簡直哽咽。

「抱歉，萊恩，你必須先停職，請即刻收拾個人物品離開學校。」

「其實是艾菲她媽和我有私人恩怨……」

「說到這個，你沒誠實告知自己上週六私闖民宅威脅對方人身安全的事情。」

「讓我解釋來龍去脈——」

「現在不必。要解釋可以留到工會代表大會上，我會按規定立案調查。」

布魯斯將我帶到校外停車場。上午第一堂課鐘響，感覺走進校園的孩子們都盯著我看。他們應該還不知道發生什麼事。

「結案之前，本校土地包括所有建築你都不得進入。」布魯斯輕聲提醒：「此外也請你暫時不要聯絡我、同事、學生及家長。然後我建議你盡早向自己參加的工會請求協助。」

我愣在原地不知如何是好，張開嘴巴想抓住最後機會為自己辯護，卻意識到何謂自作自受——刻意引誘艾菲的我談不上無辜，心裡沒有釣她上床的意思不代表言行沒逾矩。

「萊恩，先回去好嗎？」校長見狀催促：「別讓場面更難看。」

我鑽進車子，發動引擎，帶著奇恥大辱離開。蘿菈徹底毀了我，我無力阻止。

第二十一章　蘿菈

我跟著珍奈那輛綠色轎車從終點線分部出發，駛入熟悉的產業園區停車場。她停在座位講手機，過了好一會兒東尼才出來上車。他們才見面就吻得又長又深，看得我五內翻攪、想衝過去拉開車門，抓住珍奈那頭廉價接髮把人拽出來，朝她愚蠢醜陋的臉孔狠狠揍幾拳。但現在不是魯莽行事的時候，得按部就班完成計劃，在丈夫面前將她打個半死並非明智之舉。

繼續跟蹤，他們回東尼住處接了艾菲和艾莉絲，開了半小時車前往米爾頓凱恩斯新市鎮的大影城。北安普敦明明有兩間差不多的可選，他們大概不想被認識的人看見，不見光才能好好演一齣闔家歡的戲。

我在外頭偷看。珍奈買了電影票和點心，家庭號的爆米花、飲料、起司口味玉米餅。他們入場，我也溜進去，躲在距離十五排後方監視。接下來兩小時他們看上去就像普通的一家人，隨著喜劇情節仰頭大笑、交換飲料與食物。我很憤怒，怒氣很快轉化為意志，並且反過來為珍奈禱告：盡情享受當下吧，妳的時間不多了。等東尼想起來多年前自己愛上的是誰，必然下跪也要挽回我。我是他的真愛，那些關於我的檔案內容都是假的。

然而是我自己的錯。我親手掀開潘朵拉的盒蓋。有一天，東尼指責我不愛女兒，說我時間全留給亨利，沒照顧到兩個姊姊的情感需求。他說的部分對，可是他自己也有錯：當爸爸的趁機拉近與女兒的距離，沒留下容我參與的空間。這種行為和我父親一模一樣，只看得到兩個妹妹，將我排拒在外。之前與艾菲和艾莉絲有隔閡就是不想再受傷，兒時的我經歷得夠了。

嫌隙醞釀已久，越來越濃，彷彿吸口氣便能嗅到。我們搬進去開始裝修以後生活走樣，每件東西不是積了層灰就是散發新鮮灰泥的怪味，還有操著外國話的工人進進出出。痛苦的日子看不到盡頭，我好厭惡這房子，留在之前那個家根本沒這些問題。

「妳有愛人的能力嗎？」東尼一副沾到穢物的口吻。

「當然有！」我回答：「我愛你們每個人一樣多！」

「有時候，我看著妳和女兒們在一起，卻發現妳眼神是空洞的，彷彿她們和妳處在不同的宇宙。我懷疑童年經歷造成妳的人格扭曲。」

「你怎麼這麼冷酷？」

「我只是試著用自己的腦袋去理解妳腦袋裡是什麼情況。其實我不太確定妳自己是不是瞭解自己腦袋怎麼運作。」

接受寄養照顧第一年，社工不知道怎麼處理我，雖然安排不同心理師試圖撬開隔絕我心靈的殼，但始終沒人能成功。那麼多人窺伺刺探我大腦，卻從來沒人認真告訴我哪兒有問題，也沒提過要治療。很久以後，奈特為了保護我而失手殺害席薇婭，接下來沒再給我安排寄養父母或家庭，換句話說我從不良品成了完全賣不出去的貨，除了集體式孤兒院沒有更好的選擇。

東尼那番控訴直指我心底長久的恐懼：或許我真的有缺陷，深植於靈魂，無法像個正常媽媽那樣疼愛女兒。他促成我的決定，申請調閱自己的過往。

曾經接受社工安置，成年以後就有權查閱相關紀錄。負責單位不得拒絕，必須提供影本。經過八週才寄到信箱，我懸著忐忑，送女兒上學之後做好心理準備才撕開信封。

可惜上面寫的是一派胡言，好多捏造和污衊，什麼「冷漠」、「反應低落」、「欠缺同理心」、「衝動易怒」這類字詞多不勝數，甚至有個社工基於我不願與人建立關係，就說我不在乎自己生命，有很高的自殺風險。大錯特錯。

不過十四歲生日前的一段描述讓我無言以對。

經過多次心理鑑定，仍舊無法為蘿菈做出單一人格障礙的診斷。她表現出複數問題特質，其中包括自戀和自欺、高度偏執、表面親和私下排擠他人。一位寄養照護者發現蘿菈喜歡嘲弄家中較年長的男孩，並藉此對其進行控制和羞辱。還有一位照護者曾目睹蘿菈踩斷寵物犬的腿，且事後拒絕為此負起責任。許多時候，她似乎真心相信自己的謊言，並且改寫大腦對事件的記憶以扮演受害者角色。蘿菈反覆表現出心理變態傾向，故強烈建議別讓她與其他寄養兒童同處一室。

我將報告放在腿上閉起雙眼。為什麼他們要寫出這種可怕文字詆毀一個小女孩？像我這樣經歷了情感創傷的孩子，竟然還得被打上「心理變態」的烙印？背著污名的我又怎麼可能得到收養的機會？多少善心父母曾經因此排斥我？

小孩總是會犯錯。長大以後我懂得掩飾內心衝動，學會融入社會、模仿他人言行，基礎來自觀察大家的行為。鑑定裡的敘述沒有精準反映我的狀態、我變成什麼模樣。

我很清楚這些東西不能給東尼看到，所以連同香菸藏在滾筒洗衣機後面，只是後來幾週我反覆拿出來一讀再讀，將每字每句刻在心中折磨自己。

如今望向珍奈、東尼與兩個女兒在大銀幕前的剪影又是對自己心靈的摧殘。我悄悄走出戲院回到停車場，找到珍奈那輛綠色轎車，確定沒有監視鏡頭對準這兒，我從自己包包掏出車鑰匙在她駕駛座門上刮出「婊」的字樣。

第二十二章　萊恩

「我發誓，我真的是被陷害的。」我開口說：「請相信我，那個女人想毀了我。」

「先別急，鎮定了再說好嗎？」她答道，並從辦公桌旁邊拿了一盒面紙遞過來。

我擦擦眼睛。停職以後除了哭，不知道還能怎麼辦。強尼不想理我、不回電話，艾菲這種控訴也不是能和爸媽講的事，所以我孤立無援。律師站在我這邊，但也僅僅因為她收錢辦事。崔西・梵頓相貌頗陽剛，平頭灰髮和素顏，眼鏡還有鏈子垂在頸後。談話中她沒明確表示是否相信我說詞，但律師立場就是公事公辦，無論客戶清白或有罪都只能幫我處理。

接洽教師工會代表以後，我在停職隔日就預約律師，完整交代了前因後果，沒有任何疏漏。崔西剛從警方得到新消息：「萊恩，他們在你學校電腦硬碟裡找到性方面的圖片。」說完便打開活頁簿，裡面是一些影本。

「『性方面』是什麼意思？」我聲音又瀕臨崩潰。

「一個資料夾裡面有一百五十張年輕女性照片，都穿著制服，但一定程度地衣衫不整。」

我閉上眼睛搖搖頭：「『年輕』是多年輕？」

「警方還沒告知。」

「想必跟艾菲差不多年紀。我真的毀了。」

我忽然渾身冷汗，感覺像是快要暈過去，只好放鬆領帶、解開襯衫兩顆鈕子，走到敞開的窗戶前面，希望吹吹暖風能平復情緒。

崔西翻了幾頁：「莫里斯太太針對你私闖民宅這件事情報案了，但目前所見警方尚未就艾菲的指控採取口供。既然你否認那些圖像是自己持有，代表檔案應該是從其他地方轉移到電腦，例如外接硬碟或隨身碟。與我聯絡的警官提供了一些報告不會提到的事情，那些圖檔沒怎麼隱藏，與裝了文書檔的資料夾混在一起，看上去確實像是匆匆忙忙拷貝過去。我會設法取得檔案的時間與日期標籤，確認何時建立，之後你和我得就現有證據設法建立不在場證明。其他教職員也能用那台電腦嗎？」

「嗯，有幾個。」

「那麼即使電腦在你辦公室，警方仍舊得證明只有你可以下載那些東西，否則無法說服檢察官提出起訴。」

「要是我沒有不在場證明？」

「只能說，船到橋頭自然直。」

「需要多久？我想盡快證明清白。」

「少則幾星期，多則數月，都是這樣子。」

「這段期間我只能繼續背著臭名？」

「恐怕得請你忍耐。」

「而且我這輩子回不了那間學校了吧？」

崔西摘下眼鏡掛在胸前。「的確很難，不大可能。如果校方和當地教育局採信艾菲說法，你會直接被國家教師學院列為拒用名單。如果艾菲給警方口供導致成案開庭，而且你被判有罪，就成了性侵犯。上面說的是最糟糕的兩種發展。」

我回去坐下，頭埋進手掌，緊緊閉起眼睛。怎麼陷入這處境的？腦海浮現夏綠蒂、未出世的孩子，本來丹尼爾都差不多要學會走路和說話才對，三人小家庭住在鄉間小屋享天倫之樂。然而無論怎麼盼望，一切已經化作泡影。

「有什麼辦法能證明自己無辜？」

「老實說，完全沒有，請你等候我通知。」

「叫我聽天由命坐以待斃，實在受不了。」

「但現在你必須耐住性子。」崔西嚴詞道：「萊恩，請你不要輕舉妄動，將事情交給我來處理。」

我做不到。

第二十三章 蘿菈

不知道以前在哪兒讀到過：只要反覆告訴自己同一件事，最後就會忘記真相，進入幻想。想起奈特，我會閉上眼睛，想像另一個時空的他回到故鄉伯明罕，在熟悉環境中重獲新生。那裡的他總算聽進我說的話，主動去戒酒診所求診，後來找到中途之家慢慢站穩腳步。之後我為他找到無壓力環境的志工工作，習慣以後他或許能再找到兼職、甚至遇上適合對象談戀愛，有自己的支柱。

我想要相信那樣的世界，而不是他躺在隔壁房間，冷冰冰地等著認屍。

根據警察說法，其餘街友很久很久沒見到他，而我專注在料理萊恩，無暇顧及其他事情。疏忽奈特的罪惡感很強烈，壓在肩上特別沉重。

事到如今我才發覺：對奈特而言，我就是那根支柱。因為我還在北安普敦，所以他出獄了依舊不遠走高飛。是我阻擋了奈特被潮水沖走，諷刺的是他直接溺死在水中，最後這幾個月沒拉他一把是我不好。

而且奈特遺體離我住處並不遠，就卡在內尼河畔蘆葦叢間，直到一艘遊船用力撞上才漂出來給人看見，臉上蓋滿了水藻。

這種死狀只有DNA才能鑑識身分，他有犯罪紀錄反而成了關鍵，緊急聯絡人填的是我。

「我還是想看看他。」我跟負責此案的警員說。

「莫里斯太太，之前電話就有提過，我真的覺得這不妥。他泡在水裡太久，已經暴露出局部骨骼……」

「就算下半輩子會作噩夢也沒關係。我欠他的。」

好說歹說她終於同意，帶我去一個小房間先沉澱，等太平間管理員準備好又轉移陣地。進入檢查室之後我有點訝異，因為不像電視劇裡是高科技、超現代風格，也沒看見檔案櫃似的遺體收納空間和點著霓虹燈的金屬抽屜。環境樸素毫無特點可言，也沒有奇怪的陳設或宗教器物，就只是奈特躺在位於房間中央的木製推車上，蓋著一條暗藍色塑膠布。他們已經準備一張椅子放在旁邊，猜想是怕我悲痛過度站不穩。

女警和太平間管理員一直守在旁邊，在我堅持下緩緩將遮布掀到奈特肩膀。還留著一點頭髮，但眼珠子、嘴唇不見了，其他五官也很難分辨。大概被魚、水鼠類和細菌吃光光，只剩下薄薄一層皮與底下的骸骨。

「他究竟泡在水裡多久？」我問警員。

「得等驗屍報告才能確定，目前推估的話會說一年左右。」

「不對，怎麼可能。」我搖頭道：「五個月還六個月之前我見過他呀，所以不可能那麼久。」

「法醫初步報告不是這麼說。」

「會不會是他遺體在內尼河那種環境下變質比較快？」

「內尼河？有人告訴妳是內尼河？」

「不就是妳嗎？妳打電話過來說他遺體漂在河面上？」

女警困惑地看著我：「似乎有什麼誤會喔，莫里斯太太。妳這位朋友的遺體是被潮汐沖上東薩塞克斯的海灣。」

第二十四章 萊恩

健身房內瀰漫啤酒與汗水糅合的怪味，好幾道門大大打開也無法排遣。圍觀群眾清一色男性，有的歡呼、有的鬼叫、有的罵髒話。臺上正中央兩個拳擊手互瞪，等著短袖白衫黑領結的男子做出最後判決。

白領拳賽一局兩分鐘、三局為一場，打起來十分暴力，與我在電視看的職業拳賽不相上下。短褲背心頭套都是紅色那位遭到藍方選手連續不斷猛烈攻擊，怎麼還沒倒下我真不明白。最後裁判還是拉起藍方的手宣布贏家。冠軍臂膀佈滿刺青，鼻孔出血、滿頭大汗，但東尼．莫里斯有張很好認的臉。他勝出之後臺下一片鼓譟，選手擁抱以後一個朋友從觀眾區上前幫他取下手套，接著他走進更衣間。

我在外頭繞了繞，他出來已經換上T恤和運動長褲，立刻往酒吧過去點了伏特加配紅牛。等我走到旁邊，他已經連續灌了幾杯。我深呼吸，祈禱自己直覺正確——希望他並不知道離異的妻子和女兒在背後做了什麼可怕的事情。這判斷還是有依據的：如果他知情，就應該會一起出現在校長室指控我性侵未成年少女。

「莫里斯先生。」

「嗯？」他禮貌笑了笑，一時沒認出我。還沒醉，卻也不那麼清醒。「史密斯老師？」他想起來之後笑得更開心，顯然對我受到的指控尚不知情。

「叫我萊恩就好。之前不知道你是厲害的拳擊手。」

「我也不知道你有在看比賽。」

其實今天下午才成為觀眾。我打去他工作場所，秘書表示他為了準備晚上比賽而早退。這樣也好，我並不希望在太公開的環境與他見面，畢竟萬一他信了老婆女兒講的話，有可能氣得想要當場揍死我。

「才剛接觸。」我回答。

「想不想自己上場試試看？這邊各行各業都有，銀行、律師、公務員，當然也會有學校教師。」

「應該吃一拳就躺平了吧。請你喝一杯？」

「好啊。」

我點了兩杯伏特加，先閒聊了一會兒，話題不外乎他怎麼會開始打拳、保險公司發展狀況。要是他主動提起艾菲，我就能順理成章解釋來意，可惜莫里斯先生完全沒朝那兒思考，只能自己主導對話方向。

「東尼，有點冒昧，但其實有些事情想請教。」

「艾菲還好？」

「其實是關於你太太，蘿菈。」

「我太太？」看來這主題轉變令他措手不及，東尼居然微微後退：「她做了什麼？」

這反問出乎我意料。不是「她怎麼了」或者「出什麼事」之類，而是直接導向蘿菈「做了」

什麼，換言之東尼早知道自己太太是個需要提防的人。我再次深呼吸，希望解釋事情經過不會讓自己比她更像瘋子。

「蘿菈在『終點線』當志工對吧？但我懷疑她教唆我妻子自殺，而且成功了。」

東尼反應並不很驚訝，將杯裡的酒一飲而盡，接著就提起運動包。

「我不想捲進去。」說完他就往門口走，態度是心慌而不是震怒。何況東尼完全沒說是我誹謗，也沒露出那種碰上神經病的眼神。他知道我的版本才是真相，只是不願意面對。

我跟他走到外面停車場。「只要幾分鐘，」我繼續說：「無意冒犯，但你太太真的不對勁，不瞭解她的動機我就沒有對策。」

東尼終於停下腳步轉身。「聽我說，其實我對蘿菈的腦袋，理解不會比你多。我和她分居兩年，期間完全沒住在一起，女兒都跟我。我希望她們生活無憂無慮，所以得帶她們和蘿菈保持距離，免得蘿菈又有什麼驚人之舉。」

仔細一想自己真遲鈍，當初在蘿菈住處外面盯梢就該注意到了。東尼的車根本沒出現過，兩人在校長室內也表現得相敬如冰。

「拜託，東尼，」我哀訴道：「除了你，我找不到別人能幫了。」

他遲疑一陣，雙目微閉，認真思索我這番央求，然後內心稍稍軟化，長嘆後說：「想知道什麼？」

我說出自己如何發現蘿菈鼓勵夏綠蒂自盡，但就像面對珍奈一樣，我不得不跳過老屋對峙以及後來拿他女兒當棋子的部分。停車場燈光本就蒼白，卻仍看得見東尼雙頰逐漸失去血色。

「蘿菈為什麼想讓求助者死掉？」我問。

東尼凝視我：「她的狀態很複雜，心魔太多，對死亡特別著迷。我個人推測那份偏執得到延伸，轉換為幫別人尋死的形式。她一開始說過去『終點線』是想幫助別人，當初我沒理由不信。」

「聽了我說的以後呢？」

他搖頭不願表態。

「還沒完，」雖然不樂意我卻不得不說：「前幾天她害我被捕，然後用那種可以毀掉我教師生涯的罪名誣陷。所以我才需要搞清楚自己究竟面對怎樣一個人。」

「出了什麼事？」

「我只是想要反擊。」

東尼迎著夜裡涼風猛搖頭，看來還在斟酌自己要保持沉默或透露什麼給我。視線再度交接時他開口：「知道她以前幹過些什麼，就會懂得害怕了。」

「有比教唆自殺還惡劣？」東尼那表情像是希望我自己想通。「難道，」我開始猜：「她親手殺過人？」

「蘿菈不會髒自己的手。她會操控別人去達成目的。」或許酒精生效導致東尼口風不那麼緊，他伸手扶著旁邊一輛車的車頂：「我猜事情起點是她失去雙親，被送去寄養家庭以後得維護自己的緣故。」

接著他說出往事：蘿菈被她父親當作工具，實現他帶著兩個幼女自殺的計劃。或許那份對死亡的執著源自這個心理創傷。

「三年前，我們整修房子，婚姻關係也瀕臨崩潰。」東尼說：「一天下午，滾筒烘衣機壞了，我檢查的時候發現蘿菈在後面藏了個信封，裡面有好幾份長篇大論的心理診斷書，敘述了她接受社工單位安置那時期的精神狀態。原本蘿菈被安排給一個叫席薇婭的人，席薇婭自己有兒子，那些年照顧過數十個兒童，因此獲得不知道十字勳章還是什麼頭銜。她兒子比蘿菈大兩歲，有學習障礙，但特別喜歡蘿菈，像小狗一樣整天跟著跑，無論蘿菈說什麼都會照做，包括順手牽羊和在學校打人。席薇婭盡可能讓蘿菈多待了，不過最終得考慮兒子狀況，一直受蘿菈的壞影響不是辦法。沒料到社工過去要將蘿菈帶走的那天，她兒子被洗腦太徹底，居然襲擊自己母親，打得非常用力。席薇婭沒站穩，摔倒傷了頭當場死亡，結果兒子先被送進少年監獄再轉送成人監獄，反倒是蘿菈全身而退。」

「你有和她攤牌嗎？」

東尼點頭。「她全盤否認，聲稱報告都是捏造，掩蓋當局缺失。重點是在我看來，蘿菈相信自己說的故事。心理鑑定有提到這一點：每當遇上對自己不利的事件，她能夠改寫記憶，長期短期都不例外。在蘿菈的世界裡，她永遠是被害者，從未犯下任何過錯。除此之外，她甚至重組時空邏輯，幾星期前的事情她覺得昨天才發生，地點也八竿子打不著。」

「你知道這些以後，就帶著女兒一走了之？」

「不。我很後悔沒有立刻這麼做。」

「怎麼說？」

「如果我馬上走，出生沒多久的亨利或許還能活蹦亂跳。」

我看著東尼，以為他會多說些，然而他搖搖頭戛然為對話作結。

「史密斯老師，今天以後我們不會再多談。」說完以後，東尼走向自己的紅色Audi。

「容我問最後一句？」我叫道：「剛開始打電話到『終點線』找她，她喊過我『大衛』，你知道這怎麼回事嗎？」

「席薇婭的兒子叫大衛。」東尼鑽進駕駛座，寧可酒駕也不想被我糾纏：「出獄之後他回到北安普敦，過著流離失所的日子。蘿菈帶他來家裡洗澡過幾次，是良心不安還是又篡改了記憶不得而知。『大衛．奈特佛』，蘿菈習慣叫他小名『奈特』。」

第二十五章 蘿菈

我打開保鮮盒，取出兩塊蔓越莓白巧克力小鬆餅放在她桌上。

珍奈一臉狐疑。

「無麩質，」我笑道：「昨天晚上做的。」前半句是謊話，後半句倒是真的，我頭一回親手做。「每次都是大家吃妳沒有也太可憐了，但抱歉啊，紙盒剛好用完。」

「謝謝。」她回答。我轉身要走出辦公室，卻「不慎」踢到她那個土裡土氣的橘色手提包。

「哎呀。」我一邊賠笑一邊拿起來擺好。珍奈注意力在糕點上，沒察覺我取出她的平板電腦。

回到自己座位，我看看手機確認萊恩的案子在警方那邊有沒有進度。都六天了還沒消息，艾菲那邊校長也是石沉大海。這些人怎麼回事？我也不是希望艾菲的事情鬧上法庭，女兒沒我堅強，遭受質詢可能會崩潰。當前目標只希望有人找到他電腦上的色情圖片，讓他回不去學校就好。

反正警察遲早會發現圖檔是外人放進硬碟。我花了幾小時在網路搜尋未成年少女穿制服但衣衫不整的畫面，營造萊恩有這種癖好的假象。其實影中人是否未成年既難以判斷也不是重點，只要能對他施加更大壓力就好。檔案存在隨身碟交給艾菲，女兒之前常進出教師辦公室，記住了他的電腦密碼，所以很快就能登入、轉移檔案、離開現場。

萊恩被停職已經算是達成目的，反過來說學校和警察花越多時間調查，他就有更多時間計劃下一步行動。我想逼急他，讓他思慮不周魯莽躁進，犯下更大錯誤被我直接碾碎。絕對會有下一步，換作我可不會放棄，即使萊恩不願意承認，但他和我是同一種人——我們孜孜矻矻殫精竭慮，只為了走在對手前面。

我將桌上話筒拿起來免得思緒被打斷，手機擱腿上不給別人看見，開始翻找媒體檔案研究還能怎樣逼死萊恩。看完手機，換成珍奈的平板，準備動手收拾她。

從座位就能看到辦公室裡珍奈正在查閱行事曆，想必發現在我下班後十五分鐘會有人過來現場諮詢。當初是我請瑪麗寫進行程，聲稱對方指名珍奈。

「萊恩・史密斯。」我這樣表示。

「好的沒問題，」那天瑪麗活潑回應：「我會好好看著攝影機。」

「啊，其實不必。」我說：「他們兩個是老朋友了。」

珍奈一如預期貪嘴，見她又拿起一塊小鬆餅，我忍不住竊笑。

還是得接一些求助電話，我以自動駕駛模式回答那些人，眼睛盯著時鐘巴不得值班快點結束。與其他人揮手道別以後，我拿起外套和包包下樓。

幾分鐘後，會客室門打開。珍奈看見是我坐在裡面等，臉上萬分訝異。

「請坐，」我說：「我們倆早就該好好聊聊。」

第二十六章 萊恩

無處可去，身處的泥沼無法對朋友或親人提起，完全找不到出口。從夏綠蒂跳下懸崖那刻起，生命不再由我自己掌控。

只有酒精能賦予力量，幫助我在妻小死後首度推開嬰兒房的門。從尿布床到塑膠地板，每樣東西都覆著塵埃。抬頭看看天花板，旋轉動物吊飾居然缺了電池。我之所以不裝電池蓋，就是想提醒自己下次經過超市記得買，怎知現在想起了，妻子兒子卻早已亡故，這玩具一次也沒有動過。旁邊好幾個軟墊和沙發床都是動物主題，印了卡通風格的長頸鹿與大象，可惜它們從未得到我兒那雙小手的撫觸。

關上門回去臥房，意識到自己是空腹喝酒，所以這麼快就醉了。感覺好累，沒換衣服就直接鑽進被窩，可是腦袋裡翻來覆去都是東尼口中的蘿莅。對上這種人，我一開始就沒勝算。多年下來她操控無數人卻從未被抓住把柄得以存活，相較之下我實在太嫩。連丈夫都覺得她根本精神病，我又怎麼預測她、智取她呢？

最大錯誤在於利用艾菲接近她。老屋那次對峙過後，如果我繼續埋伏暗處就不會狼狽至此。將她逼得狗急跳牆，結果自己招架不住。

儘管閉上眼睛，但應該沒睡著太久，有人用力敲門驚醒我，外頭天還沒黑。隔著門板好像聽到爸的聲音。

接著鎖孔轉動，他直接進來了。我起身太倉促，腦袋昏昏沉沉。爸媽一起過來，見她滿面淚痕不難猜到原因——兒子被捕的消息曝光了。我心沉了下去。

「為什麼不接電話？」爸厲聲質問。我拿起一看，螢幕全黑，應該沒電了。

媽將平板朝我懷裡塞。

「打開，」她下命令般地說：「自己看看我的Facebook。」

「你們多久——」

「打開看！」

起先我滑很快，緊接著就想挖個洞跳進去。一堆留言說她兒子是戀童癖、應該被開除甚至去勢。我頭暈目眩，扶著牆才能站穩。爸將平板接過去，點開學校的家長群組，各年級都創建了獨立頁面。

「七年級八年級九年級……一直到十三年級，」他開口：「大家都在說你侵害女童、威脅家長，必須停職處分。」

每個年級的專頁頂端都有一篇貼文出自相同帳號，頂著「夏綠蒂．史密斯」的名字卻沒放大頭照。文章裡有我的照片、艾菲提供的錄音，以及我闖入蘿菈住處的影片。我有種想吐的感覺。

「媽，事情不是表面上這樣……」我才開口就感到絕望。她表情說得很明白了，無論如何不接受兒子解釋，只相信自己讀到聽到看到的東西。

「強尼呢？他知道來龍去脈，能證實我說的話……至少不是外頭傳的那樣，我才不是什麼戀童癖，你們要相信我。」

「那個錄音裡是你嗎？」爸問。

「對，但是——」

「女孩子是誰？」

「艾菲．莫里斯，我的學生。」

「你闖進誰家？」

「學生的媽媽，可是人不犯我我不犯人，她害死夏綠蒂。」

「你在說什麼傻話？夏綠蒂是自殺。」

「我知道你們現在聽不懂，這個說來話長——」

「人家才十四歲，你腦袋有什麼毛病？」爸質問。

「我根本沒碰她！」我無奈狂吼。

「那她為什麼會和你單獨在車上？你自己說了你載她回家啊！我不當老師的人都知道這樣不對，何況你又為什麼去砸人家房子？」

「你們根本不想聽我說！」這麼快就發飆，我自己也嚇著了。「你們和Facebook上那些人一樣，只相信謊話！完全沒有給我解釋的機會！」

「你心理早就出狀況了呀。」媽淚流滿面：「夏綠蒂那件事情就開始了，你有了心結一直放不下，靠外力是沒用的。」她指著桌上一手沒開的啤酒。「我們找人幫你吧？」

「不、不、不——」天旋地轉，感覺房間變得好小好狹窄，天花板彷彿隨時會塌下來。我得趕快逃離這裡，逃離他們的責備。

從床頭櫃抓了車鑰匙以後我匆匆忙忙要走，卻不慎肩膀擦到媽，震得她一個不穩彈開，先撞了牆壁再跌到地板。

「哎呀，抱歉！」我連忙要攙扶，爸卻出手狠狠推開我，還舉起拳頭。父子對峙一陣，他最後決定算了，自己彎腰扶起妻子。

我知道說什麼都安撫不了兩人了，只能一個人踩著蹣跚腳步上車。

接下來已經別無他途。解鈴還須繫鈴人，為今之計就是去找那個害死我妻小的人，求她挽回我的後半輩子。

第二十七章　蘿菈

「沒想到會在這兒見面？」開場白就由我來吧。

珍奈在門口徘徊，掂量是要離開還是留下來攤牌，遲疑了半天還是輸給好奇心。

「的確沒料到。」她回答。

「坐。」

她沒動：「蘿菈，我不需要聽妳的。」

「但妳想知道為什麼我要花心思做這種安排，不是嗎？」

「既然行事曆有萊恩．史密斯名字是妳的手筆，理由就很明顯了。妳知道他來找過我，所以想說服我一切都是他的偏執妄想。簡單來說就是如此才對？」

「如果我說對，妳打算怎樣回答？」

「我只能說，第一次見面，他簡單陳述了自己的立場，那時候我確實覺得他有點狀況。然後我稍微調查了他的背景，發現他是個教師。」

「他有沒有提到自己的學生裡，有我女兒艾菲？」

「沒有。」

「大概也沒提到，他用了好幾個月時間想釣我女兒上床？我女兒才十四歲喔。所以萊恩．史密斯現在被停職調查了。」

「這些他都沒說。可是話說回來，同樣是妳的一面之詞？誠實似乎不是妳的強項。」珍奈毫無曲線的身軀在我對面坐下來，蹺起腿抱著胸。

「肢體語言充滿敵意，」我嘆息。「妳總是看我不順眼，」我身子前傾：「到底為什麼呢？」

「樓上那些夥伴都很單純，認識人只看優點，也不懂什麼叫做表裡不一。我和他們不一樣，妳那些伎倆我看在眼裡。從外頭商家買現成糕點、衣服送去店裡縫補，假扮賢妻良母博取大家好感並藉此操控他人。但任憑妳怎麼演我都看得透，妳不是自己口中那個為家庭奉獻犧牲的好母親。」

「我可沒說過自己完美無瑕。」

「但也從來沒想過要澄清。」

「妳根本不認識我就先批判我，一進『終點線』就處處和我作對。」

「看來判斷很正確不是嗎？我眼光很準，妳這類型的人幾年下來見得多了。面面俱到廣結善緣都是假象，方便隱瞞真面目罷了。」

「什麼真面目？我洗耳恭聽。」

「妳從教唆心靈低潮的人自殺得到快感。」看我不動聲色，她繼續下去：「萊恩說他妻子被妳害死，是真的吧？而且不是第一樁。因為有妳推波助瀾，所以我們分部這兒自殺數據特別高。」

至此我才賞她一個輕蔑冷笑。「珍奈，我就欣賞妳這點……不過也只有這麼一點。妳那種莫名自信究竟哪兒來的呢，以為事情從自己嘴巴說出來以後就變成金科玉律。」

「跟妳有關的事情，我相信自己沒誤會。」

「得先釐清一點：妳對我的態度，和妳與我老公的姦情究竟有沒有關聯？」

她的冰冷倨傲稍稍動搖，但立刻回神：「亂刮我車子，還寫那種字的人，果然是妳……我就跟東尼說是妳，他還堅持說妳不知道我們在交往。」

聽見老公願意相信我，我還是很開心。「妳處心積慮刁難我、指控我，其實只是想把我從『終點線』趕出去，免得每天見到我就會想起自己破壞別人婚姻覺得自責內疚吧。狐狸精！」

「我有什麼好自責內疚，我沒做錯事呀。東尼擺脫妳這瘋子又過了好久才和我開始交往。」

「妳早就盯上我老公了不是嗎？瑪麗六十歲生日聚餐那天妳整個晚上都在對他拋媚眼，可惜東尼根本不理妳。」

「現在不就理了嗎？」她得意地笑了起來。

「既然我老公說了，妳大概自以為非常瞭解我？」

「其實他說得很少。」

「以為我這麼好騙？」

「妳信不信於我無關緊要。或許因為妳是孩子的親生母親吧？他還是有點維護妳的。」

從珍奈口中聽到這番話，老實說我很高興，但同時我也很清楚為什麼東尼不會隨隨便便透露我的個人資訊。四年前為了成立保險公司，他對我動之以情，轉走本來要捐給終點線的兩萬五千英鎊，帳戶號碼我至今背在腦袋裡。我們手法精明，終點線的會計部門完全沒察覺該進去的款項不翼而飛。

假如那天東尼不讓我一起見導師，就算賠上自己我也會揭發事情真相。如果是真愛，就不會有所隱瞞，換句話說東尼根本不愛她。

「他沒告訴妳，最近我們還一起過夜吧？」我說：「才不久前呢。」

「什麼時候？」

「我在外頭被人襲擊那天。」

「喔，是啊，妳被『襲擊』。」珍奈用手指畫引號強調：「結果抓到犯人了沒？」

我沒講話。

「可想而知。」她繼續說：「好笑，東尼可是叫苦連天。他第一天晚上睡妳房間椅子，後來兩天就直接去客房了。」

「他這麼和妳說？」

「親眼所見。妳自稱『遇襲』那天，等妳睡著之後我給他送換洗衣物所以去過妳家。煙燻過的牆壁還維持原樣，妳的審美觀真是獨樹一幟。」珍奈打了個呵欠，隨即閃過一絲驚覺。

她進過我家，玷污了屬於我的空間。我嚥下口水，按捺快爆發的怒火。

「這裡沒人喜歡妳，」我說：「大家聽妳給我亂扣帽子也不會信。我只要去總部申訴，說財會和募款表現最優秀的志工不但被霸凌到待不下去，凶手還是搶她老公的主管，到時候看妳怎麼收場。」

「蘿菈妳請便。」她伸手從那個醜死人的橘色包包取出萊恩的錄音機：「等大家聽了這裡面內容，不知道又是什麼反應。」

第二十八章　萊恩

我敲了蘿菈家前門，但沒有反應。

上回過來，我無法控制自己情緒。她用小豬屍體玷污夏綠蒂的婚紗踩中痛楚，而我不顧後果橫衝直撞則是正中下懷。聽了東尼的敘述，如今只能祈禱蘿菈心底深處還存有一丁點善意能與我交流。

她有保護令，我出現在這裡就已經冒上再被逮捕的風險，然而我別無選擇。蘿菈沒留活路給我。

我蹲下來，對著信箱縫隙講話。

「蘿菈，妳開開門好嗎。」我幾近哀求：「沒有要找妳麻煩，只是希望能談談。」依舊沒人應門，我隔著一扇扇窗戶張望也沒看見動靜。

「要我做什麼都可以。」我繼續說：「收回那些指控好嗎，妳贏了，我不想再鬥下去。」我跪下來，在門墊上縮成人球痛哭流涕。之後爬回車上，翻出一張名片，上次見面後珍奈給的。她究竟什麼時候要行動？再等下去我會崩潰，得叫她立刻開始。第二次打到她個人專線，卻切換到答錄機。

「我現在過去找妳。」我知道自己哽咽起來說話含混不清，但又停不住：「東西都給妳了，妳什麼也沒做，對得起我嗎！」

去終點線路上，腦海裡迴盪爸媽的責難怨懟。我不知如何面對，只想大吼大叫、泣訴無辜，把自己受到的傷害全還回去。

寧可信外人，不信親生兒子。意識到這點，我心如刀割。先有強尼將我這哥哥拒於門外，現在父母也想與孩子劃清界線，再也沒人站在我這邊。

停車等紅燈，我從前座櫃子拿一瓶伏特加出來猛灌。會不會被警察攔檢酒測已經不重要了，被抓就被抓，反正不是第一次，何況酒駕比起其他罪名算是微不足道吧？或許去吃牢飯才是正確決定？我無法理性判斷了，對自己對別人都是危險。理智的人不會捲進這種狗屁倒灶的事情搞得眾叛親離舉目無依，像我一樣窮途末路。

車子駛過彼特外公的舊居、小時候與朋友騎單車的公園。每次都能在那待上好幾小時，還會去旁邊超市向高年級的人要幾根香菸試試。前面公車站是我和露西・瓊斯初吻的地方，但往昔的天真單純一去不復返，心隱隱作痛起來。

過去與現在交錯，我也因此察覺自己失去了未來。即便奇蹟出現，洗刷我所有冤屈，詆毀卻斷不了根。蘿菈和艾菲散播的謠言是種病毒，透過社交媒體不斷複製蔓延。無論親疏遠近，認識我的人恐怕都已經得知。隨著學生和家長持續轉貼分享，雪球越滾越大，習以為常的生活被碾碎，我活埋在污名中永世見不得光。

夏綠蒂自盡以後，我第一次體會到她的絕望有多深。

第二十九章　蘿菈

珍奈亮出萊恩給的錄音機，頭一次露出得意忘形的嘴臉。佞笑扭曲五官，那張臉彷彿要塌了。

「知道這是什麼嗎？」她問：「萊恩錄下妳和他的每次電話對談，加起來不知道幾小時的內容，充分證明妳背地違反我們『終點線』所有規章，竟然明著鼓勵他自我了斷。」

隨便她講。

「妳在傾聽時應該保持中立，」她還沒說完：「無論求助者表達什麼動機，志工都只是聆聽，不會叫對方去死。這種行為不能持續下去。」

「感覺妳認為自己可以阻止我？」珍奈冷笑後眨眨眼。

「那怎麼還不行動呢？」我問：「不是拿了這點玩意兒剛好去向總部嚼舌根嗎？」

「蘿菈，妳可別以為能輕描淡寫帶過去。什麼叫做『這點玩意兒』？這點玩意兒可以證明我底下的志工教唆和協助人自殺，是違法行為，妳我心知肚明。我也是經過長考才決定給妳機會，看看到底要把東西交給高層並且報警，還是交給妳，讓妳湮滅證據。」

「代價是？」

「妳就離開這個分部，永遠別再露面。」

「就這樣？妳只要求這個？」

「不，還得請妳別再糾纏所謂的家人，與艾菲、艾莉絲、亨利、東尼保持距離。」

「啊？」我一聽渾身發涼。

「東尼準備好向家事法庭送案了，基於妳不可理喻的行為請求離婚，只要妳不辯護、將監護權交給東尼就行。判決確定後，我們會把錄音機給妳，孩子們能脫離妳的陰影展開新生活。」

這才是珍奈真正的心思，和我沒有多大不同，都是追求自己的利益。

「妳沒比我高尚多少，」我說：「要是我真那麼壞，妳還有閒工夫拿錄音來跟我條件交換？」

「我什麼時候說過自己高妳一等了嗎？」她笑道：「蘿菈，大家都一樣，有自己的盤算。妳想推人去自殺，我想和即將成為妳前夫的男人一起生活。」

「還在痴心妄想。東尼和我、還有我們的孩子命中註定是一家人，艾菲已經重回我懷抱。」

「能回去多久？我大膽說句：不會很久。下樓前東尼還打電話來過，他聽說艾菲被老師性侵的事情了，學校Facebook上傳得沸沸揚揚。所以艾菲應該很傷心吧？但是我也去看了，最開頭貼文章的人居然叫做『夏綠蒂．史密斯』，沒記錯的話不就是萊恩他老婆？艾菲和萊恩做匿名爆料得不到什麼好處吧，那麼除非夏綠蒂從墳墓爬出來，否則嫌疑犯只剩妳呀？如此說來，無論東尼還是女兒恐怕只會對妳敬而遠之。」

珍奈又用力眨了下眼睛，似乎被什麼東西分散注意力。

「播放。」我說。

「什麼？」

「錄音機，按播放。難道不先聽聽自己遭到什麼指控，直接答應你們要求？」

「妳確定？」她反問。看我認真點了頭，珍奈往沙發一靠，聳聳肩按下開關。機器發出嘶嘶聲卻始終沉默，片刻後她拿起機器研究操作面板，按了快轉再重新播放，還是靜悄悄。珍奈神情先是懵懂、再來是焦急，最後陷入混亂，什麼鍵都按按看，調整音量、檢查電池也沒用，因為錄音是空的。

「唉，珍奈，能和妳打開天窗說亮話還是很開心。」我笑著起身：「看來我可以繼續相信命運，不必讓妳決定自己的未來。」

「妳動了什麼手腳？」珍奈大吼大叫要跳起來，卻腿一軟又跌向沙發。扶穩之後還想再試一遍，於是就這麼起來跌倒、起來再跌倒兩三遍。我都走到她面前了，她還是沒想通。

「烤給妳的馬芬裡摻了粉狀鎮靜劑，看來生效嘍。」她狠狠瞪著我，剛開始好像沒聽懂，後來臉上皺紋浮現出不安。「我準備糕點，也不是全都得從外面店家買。這個先交給我吧。」她無力抵抗，錄音機被我取走收進口袋。

「然後，有些事情還是稍微交代一下好了？」我從自己包包掏出東尼留在車庫的一副駕駛用皮手套：「妳和我老公不會幸福美滿，也不可能曝光我是怎樣的人、做過怎樣的事。妳永遠不會理解我為什麼那樣做，也無法體會人嚥下最後一口氣的聲音多美妙。原因很簡單，妳既沒有我的感受力，又不像我尊重生命的脆弱。妳不明白死與生是兩種等值的喜悅，出生和死亡的那口氣息本質無二。妳不懂，所以妳不知道怎麼助人。只有我懂，我才能幫需要的人得到解脫。」

我緩緩戴上手套，在包包翻了翻找到適當工具。

「人一旦呼出那口氣，生前的成敗得失不再重要。貧富貴賤、是非善惡以至於你我他的分別都不復存在，所有人立足點終於一致。我很幸運，好幾次接受請託，聆聽他們最後的聲音。至於妳，雖然沒開口，就容我自作主張陪伴到底了，當然妳也沒得拒絕就是。」

珍奈的臉蒙上恐懼。儘管四肢因鎮靜劑沉重得動不了，視野也越發模糊，還是能夠感到驚慌失措。然而她還擠不出下句話、抬起手保護自己，我已經一鍾嵌進她咽喉。

第一下留了個十便士硬幣大小的凹洞，金屬、皮膚、軟骨交錯的聲響很細，沒我預期的那樣清脆。神經傳遞疼痛給大腦，她眼珠子瞪得像兩塊小碟。珍奈本能想護住喉嚨，可是運動協調能力也受藥物減損，手伸過去只在周邊游移。裂開的氣管無法呼吸，窒息一步步靠近。

再次高舉鐵鍾，我就等著彼此視線接觸。得讓她看清楚：沒那麼容易算了。第二下落在眼窩上方，總算敲出一個響亮的破碎，皮肉血淋淋綻開的模樣讓人想到香腸。剛打完，珍奈原本沒反應，一兩秒之後頭顱無法克制猛烈抽搐，彷彿癲癇發作，但渙散的瞳孔盯著我不放。搖頭晃腦過了十秒左右才停下來。

趁她尚未失去意識，第三鍾如釘釘子正中頭蓋。珍奈翻了個白眼，我知道再補一記就能取她性命，偏偏我可不要她這麼早死。

我趴在沙發，側身過去挨著。珍奈頭頂湧出鮮血，沿著面部沾在我兩頰和脖子，分量倒沒有想像的那樣多。

耳朵盡量貼近她嘴唇，以自己澎湃的心跳為珍奈的生命終曲伴奏。五感頓時放大，所見所聞所感異常清晰，連血液中的金屬氣味、她指尖在沙發摩挲出的窸窸窣窣也能夠完整捕捉。本就微乎其微的氣息變得更輕更柔，已無法在我耳梢留下溫度。稀薄至極的殘喘後，珍奈的肉體停下所有機能。

起初我想動也動不了，腦袋一片空白，彷彿進入某種不應期[13]。稍微休息，等腎上腺素濃度下降、脈搏回復正常，我趕快著手計劃的下個階段。要回味將來有的是時間。

起身後忍不住多欣賞一眼珍奈的冰冷屍體。這賤貨搞得我烏煙瘴氣，不過交換她最後一口氣似乎值得了。

接下來動作得快。先以鐵鎚敲壞會客室連接鄰樓那扇門上的鎖頭，再拿濕紙巾擦拭沾到自己臉、耳、頸、髮、下巴的血跡，然後從沙發後方取出預先準備的包包，裡面有一套衣服，和我現在身上的完全相同。更衣完畢，髒衣服、筆記本與東尼那雙皮手套丟進垃圾袋，留著珍奈屍體在原地生屍斑和腦細胞凋零，戴了乳膠手套以後我離開，正門稍微留著一點沒闔緊。

進了隔壁廢樓，先在側門掛上新的鎖頭。警察遲早來搜索，多少拖延點時間。以手機照明，我穿過黑暗走廊，找到這裡的後門，兩記重擊鎚掉門鎖之後凶器留在地板。再次確認沒遺漏物品，我溜到屋外並脫掉男子尺碼運動鞋——方才一直穿著，才能在地板灰塵留下足跡。換回自己鞋子，捏皺一張照片丟在旁邊雜草叢中，旋開柵門一根固定螺絲，乳膠手套塞進包包，拿了垃圾袋，確認巷子沒人，我就趕快回家。

到家以後，穿過的兩套衣服立刻放進機器熱水洗滌，而且會連續洗三遍。我自己也趕快淋浴，至於東尼的手套和那雙運動鞋都塞進鞋盒，拿到後院燒掉。

一身舒適居家服配上拖鞋，我坐在早餐吧檯給自己斟一杯里奧哈葡萄酒。還有很多待辦事

⓭ 通常指性行為後對刺激不再有反應的階段。

項，我在手機建立確認清單。作為保險公司董事之一，只要別將東尼如何籌措創業資金的秘密講出去，我什麼也不必做每個月自然有現金入帳。之後第一件事情是找人重新裝潢，給燒過的牆壁重新粉刷或貼壁紙，再來得請園丁整頓後花園，稍微維持居家環境的體面。

被萊恩砸破的玻璃門現在用板子先擋著，也得請工人更換，這個可以申請保險理賠，鬧上法庭應該也可以民事求償。房子整頓好，就迎接東尼和女兒回家。

手機插上充電，珍奈死訊傳開想必要接一大堆電話。「天吶，怎麼會！」我換語調練習好幾遍才找到最逼真的版本。

瞟一眼烤爐上方時鐘，應該已經有人發現珍奈屍體，警察趕到還是得等鑑識人員，他們全副武裝將辦公室徹底搜一遍，當然會發現有扇門連通隔壁那棟樓，於是找到我趁房仲沒注意時自萊恩家裡偷出來的鐵錘。在玄關看見以後，我小心翼翼用外套袖口掐起來塞進包包，所以檢驗結果除了珍奈的血液頭髮皮膚，剩下的指紋都屬於萊恩。

法醫驗屍會根據胃袋殘留判斷出她遭人下藥，可是珍奈進食頻率高，難以判斷藥物以什麼途徑進入體內。我做的糕點含麩質，她一向不碰，其他志工都能作證，完全不會懷疑到我頭上。

等搜到戶外，會發現一張我的照片被捏皺了丟在地上。那一夜，我去「史蒂芬」家裡從牆上拆的，慌亂中隨手塞進口袋，後來他才跳出來嚇人。照片可能有他部分指紋、印表機的隱形流水號，更好的狀況是完整指紋留在膠帶上。我接觸時就戴著手套，所以也不必擔心。

萊恩針對我、終點線和艾菲的種種惡行，警方和校方都已經立案調查。看Facebook上我文章得到的讚和轉貼，本地社區少說好幾百人看過他私闖民宅暴力恫嚇的影片。珍奈的行事曆上清清楚楚記載著下午要與他面談。

他和珍奈，一石二鳥。嚴格來說是一錘二鳥。

我正興奮的時候手機震動了，不過螢幕顯示艾菲的名字。

「親愛的，我正在等一通重要電話，之後打給妳好嗎？」

「媽，妳怎麼可以貼出來！」她哭著說：「現在學校所有人都知道是我偷錄音、覺得我很可怕，而且以為我真的和史密斯老師上床！他們說我很淫蕩，主動勾引老師！」

「孩子，別理會風言風語。遇上這種事，遭受責難的永遠是女性。」

「但真的是我害的啊。」

「哪有那麼簡單呢，艾菲。有些事情妳還小不懂，他做了那種事情不可以縱虎歸山。」

「才不是那樣！」她吼道：「妳害我臉都丟光了，我不想再見到妳！」

「艾菲，別嘔氣，明天我們找間咖啡廳聊聊——」

「想得美！我要把妳叫我做的事情全部告訴爸！」

「孩子，妳要三思而後行。」我輕描淡寫道：「整件事情是因妳而起，妳好傻好天真，對老師單相思，導致後面一連串問題。妳爸已經因為現在的狀況在別人面前抬不起頭，再增加他的負擔不知道會怎樣。而且一旦警察和學校發現妳說謊，妳不但又得轉學，還會因為誣告遭到起訴留下前科，這些事情就算妳爸也壓不住。再來，妳的年紀已經可以送進少年監獄了吧，熬得過那種環境嗎？換作是我，會先仔細考慮清楚後果多嚴重，再決定要不要一股腦兒全講給妳爸聽。」

她沉默了。

「艾菲，妳要記住，我們血濃於水、骨肉相連。還有很多事情妳該好好向媽媽學習。」

心裡很氣，所以不給她機會回應直接掛斷，然後一揮手把酒杯都給拍飛了。我為了她、為了一家人付出太多，這丫頭還自以為是不懂感恩，越想越覺得渾身血液快要沸騰起來。

接不接受隨便她。反正一家五口絕對要團圓。絕對。

第三十章　萊恩

風吹過車頭通氣柵，吹過凹陷的引擎蓋下方，車身為之微微震顫。風還沿著輪胎翼板、沿著車輛底盤灌進來，好幾次彷彿要連人帶車捲上半空。

從傍晚我就待在駕駛座，喝乾一瓶又一瓶伏特加。隨著曙光劃破夜幕，我的神智逐漸清醒，然而新的一天不代表新的生命，多少酒精都沖不淡身上的臭名。

我試著想像另一種可能。如果當初認真關懷夏綠蒂的憂鬱症會如何？如果接受失去妻子的事實好好生活又會如何？

三不五時，別的車子駛進停車場，駕駛或穿著運動服裝、或牽著狗下車，享受早晨清新的空氣。撇開猖狂的風，這兒確實很寧靜。

開了將近兩小時，來到偏僻的東薩塞克斯孛靈岬。夏綠蒂在這裡結束生命。她死後我好幾次想著是否該來看看，感受一下為何選擇這地點。今天之前，我沒法鼓起勇氣。

這段日子裡，我也曾經自問：究竟生命多慘澹，能讓一個人尋短？如今倒是親身體會了。或許是腦內分泌失衡、或許是心魔揮之不去，又或者是遭受他人殘害壓迫，總之心靈有其極限。界線另一邊的世界太沉重，隨時會崩毀。

而我，已經跨過那條線。

過去放在心上的，什麼都沒了。但安在我頭上的罪名，無論做過或沒做過，一條也跑不掉。

失去妻兒，賠掉工作、兄弟和父母……顯而易見，生命已經喪失意義。

依據警方給的行車記錄器影像，我選了跟夏綠蒂一樣的位置停車，開門從後座拿出舊大衣套上。先前看過許多網路圖片和介紹，因此儘管初來乍到，卻對環境熟悉得很放心。

手機關閉飛航模式，一下跳出很多通知，未接來電、未讀郵件和訊息多不勝數。忽然震動了，螢幕浮現強尼的照片。我猶豫片刻才按下接聽，但沒開口說話。

「萊恩？」他問：「哥，你聽得到嗎？」

「嗯。」

「你跑哪兒去了？警察在找你。」

「也是時候了。」

「他們去你家或爸媽那邊都沒找到人，搞什麼鬼啊？」

我沒回答。

「哥，現在什麼情況？警察說你涉嫌殺人？」

「誰？」

「一個『終點線』志工。」

「蘿菈？」

「不是，叫做珍奈・唐森。你錄音機好像就是交給她？」

「嗯。」

「但你怎麼又會留言威脅人家？而且才說了去找她，她就死了！」

我仰望天空，閉上眼睛，忍不住笑了。又被反將一軍，我一而再再而三低估蘿菈，蘿菈也不厭其煩證明我見識多淺薄。不知這回又是什麼巧妙安排，反正我徹底栽在她手上。自己的名字早就臭不可當，就不必白費唇舌辯解了。

「待會兒我寄個東西給你。」我告訴強尼：「好好照顧爸媽，幫我向他們道歉。親愛的弟弟，你自己也保重。」

「萊恩，你要幹——」

掛了電話，我寄出前夜尋思許久才寫好的信，切斷手機電源收進口袋。

之所以尋找蘿菈，是想知道妻子為何拋下一切結束生命。然而與蘿菈三次對決，我滿腦子報仇雪恨卻忘記本心，沒能好好問清楚。此時此刻我選擇與自己和解，得不到答案那就放下吧。

緩緩走向峭壁邊緣的圍欄，我想像自己一手牽著夏綠蒂、另一手牽著兒子丹尼爾，與妻子進行最後的對話。

「站在這裡的時候，妳心裡有過猶豫嗎？」我問。

沒有。我很清楚自己要什麼。

「有想我嗎？」

有。當然有。我愛你。

「有對孩子說話嗎？」

有。我跟他道歉，叫他不要害怕。

「妳心裡最後想著什麼呢？」

回憶婚禮那天，還有一次我們兩個在花園學華人放天燈。你有印象吧？放手以後，燈越飛越高、飄過原野，最後消失在天際。要是可以回到過去，留住某個瞬間，應該就是那一刻。

「為什麼丟下我？」

不是你的錯。是我找不到別條路。

循著夏綠蒂的足跡，我也終於能夠釋懷，明白她尋短並非自私。踏上這條路從來就不是自私，彼時的她、此時的我都沒得選擇。

凝望海平線，任風吹打頭髮，翻過圍欄後沒幾步就是峭壁邊緣。闔上眼瞼，橘紅色晨曦覆蓋全世界，意識中只剩妻兒溫暖柔嫩的撫觸。

「對不起，夏綠蒂，我沒照顧好妳，沒給妳留下來的理由。希望妳臨走前，原諒了讓妳失望的我。我不怪妳了，還是一樣愛妳。」

小萊，我也愛你。

我帶著微笑，帶著他們一起墜落。

第三部

第一章　蘿菈

萊恩死後兩個月

北安普敦市長面帶微笑拉扯紅繩，掀開兩小片紅色布幕。攝影師閃光燈此起彼落，打亮掛在她頸部象徵職位的粗金鏈。市長、終點線地區主任和我聯手捧起鍍銅牌匾，擺好姿勢給他們拍照。

牌匾上刻的文字是：珍奈．唐森分部。謹此紀念我們的同儕與摯友。

今天的小型活動旨在哀悼終點線痛失英才，除了我們辦公室的人，還有來自周邊幾個郡、我不認識的志工代表團參與。我待在樓外階梯，心裡輕飄飄，不知道是待會兒要公開致辭，還是因為東尼站在幾公尺外。可憐的珍奈走了之後，這是我第二次與他碰面。

先前嘗試過傳訊息聯繫，也在他電話留了言，東尼始終沒撥給我。此刻看見他本人，我渾身冒出雞皮疙瘩。想到兩人往後幸福的生活，我忍不住嘴角上揚笑得燦爛，但趕快收斂，畢竟場合不對。

艾菲和艾莉絲沒一起來，我不知道為什麼。一個月前，我開車到了珍奈葬禮教堂外，遠遠地看了兩個女兒。她們和父親坐在第二排，緊鄰珍奈的親人。我是覺得太做作，逢場作戲不是嗎，東尼假裝出軌只是對我欲擒故縱的戲碼，要我當個好妻子……我得加把勁。

珍奈臃腫的身軀化作灰燼之後，我也主動示好傳了訊息給艾菲，但這丫頭還在自怨自艾，似乎不明白將她和萊恩的對話錄音公開在網路有其必要。也罷，修補親子關係不是當務之急，東尼才是優先。只要我們破鏡重圓，這個家的拼圖自然而然會一片片就定位。

我猜想他是不得不暫時扮演悲痛的男友。今天我佩戴成對的紅銅色耳環與項鏈，結婚九週年紀念日東尼送我的禮物。身上這襲黑色禮服則是最後一次一起出門穿過的，我記得是他當時公司的聖誕派對。那天他很猴急，硬是把我推到辦公室檔案櫃上，迅速扒了衣服就進來，興奮得整個臉皺一團，與現在模樣天差地遠。演技真好，算是我倆的小秘密吧。

輪到我上臺致辭，從口袋取出紙條攤開，我清清喉嚨開始朗讀。

「各位早，我謹代表『終點線』感謝各位撥冗出席。」我露出莊重嚴肅的表情掃視會場，只有東尼眼神特別冰冷黯淡。

「我們親愛的好友珍奈遭逢不幸，不僅震驚親友、同事，也引發全國關注。」我繼續道：「她天性慷慨善良，樂於助人，以此為畢生志向，沒想到換來的卻是暴虐無道、死於非命。可惜儘管『終點線』付出諸多努力，最終未能幫助那名男子走出心結，避免一樁悲劇。想必大家已經聽說，凶手不願面對法律制裁，選擇自我了斷。事件彰顯出我們這種慈善單位的存在意義，許多壓抑鬱結的人需要在一方僻靜角落得到傾聽與抒發。因此我們決定為這棟樓冠上『珍奈・唐森』的名字，希望社會大眾記住——我們永遠在此守候。」

眼角擠出一滴鱷魚眼淚，我拿出面紙擦拭，來賓見狀禮貌鼓掌打氣。接著入內餐館，所有人不由自主望向一扇緊閉的門。珍奈就在那房間嚥下最後一口氣。

警方蒐證費了不少時日，等到重新開放就由我負責後續，安排了專業清潔與更換門鎖。所以只有我手上多了一把備份鑰匙，偶爾值班結束後進去待一會兒，坐在沙發上珍奈死亡的位置，閉起眼睛重溫那天光景。鐵鎚擊打腦袋、她最後的呻吟……回憶栩栩如生，彷彿她還在身旁。

到了大樓後面會議室，我用珍奈死後募得的款項張羅了茶水點心。善心志工在上班的地方被人用鐵鎚敲死，大新聞立刻躍上全國新聞頭條，社會各界捐助累積超過十萬英鎊。起初我有點惱火，怎麼她就變成烈士、這錢跟我竟然沾不上邊，但想了想也能釋懷，畢竟最後的贏家是我。

與她一起上新聞的自然是嫌疑犯。凶器上有萊恩．史密斯的DNA殘留，現場戶外找到的皺照片裡是我。警方推測原本目標是我，但後來在珍奈電話發現一則語音，內容是萊恩指責她「對不起」自己。

後來找到他的車，停在妻子自殺的地點，因此假設他隨妻子跳崖去了。有點可惜，如果能留下萊恩放棄掙扎的最後那口氣息該多好，反正妻子的已經在我這兒。

凱文和柔伊走過來，他們說珍奈聽了我演講會很感動。其實三個人心知肚明，珍奈才不會同意讓我上臺這種事。我轉頭張望，暗忖瑪麗會不會回心轉意。自從珍奈遺體被發現她就情緒失控，始終無法踏進這棟樓，今天還是沒來。

這麼一留意，我赫然驚覺東尼也不在場，衝出大門就看見他拎著車鑰匙已經走了一小段路。

「東尼！」我大叫：「等等！」

他背對我遲疑片刻才轉身，表情很生氣，我真不懂為什麼。

「怎麼不留下來喝點酒。」

「講稿寫得可真好。」他回答。

「謝謝，我盡量簡潔有力了。」

「只可惜沒一句真心話。」東尼直白的話語殺得我措手不及。

「怪我？」我問：「早就聽說你們背地裡亂搞男女關係。珍奈原本也和我不對盤，但無所謂了，死者為大，讓她好好去吧。」

「在我面前還要裝蒜啊，蘿菈？我知道妳在想什麼。妳唸稿子的時候都快掩不住笑意了。」

東尼故意找架吵，我可不必配合他。「女兒們還好嗎？」我話鋒一轉：「好久沒見面了，有發語音過去，她們還沒回。」

「這樣妳還不明白？」

「我打算之後找一天過去——」

東尼逼近。「不准靠近丫頭們，聽見沒？」他低吼：「妳害得她們那麼慘，難道還不夠？」

我翻個白眼：「是說艾菲和她老師的事？」

「不然呢？她都說了。老師有非分之舉，結果妳叫她別告訴我？我是她爸！憑什麼不讓我知道？」

看來她也沒有老老實實和盤托出啊？我內心竊笑。只要那孩子遺傳了媽媽半點聰明，想必一輩子守口如瓶。萊恩不是戀童癖，而她是陷害老師的共犯，這兩個秘密永遠不會有別人知道。

「我處理好了啊。」我回答：「我那麼努力，不就希望你能看到？我還是可以做個好媽媽。」

「好媽媽會告訴我。好媽媽不會把錄音貼在Facebook給全天下聽，公開羞辱自己女兒！」

「學校動作太慢了。」

「妳根本不懂。她被排擠得太嚴重，只能申請在家學習了。」

「這件事情我是不知道。但如果你們早點回覆，或許我就能幫忙。」

東尼抬高音量：「罪魁禍首就是妳，妳還幫什麼忙？老師對妳提出的指控我全都知道，換句話說那傢伙會對女兒和珍奈下手是妳造成的！」

他表情還藏著更多後悔，原因我目前不得而知。

「我所做的一切都基於對你、對這個家的愛。我只是希望闔家團圓，這要求過分嗎？」

「說得可真好聽。蘿菈，從以前到現在，妳做的每件事情都只是為了自己。只要能達成妳的目的，無論誰受傷妳眉頭都不會皺一下。」

「要說我有過失也不是不行，」我放軟身段：「但追根究底還不是因為你拆散一家人？」

「那是我最正確的決定。除了惡意，妳還有什麼？遠離妳，亨利和兩個女兒才能平安長大！妳跟珍奈放在一起差了不知道幾百倍。就算被害死，大家還是記得她的好。」

不會太久的。那天下午我從她包包取出平板，等於取得裡面儲存的一堆密碼。珍奈腦袋太差記不住，所以留了表格。換句話說，她個人和終點線分部的銀行帳戶都隨我處置，所以我趁她上天之前先從公家轉了四萬到她自己戶頭，再撥五千過去她的線上賭場帳號。這種短少用不了幾星期就會被揪出來，金錢流向也很好追查。

我握拳深呼吸：「東尼，有些事情不適合在外頭談。今天晚上回家吧，我們好好聊聊。」

「蘿菈，妳怎麼還不明白？」他語氣很無奈：「我不想靠近那棟房子，也不想靠近妳。妳實在太可怕。」

「八點，」我說：「準時到，我會準備好吃的。」

他搖搖頭，鑽進轎車揚長而去。

第二章　蘿菈

萊恩死後三個月

萊恩的葬禮沒有太多人來，算算大概十多人，應該都是親戚。不過只是我在車上所見，這角度沒辦法看得很清楚。連香緹爾那種毒蟲，出席悼念的人數都至少兩倍。就算告別式，誰願意和性侵未成年、謀殺志工的嫌犯扯上關係？有損顏面。

報紙報導漁網在近海撈起一具屍體，位置靠近萊恩跳崖的地點東薩塞克斯。我得知以後立刻虔誠禱告，祈求死者就是萊恩。DNA鑑定無誤，我總算能夠鬆口氣。

葬禮時間地點並沒有對外宣傳。我假裝親屬，聲稱想知道花該送到哪兒，打了好多次電話才找到負責儀式的殯葬業者。

他們沒有安排靈車，所以沒看到家屬尾隨黑色轎車的場面。其實連告別和入土儀式都跳過，遺體直接由驗屍官開著低調廂型車送到隔壁凱特靈市的火葬場。迎接他的唯一一束花是百合，我親自送來，留在門邊，上頭沒署名的卡片寫著：*我贏了*。

火葬場外有些媒體記者和攝影師，得到我通風報信便過來拍攝棺材下車、準備火化的照片。活著的萊恩在我股掌之上，死了一樣逃不掉。

考慮再三，我決定不要混入喪家，被認出的風險太大，還是躲在車上偷看就好。萊恩回歸塵土，好戲落幕，身為導演的我無法近距離見證，心裡是有點小小失落。不知道骨灰怎麼處理，會不會撒在夏綠蒂附近。以前沒想像過夫妻同死，以後也不容易在新目標身上重現。

眾人入內，我想起自己上次踏進火葬場是與奈特道別。追掉者比萊恩這次還少，除了我就只有六個遊民，還是我用一星期分量的酒叫來充場面。人家到底認不認識奈特我也不確定。

好想念他。即使不常聯絡，只是想起他還活在世界上某個地方，我就覺得還有人支持自己。時至今日我仍不明白法醫與女警怎麼會弄錯他死亡的時間地點，錯得那麼離譜就算了，還對我的說法不屑一顧？我很肯定最多六個月前還見過奈特，他們卻堅持奈特更久之前就死了。無論如何，不必聽見他死前的喘息對我是幸事。

回到家裡，還是空空蕩蕩。很乾淨，卻也毫無人味。儘管窗子幾乎都開了，每個房間擺上擴香機與擴香棒，空氣中還是瀰漫剛粉刷完的怪味。我請的裝潢公司做得不錯，除了壁紙和天花板油漆，連樓梯欄杆、壁腳板、門框也變成純淨無瑕的閃耀白，乍看會以為住進了北極冰屋。

我在繽趣（Pinterest）網站上搜集資料，把線上室內設計雜誌的圖例重現在自己家裡。新的坐墊、窗簾、地毯採用亮黃亮綠這種鮮豔色彩，全家福照片列印裱框之後掛牆或羅列在櫃子與窗臺。我還給亨利與兩個女兒買了全新床鋪桌椅，東尼的書房比照辦理。其實都一家團聚了，用不了多久他也該回來主臥室。

春天夜晚來得慢，我打開修好的玻璃門，坐在露臺抽菸放鬆。東尼討厭菸味，他回來之前得戒掉。灌木叢修剪整齊，丫頭們的舊跳床拆掉回收，籬笆補好、草皮翻新、花圃挖開重新栽種，這房子像萬花筒一樣繽紛新奇，很適合成為所有人事物的新起點。

想到大好未來就忍不住微笑。沒有萊恩和珍奈搗亂，只剩東尼那顆死腦袋能阻止我們舊情復燃。分部改名儀式那天晚上他真的沒赴約，所以到現在兩個人沒機會聊開。東尼很固執，說了與我斷絕關係就會認真執行。

剛開始我當然很沮喪，但想了想是自己不好。我太傻了，幹嘛逼他逼得那麼緊呢，畢竟珍奈人都死了，東尼有點難過也是應該的。耐心才是我的長處啊，他還在消化情緒，施壓只是反效果。何況我明明受過專業訓練，該瞭解一般人承受了負面情緒就會口不擇言。

手機忽然鈴響，我嚇一大跳，像中學生那樣趕快熄了菸、菸頭隨便扔在澆水罐後頭。沒有顯示聯絡人，希望是艾菲或東尼，他們前陣子換了號碼，所以訴請離婚的公文送到後我不得不開車過去，沒想到他們居然換了租屋處。我找去艾莉絲的學校，老師說她轉學到鄰郡私立學校，無法告知我詳細地點。社交平臺上，艾菲全無消息，東尼則向公司請了長假。

於是唯一聯繫管道就是丈夫的電子郵箱。上星期我提了好幾次，亨利胸腔發炎很嚴重，他該過去探望才對。東尼沒有回應，我繼續寫信，搬出幾個醫學名詞說兒子可能要住院，再附上亨利臥床的照片加重他心理壓力。

「妳好，莫里斯太太嗎？」女人的聲音。

「我是，請問哪位？」

「金斯索普長照中心，我叫貝琳達。」

我將手機貼緊耳朵：「亨利怎麼了，沒事吧？」

「他沒事，不過有訪客，需要妳同意才能放行。」

「誰？」

「他父親，東尼．莫里斯。」

「讓他進去！」我立刻叫道：「請他陪一下亨利，我立刻就到！」

掛了電話以後我心裡小鹿亂撞。就知道東尼不可能嘔氣一輩子，聽說兒子生病了總是會關心。這下子反而手忙腳亂起來，先衝上樓拚命往嘴裡噴口氣香氛去除菸味，然後挑了套便服換上——Converse運動鞋搭配T恤與窄版短褲，好突顯我纖細的腰身。趕快補妝，再朝頸部手腕灑些三宅一生香水，東尼喜歡這牌子。

馬上去找你和亨利，我拿手機打字，出門了，xx[14]。

拿了車鑰匙之後我開始預想待會兒的場面。東尼當然會發現兒子病重只是我想見面的藉口，起初一定會惱怒，但有孩子陪伴、又發現妻子如此忠貞，想必不會小家子氣和我計較，能夠原諒善意的謊言。

開車到了療養院前面，內心七上八下有點恍惚。接待小姐戴著「實習員工」吊牌，是張生面孔。

「我兒子，亨利．莫里斯，請問他在哪？」我立刻問。

「讓他爸爸推輪椅到院子散步了，」小姐回答：「妳還好嗎？」

我沒意識到自己激動得嘟嘴握拳、差點喜極而泣，連「沒事」兩個字也是硬擠出來的。

---

[14] 英語使用者常在文字訊息中以xx代表親吻。

已經兩年半沒看過他們相處，曾經懷疑是不是再也沒機會了。天色漸暗，我不想錯過一分一秒，快步走進庭院左顧右盼，急著見證父子團聚的時刻。

這所長照中心的前身是豪宅，上個地主周轉不靈才被迫售出。目前經營者很重視環境維護，戶外有花圃、感官花園⓯、遊戲區，外圈則是一圈蒼鬱樹林。走了一陣子才遠遠看見東尼蹲在亨利的輪椅旁邊，兩人轉頭眺望山坡下的湖泊，正好一群白色天鵝划過水面。我感動得捂住嘴，眼角變得濕潤。

不過隨著距離縮短，我察覺眼前圓滿的畫面出現瑕疵。剛開始覺得不對勁卻說不出原因，但看見「父親」的手臂時就明白了：東尼身上有左肩延伸到手腕錶帶處的刺青，前方那個男人並沒有。

心情轉了一百八十度，我十萬火急衝向兒子。

「放開我兒子！」我一邊大叫一邊留意四周是否有人能幫忙，但連影子都沒瞧見。「別碰他！」

男人轉身望過來，我太過錯愕，不由得停下腳步。

擄走兒子的，是個應該已經死去的人。

萊恩。

⓯ 以刺激所有感官為訴求的園藝設計。

第三章　強尼

從她走過來那時神情判斷，蘿菈以為自己見鬼了。我要的就是這效果，讓瘋婆子第一眼就自亂陣腳。

「放開我兒子！」察覺輪椅旁邊不是丈夫，她扯著嗓子怒吼：「別碰他！」蘿菈東張西望想找人幫忙，但我之所以帶亨利到這兒自然是看中此處偏僻隱蔽，能讓三個人靜下心來好好聊聊。

仔細打量我之後，蘿菈臉垮了。我剪短頭髮，與哥哥同個髮型，剃掉絡腮鬍，和他一樣留下些許鬍青，換上他最愛的樂團T恤，還特地配戴隱形眼鏡。

蘿菈迷惘錯愕，顯然還在猶豫是否該信任自己眼睛。我放開抓著輪椅的一隻手，作勢要讓亨利滑下山坡滾進湖水。

「沒必要的話，不必波及孩子，」我故作凶狠：「所以妳最好站遠點兒。」

「你不是萊恩。」

蘿菈的語氣半信半疑，說完了依舊進退無據，向前邁一步又趕快抽腿，彷彿團康活動的舞步。她張開嘴，又闔上嘴，沉吟許久吐不出半個字。

「要靠近也無妨，」我故意放話：「但是亨利綁在這麼重的輪椅上，我一鬆手就會沉入湖底，就看妳有沒有本事自己撈他上來。」

「是萊恩的弟弟吧？」她總算想通：「我見過你，在他葬——」蘿菈話沒說完就噤口。

「對，我叫強尼。多謝妳的花和卡片，我哥人都給妳害死了還不得安寧。」

「和我無關，我沒有害人，你找錯對象了。」

「蘿菈，妳想演的話，我就陪妳演。」我說：「在這兒耗上一整晚無所謂。」

哥哥跟我說得鉅細靡遺，感覺好像我也熟悉眼前這女人。尤其他臨走前給我寫下很長一封遺書，提到蘿菈前夫的證詞及母女如何設局構陷。萊恩原本的幸福美滿是因為蘿菈急轉直下，最後連性命也賠進去。但蘿菈呢？拍拍屁股揚長而去，什麼後果也不必承擔。

這種不公不義即將改變。

或許也感受到了劍拔弩張的氛圍，亨利在輪椅上不安蠕動。驚擾孩子非我所願，但目前看來他是蘿菈唯一弱點，唯有亨利能成為掣肘她的籌碼。我輕輕拍他肩膀安撫，可惜沒什麼效果。

「不准碰他！」蘿菈吼完又趕快調整語氣，不那麼尖銳地說：「別這樣，你嚇著他了！」

「我幹嘛在意妳兒子死活？妳傷害我家人、奪走萊恩的兒子，有過一絲猶豫嗎？夏綠蒂是個待產的孕婦，妳明明知道的吧？」

她搖頭，舉起一隻手，彷彿想將我接下來說的話連根拔起。「我不清楚萊恩到底和你說了什麼，」蘿菈開口：「但他有情緒困擾，需要接受治療。珍奈和我曾經設法開導，但是萊恩情況太嚴重。你應該有聽說才對，之前他還想闖進我家殺人啊？」

「他做的事情無人不知無人不曉，不就因為有妳在各種社交平臺宣傳嗎？闖進妳家也是被妳逼的，除了妳還有誰會在人家亡妻的婚紗上潑血水、旁邊留一隻死掉的豬？要他怎樣，一笑置之嗎？妳算準他會失去理智才故意挑釁，方便自己甕中捉鱉。」

蘿莅還是搖頭：「不對，無論他告訴你什麼，都不是真的。你看清楚，我是三個孩子的母親，還在以助人為宗旨的慈善單位當志工，怎麼會去害人呢？你先放開我孩子，或許我能幫你深入瞭解你哥哥的情況。」

我忍不住誇張地笑了起來：「拜託，蘿莅，妳應該不只這點本事才對。」

「警察一定跟你們說過才對，各種證據都指向他殺了珍奈。」

「說過，我一個字也不信。」

「現場找到他的鐵鎚。」

「妳去他家破壞的時候鐵鎚還在。真巧，對吧？」

「你現在意思是說我殺了珍奈？」

「不然呢？珍奈和妳老公交往了不是嗎？」

蘿莅沒料到我知情，先假裝翻白眼然後一本正經來掩飾內心訝異。「你想維護兄長的名譽，這我能夠體諒，」她改口說：「換作是我大概也無法接受事實。你們一起長大，感情融洽，當然不相信他會做出那種事。但難道你還看不清嗎，你現在做的事情和他一樣傻呀？拜託，不只是因為亨利，也是對你自己好，別重蹈覆轍，像萊恩一樣毀掉自己的人生。」

若非早有心理準備，此時此刻還真可能以為她話語誠摯而受到打動。她就擅長以話術誘導被害者，然而我明白自己哥哥是怎樣的人。

「聊聊妳兒子吧，蘿莅。說說亨利為什麼會變成現在這樣。」

猝不及防改變話題，她呆了半晌。「分娩過程中，臍帶纏繞脖子，導致他缺氧。」蘿莅回答。

「妳這說法根本解釋不了他的狀態吧？不想面對現實，妳就連自己也欺騙過去。但我知道亨利身上發生過什麼。」

「只是分娩併發症！」她堅稱。

「妳老公說得沒錯，妳真的會篡改記憶，虛構過去，製造自己值得被同情的假象。」

她又想壓抑心裡的驚慌：「我不清楚為什麼東尼這樣說，但是——」

「我很肯定妳口中的分娩併發症是子虛烏有。亨利是個健康的寶寶。」

「這也是東尼說的？」

「猜錯了，這次是艾菲說的。」

蘿菈眼睛微閉，按捺不住那股遭到背叛的憤怒。

「萊恩自殺，名字登上各大報，艾菲承受不住罪惡感，葬禮過後主動與我聯繫。」

「你怎麼糊塗到她說什麼你信什麼，那孩子狀況也很糟。」

「我倒覺得她正常得很。妳們母女聯手挖坑，讓我哥那段錄音徹底遭到斷章取義，事情前因後果她都解釋很清楚。」

「講得冠冕堂皇，我就不信當初你沒懷疑他。如果你能獨排眾議站在你哥身邊，還會鬧到他跑去自殺嗎？你過不去自己心裡那一關，結果跑來折騰我和我兒子。」

蘿菈這話戳得很深，但我不會讓她發現。

「艾菲都說了，亨利在四歲半之前都活蹦亂跳健健康康，是妳把他害成現在這副德行。」

「不可能！」蘿菈杏眼圓瞪狂喝道：「胡說八道！萊恩和艾菲聯合起來說謊騙你！我幹嘛傷

害自己兒子?」

我一手扶著輪椅,一手探進牛仔褲口袋,掏出艾菲交給我的照片高高舉起。

「他三歲生日派對,還能吹蠟燭呢。怎麼看都好得不得了吧?」

蘿菈注視鏡頭下受到親友和姊姊簇擁、身體健康毫無異狀的小亨利,然後比起眼睛緊咬下唇。

「有一天,亨利去他朋友梅根家裡玩。後來那女孩身體不適,」我繼續說:「她媽媽陪著照顧,她爸爸開車送亨利先回家。妳和東尼吵架吵得正熱,完全沒發現亨利自己開門進去。看到爸爸媽媽大吼大叫,小男孩嚇壞了,偷偷溜進房間躲起來。」

「怎麼可能!」蘿菈聲音越來越細微,像個孩子似的。

「那時候妳為什麼發瘋?因為東尼讀了社工報告,發現自己娶了一個心理變態?還是因為奈特,或者正式一點應該稱呼他『大衛』,竟然因為妳殺死親生母親?」

「閉嘴!給我閉嘴!」蘿菈突然爆發,雙手緊緊摀住耳朵。亨利像受到驚嚇的小動物發出尖銳呻吟,可是現在不能停,我抬高聲音蓋過他倆。

「東尼氣不過,自己衝出去了。妳無法承認婚姻觸礁是自己的錯,反而歸咎給新房子,於是把裝潢工程留在家裡的可燃物全灑在地上,一把火直接點燃。妳沒頭沒腦到街上找老公,同時間不知所措的孩子受困在房間出不去。蘿菈,妳想過他的感受嗎?看著黑煙從門縫湧入,心裡是什麼滋味?妳覺得他會不會還記得,或許每天夜裡都夢見自己被濃煙嗆得喘不過氣?」

她持續摀緊耳朵,但看面部的扭曲程度,顯然每句話都聽進去了。

「鄰居打了電話,消防隊救出亨利,」我繼續說:「可惜雖然急救能保住他的命,卻因為缺氧過久導致嚴重腦部損傷。先前健康活潑的孩子心智年齡會永遠停留在一歲，全是妳一手造成。」

「不對，不對，不對！」蘿菈跪在地上。

我指著還在尖叫的亨利：「就因為兒子的慘劇能讓妳崩潰，我反而相信妳內心深處曾經有過一絲人性。救護車將妳送到聖安德魯醫院精神科病房，治療結束後妳出院了，卻發現東尼帶著兩個女兒逃得遠遠的避不見面。即使這個情況，妳依舊能夠自欺欺人，扭曲了住院的理由。艾菲說明明是妳媽得過癌症，結果到了妳口中都變成自己的經驗。」

蘿菈爬起來，卻在原地兜圈，好像小狗想找個舒服姿勢蜷成球睡一覺。「才不是那樣，你胡說……」她喃喃自語，手指在大腿摳來摳去，好像理智逐漸稀薄，人格即將分崩離析。

「兩個女兒捨不得媽媽，叫爸爸別報警。東尼無可奈何，答應不放棄妳，條件是以後得與妳保持距離。妳總以為時間久了丈夫就會回頭是岸，但他從頭到尾沒有回頭，對吧？不但要艾菲轉到靠近新住處的學校，也始終不給妳接觸女兒的機會。三個人少了妳也過得很好，可惜我天真的哥哥出來瞎攪和，故意將艾菲的成績報告寄一份給妳。」

「夠了，別說了。」蘿菈精神不堪負荷，臉上掛著兩條淚痕，態度變得低聲下氣：「拜託你別說了。」

緊接著她表情空白，恐怕東尼攜女逃亡的真相終於在腦中甦醒。蘿菈肩膀不斷向內擠壓，彷彿想要縮小自己直至消失無蹤。亨利在輪椅上前後搖晃，蘿菈見狀伸出手想安撫，但注意到我抬起手掌趕快後退。

「妳知道自己哪一點最讓人驚恐嗎？」我問：「就是兒子被妳害成這副德行，妳還是執迷不悟，為達目的不擇手段，犧牲誰都無所謂。目標是萊恩，妳卻毫不猶豫將艾菲也推入火坑。不是妳親生女兒嗎？至少我哥傷及無辜還懂得懊悔。」

「他是輸了才懊悔。」蘿菈嘴上這麼說，卻聽不出得意的情緒。

「妳又贏了什麼呢，蘿菈？很明顯妳沒將老公小孩贏回去，仍舊一無所有。萊恩全都看見了，妳總是孤伶伶守著房子、漫無目的遊蕩，日復一日盼著家人回去，但這份盼望從未實現。還不懂嗎？妳註定孑然一身，再也見不到家人，也見不到奈特。」

「你把奈特扯進來做什麼？」她泣訴。

「妳還裝傻？奈特想自殺的時候，妳不也把夏綠蒂牽扯進去？」

「你胡說什麼，奈特死因是意外，失足落水溺死的。」

「看來妳又改寫自己的現實了。根據法醫報告，過去幾年裡奈特多次嘗試自殺，過量服藥和上吊都沒成功。雖然是我的推測，但種種線索指向妳，一個自以為的自殺專家，最後出面幫他得償所願，對不對？」

「我聽不懂你在說什麼……」想遺忘的塵封記憶瞬間迸發，蘿菈只能猛烈搖頭拒絕面對。

「妳心裡清楚的，蘿菈。告訴我真相。」

「奈特……希望我陪他走，可是不行，我不能拋下亨利。」她哭著說：「我只好找人代替。」

「夏綠蒂？」

「嗯。」

「因為她產前憂鬱，心靈脆弱，妳看準這個人好操弄。」

「拜託，強尼，」蘿菈雙手相扣祈禱似地哀求：「別說了，我也不告訴別人今天的事。」

「然後呢？等妳起心動念，設局除掉我？」

「不，保證不會。」她抬起手背抹去鼻涕。

「那妳只需要做一件事，我就會乖乖離開。」我從口袋取出手機，啟動攝影模式開始錄影：「既然妳熱衷於公開羞辱別人，我哥給珍奈的錄音機又恰好消失無蹤，只好請妳對著鏡頭坦承是自己教唆夏綠蒂自殺、自己對珍奈做了什麼，並且澄清萊恩沒有性侵女童，反而被妳逼上絕路。」

她眼神忽然失焦，目光飄向遠方。

「喂！」我一吼她又望過來：「這可不是要妳做選擇，沒商量的餘地！老實招認犯行，說完我就走。」

她盯著手機螢幕，抹抹眼睛，又清清嗓子。

「想得美。」蘿菈說完以後忍不住揚起嘴角，緊接著張大嘴巴發出刺耳尖叫。

背後傳來急促腳步聲。我一轉頭，腦袋被硬物重擊，人癱軟在地。

第四章 蘿菈

「東尼，救命！」看見丈夫潛伏到強尼背後，我趕緊大叫：「萊恩在這兒！」他表情顯示出思緒混亂，以為想侵犯女兒的變態教師死而復生，為了復仇找上妻子與癱瘓的兒子。我不給他理性思考的機會，喚醒他在拳擊場磨練出來的本能反應——遭遇威脅要立刻壓制。「他要對亨利動手了！」

聽我這樣大叫，東尼一眨眼竄過來，強尼來不及自保就被重拳擊中腦側，失去平衡、臉朝前倒下。

他沒抓好，手機滑過地面礫石。但這代表他也抓不穩輪椅，我趕快飛撲，抓住把手雙膝跪地，使出渾身解數向後仰躺，免得亨利滑下山坡沉入湖水。我拚命將輪椅往自己身上拉，確定兒子沒事之後總算不再歇斯底里。

轉頭一看，東尼跨坐在強尼身上痛毆他腦袋和肋骨，將原本僅限於拳擊場的狠勁全部施展出來。喀！喀！喀！指節與顴骨、拳頭與顱骨的碰撞在我耳裡是首美妙樂章……世上任何作曲家都寫不出更悅耳的節奏。

「動我妻小，受死吧你！」東尼怒嗥，我相信他是肺腑之言。強尼想藉由他們兄弟長相肖似這點動搖我，可惜完完全全是引火自焚。當然此時此刻我不必告訴東尼：他打錯人了。

現在得先將兒子拉到懷中，別讓他看見這麼暴戾血腥的場面。雖說他大概也看不懂這是怎麼一回事。

「噓，噓，沒事了。」我朝兒子耳語，伸手順順他頭髮。亨利還是哭個不停。

但我無法將注意力全部留給亨利，眼睛離不開眼前的盛宴。強尼揮動手臂，偶爾能碰觸到東尼，但敵不過我丈夫鍛鍊出的一身肌肉與熊熊怒火。他被打得嘴角冒出淺紅泡沫，鮮血滾進鼻孔牙齦差點嗆死自己。即使想說話，聲音也斷斷續續，模糊得難以理解。

「我不是——」他又哽咽。

東尼也並不想聽：「你利用我接近我女兒，死變態！居然威脅我老婆，還殺死珍奈！」

*他剛剛叫我老婆！*一股幸福溫暖在我體內流淌。

原本我也可以求東尼停手，告訴他這是誤會，請警察來處理就好。但我不打算那樣做——累積這麼多椿恩恩怨怨，不大可能一時半刻就放下，要是強尼和他哥哥一樣死纏爛打，沒有連根拔除必然釀成大禍。我可還有自己的人生和家庭要挽回。

更何況，老公身上散發出好濃烈的能量。迎面襲來的激昂與憤怒挑逗我全身神經，下腹部突如其來一陣酥麻。他越獸性大發，我的原始慾望越膨脹。好想得到他、霸佔他，將他收進身體裡。

「他剛剛說要淹死亨利。」我摟緊兒子。

「我才不會……」強尼開口想反駁，還是沒機會說完。東尼抓他頭髮往後扯，然後整個腦袋往地上重重砸落。儘管光線昏暗，我還是能夠看見：強尼虹膜往上翻，眼眶內只剩白色。

心情像是雲霄飛車，剎那間飆上頂點以後盼著全速俯衝。丈夫將一個人的死生操在手裡，面對足以改變一切的重要抉擇。我握緊雙拳，全心祈禱他會跨出接下來的關鍵一步。

與丈夫最親密最靠近的瞬間，就是他殺死強尼那一刻。

第五章　蘿菈

強尼死後兩個月

我坐在辦公室面對鍵盤，張大眼睛盯著螢幕報表，實在理不清下個月值班怎麼排。九十四個志工，沒半個自願大夜，盡如人意太難了。

門沒關，我望向外頭的午班人員，凱文、桑傑、柔伊、裘拉待在各自隔間裡，一半人接聽電話，另一半閒來無事拿出Kindle平板或雜誌閱讀。

上次隨大家鎮守前線都一個多星期前的事情了，好懷念對每通電話都抱有期待的興奮情緒。發生萊恩與強尼那些事情以後我變得很忙，同時也很謹慎，但時間一久還是躍躍欲試，希望能找到下一個目標。可惜高層決定由我接任珍奈當主任，很多時間消耗在枯燥乏味的行政作業。

坐在先前珍奈的座位，手肘壓著她用過的桌子，我忍不住翹起嘴角，也來忙裡偷閒，取出修眉夾清理她用過的鍵盤，縫隙裡黏著些無麩質餅乾屑很難刮乾淨。要是給她看見這一幕，說不定會氣得爬出墳墓。

這分部成為鎂光燈焦點，原因都不是什麼好事。最初是珍奈在工作地點遭到謀殺，接著卻抓到她盜用公款中飽私囊，甚至拿去博弈網站，總部為此顏面無光。展開內部調查後，整個事件在「匿名吹哨者」協助下水落石出，過了不久以她為名的紀念牌匾悄悄自外牆拆下。她的名譽毀在我手中，牌匾自然也由我親手廢棄。

終點線失去社會信任，求助電話與本地捐款都數量大減，理所當然選擇我來帶領大家勇往直前。我是勇敢的倖存者，儘管不幸被心理扭曲的兄弟檔鎖定，不僅自己全身而退，還保護了女兒以及重病癱瘓的兒子。之後在媒體公開寬恕他們，展現出的無私光環總算為機構在媒體版面扳回一城。

團隊成員得知我晉升都歡欣鼓舞，我特地打電話告知最資深的志工、也是我本人的入門導師瑪麗。她遲遲無法回到崗位，我只能隔著話筒分享喜悅。珍奈死在樓下造成的心理陰影太大，瑪麗始終深受罪惡感所苦，認為若那天依規定進行監控攝影，透過鏡頭察覺萊恩圖謀不軌，或許能夠阻止憾事發生。她愛自責多久就自責多久，我樂得輕鬆。

手機鬧鐘響了，值班時間結束。一個半小時後我沿著馬路走回家，大包小包食物雜貨沉甸甸，購物袋把手在掌心壓出好幾道印子。

我意識到自己偶爾漫不經心望著外頭街道等奈特來。他很怕東尼，所以從不按門鈴，寧願在門前逗留幾小時，看看會不會遇上我進出。我好想念他，卻又忘不掉強尼說的那段話。

以前的我很肯定奈特與大衛毫無瓜葛，是兩個相互獨立的個體。現在的我不那麼有把握了，越是回想越多重疊，譬如他們聲音一樣、處境也相仿。大衛住處被三個男子闖入，妻子慘遭殺害；奈特的母親將我倆賣給三個男人，他們在門口目睹弒母悲劇。或許那部分也是假的？我以為自己在席薇婭家裡過得很淒慘，但實情並非如此？

或許記憶又在捉弄人，最近腦袋常會閃過畫面，彷彿我認識的世界經過重新剪輯。一年半前的塵封往事浮出水面：奈特找我訴苦，說自己活得太累，寧願一了百了。類似的話他不是第一次提，但那天特別認真。奈特求我幫忙，他想解脫，但心裡害怕，希望有人作伴上路。夏綠蒂恰巧在這時候走進我們的世界。

然後是香緹爾告別式那天，我一個人站在外頭公車站，一個人在病房前面找醫生理論怎能讓病人失蹤。所以我才沒去大衛的葬禮。不是難過到無法面對，而是這個人自始至終不存在。

代步車喇叭將我轟回現實。我驚覺自己站在路中間一動不動，帶著滿身冷汗匆匆回家後才稍微鬆口氣。

「哈囉？」我深呼吸、推開門，抽出鑰匙大喊：「買了一堆東西，誰過來幫個忙？」

聽到大包小包，一個老公兩個小孩避之唯恐不及很正常。但是今天，艾莉絲過來了，老貓被她夾在腋下像個提包有模有樣。嗶啵是小女孩等不及搬回來的理由之一，東尼先後兩個租屋處都禁止寵物，她早就想念自家貓咪。

「妳姊姊呢？」我們一起將東西挪到廚房。

「她和哈金森太太還在樓上上課。我到姊姊的年紀也得在家學習嗎？」艾莉絲將貓咪放地上，牠居然朝我嘶吼兩下才大搖大擺走出去。我遲早拿條水管加一袋磚頭，讓牠再也無法如此猖狂。

「傻孩子，不會的。只要妳別像姊姊做些蠢事，我們當然不需要把妳從學校帶走，放在家裡請家教啊。」

艾莉絲聽完安心了，開始將蔬菜與濃湯罐頭堆上架，動作精準得像軍事演習。

「標籤朝外，」我提醒：「妳爸回來沒？」

「嗯，」她指著花園：「為什麼爸爸總是看起來很難過的樣子？」

我也看見了。東尼伸出手臂，掌心平放在及腰的花園圍籬柱子上，視線翻過運動公園落在遙遠的天邊。一家團圓以後他時常這樣子眺望遠方，彷彿希望自己能遠走高飛到百萬里外。起初我暗忖總不可能永遠這副德行，最近開始動搖了。

原以為結束別人的生命就像一條線，將我和東尼重新串起來，但直到現在他仍未回復正常，還是糾結於自己殺死強尼這點。我可不同，非常以丈夫為榮，因為他保護了妻小，展現內心深處的男子漢氣魄——為了至親摯愛，他義無反顧。

我還記得兩個月之前的光景：東尼低頭看著一動不動的強尼，然後將人翻過來面朝上。他表情瞬間變了，從純粹的憤怒轉為困惑不解，因為面前傷痕累累血流如注的男子並非自己以為的那個人。東尼的臉蒙上惴慄，轉過頭向我討解釋。

「妳不是說是萊恩嗎？」他眉頭緊蹙，額上冒出皺紋。

「是誰不重要吧，」我直截了當說：「他威脅我們安全。」

「但我殺了他啊！妳讓我做了什麼！」

「這是自衛，你保護了家人。」

腎上腺素褪去，東尼的手臂無力顫抖，我緊緊拉住安撫。他的襯衫袖子和領口都沾了血。

「東尼，看我。是萊恩他弟弟先要加害我和亨利，之後你才趕到。待會兒由我向警察說明就好，我是你的妻子，一定會為你作證。你保護家人，我不會讓你背上任何責罰。」

接著我將他扶到附近一張長凳。東尼坐下以後，頭埋進顫抖手掌內。我報了警，沒過多久就有救護車載走強尼屍體，東尼因涉嫌謀殺被逮捕，送往警局接受偵訊。我佯裝休克再驚醒，然後帶驚魂未定的亨利回病房，請護理師哄他上床。

輪我接受警察盤問，回憶夜裡的驚險遭遇我兩度忍不住嘔吐必須離席。等到問完話放我回家，警方已經毫無懸念，認定強尼想為兄報仇才盯上我和亨利。死無對證，他們除了相信我和東尼沒有別的辦法。

單獨坐在偵訊室內，我暗暗感謝上蒼，幸虧出門前記得發訊息給老公，說自己等不及過去見他和亨利。正因為連日謊稱亨利病重，那樣沒頭沒腦的一句話總算勾起東尼的憂慮與好奇，決定親自前往療養院確認狀況。若非他及時救援，真不敢想像強尼錄到自白會怎樣對付我。我特地記下了：比照萊恩辦理，葬禮會送花過去，只是卡片留言改成還是我贏。

東尼不得不被拘留一夜，警察將害怕困惑的兩個女兒送到我這兒。隔了將近兩年半，她們總算再次踏入家門。我簡短敘述事情經過，特別在孩子面前誇獎父親的勇敢熱血。

艾莉絲聽了不疑有他，只是提心吊膽，擔心家裡還不安全。艾菲另當別論，知道事有蹊蹺，但學乖了不多嘴，也沒招認自己趁老師出殯找上人家弟弟，洩露媽媽的一堆機密。母女攤牌就免了，放她胡思亂想心驚膽跳吧。要是出賣我還敢大肆聲張，我會讓這臭丫頭認清局勢——現在不只是老師本人，老師的弟弟那條命也有她一份。

夫妻說法吻合，隔天傍晚東尼獲釋，卻失去艾菲以往的信任尊重。她活到十四歲才發現父親連自己也能騙。我見狀暗自竊喜，往後爸爸媽媽在孩子心中就平起平坐了。

「你怎麼和警察說的？」趁女兒去新裝潢的寢室休息，留下夫妻倆相處時我開口問他。

東尼宛若遊魂，獨自坐在餐廳陰暗角落。「照妳吩咐的，說是保護妳。」

「他們信了？」

「律師說警方不至於認定是謀殺，但會調查我是否防衛過當，違反比例原則，運氣不好還是要被起訴過失殺人。」

我端詳崩潰的丈夫，心想重振他雄風不知得花多少時間。東尼轉頭朝向我，我卻看不見他雙眼，只聽見毫無情緒的抽離嗓音。

「為什麼要我殺一個無辜的人？」

我搖頭：「你在說什麼——」

「夠了。」東尼打斷：「別耍花招羞辱我。」

「你把我的社工精神科報告都告訴萊恩，就沒羞辱我？」他不講話。「何況強尼算什麼無辜，」我繼續說：「他想逼我背黑鍋，扛下與我無關的事情，和他哥哥一樣卑劣。」

「他逼妳扛什麼？」

「不重要了。」

「是妳讓我殺的人，我有知道的權利。」

我盤算是否到了卸下偽裝裸裎相見的時刻，無論他想知道或不想知道都一次交代清楚，包括引導夏綠蒂等許多人走上絕路、藉由艾菲設計萊恩，以至於親手處理掉珍奈。但這念頭來得快去得也快。

我轉身進廚房，開燈照亮檯面：「你餓了吧，我隨便煮點東西吃？」說完便從冷凍庫取出保鮮膜包好的沙朗牛排，又拿了些微波薯塊裝進碗。

「你們搬出去了，我卻一直沒發現，你知道為什麼嗎？」我喃喃道：「因為你老是趁我不在跑回來。洗碗機裡有我沒用的咖啡杯，整理好的信被翻亂，臥室的門自己關緊。如果你不愛我，不想兩個人繼續走下去，應該就不會回來了吧。於是我就說服了自己，相信你和女兒沒有真的離開。大腦很會捉弄人，你說是不是？」

「我不想再被妳牽制，所以才會悄悄回來，想找出妳竊佔『終點線』公款幫我創業的證據。妳明知道公司賺錢以後，我立刻就自掏腰包捐款補回去。」

「反正也一家團聚了，那種事情不重要吧。」

身後傳來東尼椅腳後退的聲響。他語調變得緩慢深沉。

「別痴心妄想了，蘿菈。我沒打算留下來陪妳，一秒也不想，所以我現在就要帶女兒走。」

我搖頭：「不會的，東尼，我們一家人好不容易團圓，回歸正常生活，你們誰也不許走。」

他擠出冷笑：「妳留得住嗎？」

「聽完再決定如何？你誤認對象，把人給揍死了。對方生前想錄下我的自白，手機掉在地上以後攝影沒有停，直到他斷氣才被我關掉。網路流傳艾菲與老師的對話錄音，你聽過以後羞憤不已，逮到機會就想私刑報復，將女兒被侵犯、自己被設計的怒火發洩在對方身上。既然手機在我這兒，代表我有影片證明你不是為了保護妻小，而是失去理智獸性大發才會動手殺人。無論你是自己走還是帶著女兒走，總之我也迫不得已，只好將手機交給警察。想必屆時他們會本著證據做出判斷，以防衛過當蓄意殺人的罪名送你進監獄。要是女兒還願意認你這個爸爸，每隔兩週可以探望一小時，當然前提是我同意。我好像不必同意吧？平常她們得和我住一塊兒，照顧孩子的除了我還是我。艾菲已經沒救了，等艾莉絲的朋友發現她有個殺人犯爸爸，下場恐怕好不到哪兒。這是你期待的結果嗎，東尼？我覺得不大對吧，那你就別把事情做絕。」

他聽完面無血色，用力眨眨眼睛，看似還在分析我那番話，接著卻猛然一跳撲過來。我見狀高舉雙臂，護住臉頰胸口，但東尼將我按在冰箱上，手掌牢牢扣住咽喉壓迫氣管。我無法呼吸，就像被我錘了脖子的珍奈。差別是她怕我，我不怕東尼。人家說有愛就有痛，東尼弄痛我不就代表他還愛我？所以我根本不抵抗。

「來吧，」我啞著嗓子：「趁女兒在樓上趕快殺掉我。寄養制度讓我變成什麼樣你都看見了，接下來輪到她們。」

東尼呼吸急促，吹得我兩頰發熱。他想動手，卻又下不了手，除掉我只是逞一時之快，女兒的人生還十分漫長。

我咬緊牙關、脈搏加速。他最後還是鬆手退後，我扶著自己脖子鎮定情緒。

「那，」能擠出聲音我就問：「吃牛排和薯塊好嗎？家裡還有黑胡椒醬才對。」

他垂頭喪氣，跌坐回餐廳椅子。

我讓東尼冷靜一段時日，經過兩週才出言暗示他該從客房搬回主臥室。但即便同床共枕，我們的感情沒有加溫。

後來的兩個月裡，我竭盡所能帶領這個家走上正途。所幸艾莉絲年紀還小，不明白母親實際上是怎樣的人，也感受不到姊姊和媽媽之間的劍拔弩張。我看得出艾菲很悶，她沒辦法對妹妹和爸爸坦白一切同時又保住形象，就像東尼也不願意向任何人坦承自己盛怒下失手殺人。我幫大家保管秘密，自己也隱藏了很多，比方說屋子後面草地一角埋著保鮮盒，裡頭除了強尼的手機還有東尼的手套與一雙運動鞋，就是我錘死珍奈那天穿的。希望一輩子不需要挖出來，但保險政策有總比沒有好。

建立新秩序過程中，我將週日定為「家庭日」，早上大家一起探望亨利，中午開車去鄉間酒吧享用烤牛肉和約克郡布丁[16]，下午回家躺在沙發看DVD。

只有艾莉絲和我看起來幸福。起初我並不在意，但還是漸漸不滿足。檢方尚未決定是否起訴東尼，他因此失去往昔令我傾心的神采，每天過得惴惴不安。而且他後來不加班也不去健身房，時間一到立刻回家，到家以後絕不讓兩個丫頭離開視線。東尼似乎是怕有什麼東西、什麼人會在他看不見的地方加害女兒。

「你可以信任我的。」我直接告訴他：「什麼時候看過我對孩子不好了？」

他沉默以對。

此時此刻，艾莉絲在廚房幫忙擺東西，我望向獨自坐在花園的東尼。他滿面愁容、眉心緊蹙，時而搖頭嘆息。仔細觀察才發現他憔悴很多，厚實的肩膀與一身肌肉都消下去了。原本身材健美活力十足的老公變得弱不禁風欠缺魅力，我心裡非常難過。等了他那麼久才等到他回來，結

[16] 烤牛肉搭配約克郡布丁是英國週日傳統餐點。約克郡布丁呈咖啡杯狀、外酥內軟，雖名為布丁卻更像是鹹麵包。

果他卻一蹶不振，我的耐心總是有極限。如今的他就像當年的我父親，死了妻子就淪為行屍走肉。

他振作不起來，或許我就該重新評估這段關係。

腦海突如其來冒出這樣的聲音，我想忽視想逃避卻無能為力。一個念頭越是被壓抑就越是得以膨脹，將我的思緒前後串連出一段完整對話。

有辦法幫他脫離苦海。而且，妳不正是最有能力伸出援手的那位？

東尼曾是我一生摯愛。但現在他變了，不是當年我選擇的那個男人。

不必急著下定論。但記住，或許下個目標遠在天邊近在眼前。

我開始懷疑，或許自己生來的使命就是承擔苦痛，幫他人得到解脫？

想著過去院子陪東尼，手機卻忽然震動一下，螢幕跳出電子郵件通知。標題空白，寄件人卻令我不寒而慄。

JanineThomas@gmail.com。這是珍奈的信箱。

不想給別人發現，我匆匆躲進車庫點開閱讀，內文卻只有兩個字：待續。

「待續？」我不禁失聲低呼，這什麼意思？直覺反應要刪除，卻察覺有附件，還是聲音檔。頭頂上，日光燈泡不停閃爍彷彿摩斯電碼。檔案得先下載，我按捺焦躁慢慢等，猜不透怎麼回事，但揭曉的答案如晴天霹靂當頭落下。

「我答應你。」是我自己的聲音：「如果你是認真要結束生命，那我會親自過去陪你。過程裡我會從頭到尾守在旁邊，但史蒂芬你要注意，這是一段夥伴關係。我們必須扮演好各自的角色，你的職責是對我坦誠，而我的職責是確保你能順暢進入到下個階段。」

手機沒拿穩，摔在地板上，幸好有保護殼所以螢幕沒碎。慌亂中我撿起來再聽一次，難道有幻聽了？或者自己在作白日夢？按下播放，發現錄音貨真價實。

好像全身血液往上衝，感覺頭暈目眩、身子不由自主前後搖晃，但實際上我根本沒動。我怕跌倒摔傷，趕緊伸手抓住身旁木頭層架，沒想到用力過猛將木板從鐵框拔了出來整個砸在地板上。油漆像岩漿在混凝土上四散飛濺，沾滿我鞋子與暴露的雙腿。我知道得先冷靜，但我辦不到。經營這麼久，好不容易有了成果，卻很可能被這段錄音徹底摧毀。

我明明刪除了錄音機上所有檔案。這備份是哪兒生出來的？又為什麼是今天，事情都過去五個月了啊？

思考。蘿菈妳得認真思考。一定有辦法。

但事實不然。

才一眨眼的工夫，我也淪落到任人宰割的處境。

*有什麼目的？*我輸入文字，按下發送。心焦如焚的十分鐘過去了，對方沒有回應。我呼吸越來越急促，簡直恐慌症發作。

支柱，我提醒自己：*蘿菈，回想妳的支柱。*

閉緊雙眼，在腦海勾勒亨利的面孔，但這回他也幫不了我。我雙手掩嘴，彎腰狂叫，叫到喉嚨都破了。

終曲　艾菲

我在樓上房間，隔著百葉窗望向花園裡一個人沉思的父親。

他又眼神空洞望著運動公園那方向，神情訴說著哀愁，彷彿只求別受困在這所謂的「家」，無論去哪裡都好。以前父親有陽光般的燦爛微笑，任誰見了他都能感受溫暖幸福，然而我已經想不起來上次他露出笑容是何時。這幾個月裡，他的神態呼應我的心境。是我母親害他魂不附體，徹底變了個人。

但我看不下去了。得趁她殺死父親之前採取行動，為事情劃下句點。我將雲端檔案作為附件，按下寄出。

躺回床鋪，我戴上降噪耳機，從Spotify選了R&B精選輯來聽。心裡很想悄悄溜到樓下欣賞母親的反應——被她害死的女人寄了電子郵件，附上她和被她害死的男人好幾個月之前的秘密對話。不知道她多久會崩潰？反正不是第一次了，之前她害亨利變成那樣，反而自己精神分裂。話說回來，我並不希望進展太快，否則她根本沒嚐到苦頭。我和爸過的就是這種日子，她不親身體會怎麼說得過去。

好懷念只有我和爸和艾莉絲的那兩年。沒有媽在幕後興風作浪才叫做正常生活。當然最早也不是那樣，家裡少了個大人還是有點奇怪，尤其艾莉絲剛開始很不適應。兩年前最後一次看見媽，她被爸攔著，兩個急救員將失去意識的小弟放上擔架推走。她歇斯底里吼個不停，唾沫像一顆顆白色子彈從嘴角射出。

「是我害了他！我害死自己的孩子！」她反覆這幾句話，聲音撕心裂肺前所未聞。恐怕也只有差點將親生兒子活活燒死的人才發得出那麼淒厲的鬼叫。

最後當然給她打了鎮定劑送去住院。

那一夜，對面老爺爺老奶奶收留我和艾莉絲，給我們準備了好多點心飲料，彷彿有得吃喝就能不當一回事。雖然他們在客房準備兩張小床，半夜裡艾莉絲還是鑽到我被窩挨得很緊。

「我們以後會不會被燒死？」妹妹這樣問我。我還真沒辦法理直氣壯叫她別想太多。

接下來幾天，父親的眼睛越來越紅。母親進了精神科評估就沒出來，亨利雖然脫離昏迷，醫生卻表示他不會是我們記得的樣子了。艾莉絲和我接受父親建議，沒堅持去探視亨利和母親。

父親很開明，把我們當大人看，清楚交代了母親所作所為。據他描述，母親承認自己放火，她將夫妻失和歸咎於新房子，但不知道亨利在樓上。這些事情，父親並沒有告訴警方。

雖然我和父親關係較好，卻也不樂見自己母親因為意外進監牢，即使這意外未免太誇張了點。討論過後，我們三個都願意保護她，所以父親對警察的說法是亨利愛玩火柴釀成憾事。但父親則要求我和艾莉絲暫時別與母親接觸，我們答應成年以後再自己判斷。

一切因此改變。我們搬家、轉學、換手機號碼，拋下被焦煙燻得朦朧了的往日種種。

或許我對「母親」這概念還是有些眷戀，可惜自己的媽並不符合。她和爸不同，許多地方異於常人，我和艾莉絲很小就學會放下期待。有時她看著我們，卻彷彿無法理解為什麼自己的世界裡會有兩個女兒。換作亨利就不同，她簡直將小兒子當成神。但我也喜歡亨利，可愛有趣的小娃娃，總是笨手笨腳跳舞扮鬼臉逗笑我和艾莉絲。沒想到天真單純的他一夕間成了植物人。

從五口之家變成三個人相依為命，我們適應得其實不錯。在前一個學校，法札娜・辛格成為眾矢之的，原因就是她媽媽出席親師座談那天沒吃躁鬱症的藥，當著所有人的面像寶萊塢女星手舞足蹈。我不希望同樣的事情發生在自己身上，只能轉學第一天就全副武裝作風強勢，拉攏同類成群結黨，對外宣稱媽媽再婚嫁去澳洲，但囂張跋扈只是偽裝，心底總擔心有一天會被拆穿。

後來爸和珍奈開始約會。起先我有點不安，畢竟聽過不少朋友經驗，單親父母有了新對象反而與孩子們關係破裂，我不希望家裡氣氛因為珍奈變差。結果她非但不想霸佔我們心裡留給母親的位置，反而還願意花時間陪伴相處，比真正那個媽做得還多。雖然聽說珍奈和她一樣是「終點線」志工，艾莉絲和我都沒開口問過親生母親狀況如何，其實姊妹倆私底下也幾乎絕口不提那個人。珍奈倒是有幾次試著聊她，發現我們對這話題反應不自在就趕快改口。我也偷聽到父親和珍奈偶爾提及，其實多少會好奇自己母親好轉了還是徹底瘋了，不過不去想不去問還是比較輕鬆，否則勢必回想起她把亨利害成什麼樣。

然而經過兩年空白，她毫無預警重返我們生活中。不得不說時間抓得非常精準，我喜歡上英文老師史密斯先生，還誤以為對方也有那個意思，結果他態度一百八十度大轉彎，讓我自尊心碎了滿地。那時候我有苦說不出，因為早就快沒朋友了——托姆拍裸照給我看，卻不知為何被轉發到他家人與上司那邊，也為此丟掉工作。他說是被我陷害，所以很多人不敢與我往來。接著我成績莫名其妙一落千丈，而且我還對此束手無策。

剛開始我半信半疑，記憶中的母親對女兒和老師的關係應該會漠不關心。但全新升級的媽媽不一樣，非常關心我生活，積極詢問每個細節。於是我逐漸敞開心扉，覺得可以信任她。

然後我冒險一試，說出自己單戀老師顏面掃地這件事。本來以為會被當作小女生自作多情，沒想到她不僅照單全收，還認定老師對未成年人有癖好，想要勾引我上床。說真的，我沒覺得老師是那種人，但一想到他就生氣，所以附和媽媽的說法，將整個經過描述得越來越誇張。感覺她聽得很開心。

失而復得的母親陪伴守護在自己身旁，這種感覺出乎意料地幸福。於是她提出報復史密斯老師的計劃時，我沒有太多猶豫就答應配合。隨後我逐漸察覺她變了：母親並不只是想嚇阻老師，而是要毀掉對方人生，彷彿女兒如何已經不重要，報復那個人才是真正的目的。傻乎乎的我卻沒有懸崖勒馬，連她叫我從學校實驗室冰櫃偷個豬胚胎出來都乖乖照做，一句話也沒多問。

她又塞給我一個隨身碟，要我拷貝到史密斯先生工作用的電腦裡。媽叫我別看裡頭內容，可是我忍不住好奇，發現幾十個圖檔都是穿制服的年輕女孩，有些脫了上衣，還有些露出別的部位。我這時候才真正害怕起來，她手段太極端了。同時我意識到自己可以阻止事態擴大，但卻提不起勇氣做出正確決定。那時候的我更害怕讓她失望。

等她提到史密斯老師因為私闖民宅與恐嚇被捕，我已經嚇得六神無主坐臥不安。再來她又帶著我去找校長告狀，播放老師和我私下對話的錄音，我知道事情發展到無可挽回的階段。果然老師成為大家茶餘飯後的話題，但最後是警察過來扣押電腦才真正曝光，他是戀童癖的流言一發不可收拾。

那史密斯老師可有真正對學生出手？每個人都在問，也當然會聯想到我，很多人知道我成績下滑之後接受他的一對一輔導。我矢口否認，幸好以前表現得夠強硬，大家不敢逼人太甚，沒太為難我。

另一方面，爸媽初次碰面以後，竟然同意艾莉絲以後可以與她保持聯絡，還從文字訊息逐步開放到兩個人下午能一起出門。結果就有一天傍晚，我看見艾莉絲趁珍奈在浴室的時候偷翻人家包包。

「妳在偷東西？」我質問。

艾莉絲漲紅了臉瞪大眼睛：「沒有。」

「不然呢？」

「不能說。是秘密。」

「妳現在說，否則我就告訴爸。」

「媽咪想跟珍奈借東西。」妹妹不情願但還是鬆口：「可以錄音的機器。」說完她高舉一臺錄音機。

「要這個幹嘛？」

「我不知道，應該是要跟珍奈開玩笑吧。我明天早上給媽咪，媽咪中午還我，我到家就可以放回去。我有不乖嗎？」

「東西給我就不會被罵。」

回到臥房，我聽了錄音機裡的東西。起初不懂誰會大費周章錄下媽當志工的電話內容，但聽了一會兒認出那聲音——與她對談的是史密斯老師，只是自稱史蒂芬。接著我確認檔案日期，都過了大概十個月。聽到後面，我赫然驚覺為什麼媽不惜叫艾莉絲當小偷也要弄到這機器。

她竟然勸誘老師自殺？

雖然覺得很恐怖，我卻又忍不住想繼續聽下去。後面一段又一段對話中，母親同意親眼見證史蒂芬的死亡過程，主動設計了所謂的最佳方案……好噁心，腦袋有病。同時我想通了，看來媽和史密斯老師在鬥智角力，雙方都想利用我扳倒對手。

經由藍牙，我將檔案拷貝到筆電，錄音機還給妹妹，囑咐她裝作一切如常，亂翻別人東西被我逮到這件事不必告訴媽。艾莉絲是個乖小孩，單純善良，答應了就會做到。正因為她還天真無邪，才無法理解錄音內容牽連多廣。

得到這份錄音檔，一開始我也不知道怎麼處理。推敲之後，我認為是史密斯老師自己交給珍奈，也就是說珍奈知道內容，那很可能爸也知道。但太多不確定因素了。

沒來得及與父親討論，我直接被親生母親推入火坑：她將史密斯老師向我道歉的錄音發布在所有社交媒體上，不消一個上午全校學生認定我和自己的英文老師做過，走廊上一碰面就大罵我婊子妓女仙人跳之類。我強作鎮定不理不睬，但回家路上還是被幾個十一年級男生堵在公園角落。他們亂摸我胸部臀部，說我淫蕩下賤什麼的。我怕被強暴，用力掙脫逃回家，馬上打電話朝媽狂吼一頓，忍不住大哭起來，可是她連一句道歉也沒有。我說要曝光兩人聯手陷害老師的內情，她反過來威脅我會自食惡果。那時候我差點把錄音機的事情搬出來，還好咬舌頭忍住了。必須以毒攻毒，她如何毀了我，我就如何毀了她。

本以為事態不可能更糟，沒料到父親提早下班，一回家就淚流滿面，啜泣良久才說得出口：

珍奈死在終點線服務據點，警方鎖定的嫌疑犯是史密斯老師。

當下我就毛骨悚然，直覺知道幕後黑手就是自己母親。但若她有責任，就代表自己脫不了關係。我衝進浴室，朝著馬桶不停乾嘔。翌日史密斯老師自殺了，我背的人命又多了一條。

罪惡感太沉重，我失去胃口、無法入睡，將自己鎖在房間，除了艾莉絲和父親誰也不理，尤其那個惡魔般的母親。真的無依無靠了。史密斯老師曾經利用我沒錯，但我並不認為他下得了手取人性命。自己媽媽則另當別論，沒她做不出來的事情。

我覺得自己知道太多，應該將這些秘密託付給能夠處理的人。於是我想起之前在老師車上看過照片，他還有個兄弟才對，便在老師葬禮過後透過Facebook聯繫強尼．史密斯，幾天後兩人會面。我羞愧心虛解釋自己如何間接害死老師，強尼卻沒有想像中那麼憤怒，原來老師早就對弟弟坦白一切。後來強尼針對母親提出許多疑問，我知無不言，只對錄音檔備份一事有所隱瞞，總覺得遲早會派上用場。交代完母親的身家背景和她先前的豐功偉業，我回家等了又等，遲遲沒等到強尼進一步消息。

日子總得過下去。我稍微想開了些，漸漸能放下難堪的過往。二度搬家後，我開始上家教，艾莉絲換了學校，母親又成為生命的空白一角，但也代表我們不再受制於她的陰影。

直到那天晚上，警察登門拜訪，表示我們父母在亨利住的療養院那邊捲入事件，由於有人身亡必須進行盤問。

先獲釋的是媽，她過來將我們帶回老家過夜，聲稱是史密斯老師的弟弟強尼想加害亨利，爸及時趕到出面阻攔，雙方發生扭打之後場面失控。爸是自我防衛，可惜混亂中強尼意外死亡。她一再強調爸是英雄，但我怎麼聽都覺得故事並不完整。已經太多次了，她的說詞不可盡信。

可憐的艾莉絲聽完嚎啕大哭，我牽著她的手安撫，同時極力隱藏情緒不讓媽有機可乘，耐心等待父親交保，以為不至於連他也隱瞞真相。然而我錯了，這回連爸也跟著撒謊。我之所以能肯定，是因為他講話的時候居然看都不敢看我們，更何況夫妻倆的描述幾乎是一字一句複製貼上。

夜裡我坐在樓梯口偷聽他們吵架。父親還是打算帶著我和艾莉絲遠走高飛，但母親不答應，語帶威脅表示自己掌握了影片證據能讓他坐牢，即便真相是父親受她誤導操弄才會失手殺人。後來一陣乒乒乓乓，好像是爸忍不住動粗，我倒真希望他能痛下殺手，但夫妻倆終究不是同路人。為了保護我和艾莉絲不被親生母親害更慘，他別無選擇只能留下。

回到同個屋簷下，開心的只有艾莉絲和媽。我們根本不是一家人，她的母性只發揮在艾莉絲身上。而我早已得到教訓，明白她是利用妹妹鉗制我。

✦

光陰荏苒，父親一日比一日萎靡不振，都是因為她。我恨她。很長一段時間裡，我將史密斯老師、強尼、珍奈的死歸咎於自己，但後來幡然醒悟：錯的不是我，是那個自稱我母親的人，她算計了大家。不過能讓人生不如死的不是只有她，今天起我就要將那副自鳴得意的表情從她臉上扒下來。

摘下耳機，我登入先前申請的電子郵箱。媽已經回信給「珍奈·唐森」質問動機，好戲剛剛開始。

我斟酌著是否回覆，最後覺得慢慢凌遲才有趣。以前在YouTube影片看到過：殺人鯨喜歡將海豹拋到半空、張嘴接住，吐出來以後再拋一遍，來來回回玩夠了才吃掉。

所以，隔幾天寄第二段、再等一星期寄第三段。之後可以隱藏號碼打過去，讓她聽聽自己當初對萊恩說了些什麼。

如果她識相，就乾脆理智崩潰住到精神病院去，讓我們三個重獲自由。萬一她死捱活撐賴著不走，只好公開錄音讓她體會被毀掉是什麼滋味。

「艾菲，妳要記住，我們血濃於水、骨肉相連。還有很多事情妳該好好向媽媽學習。」

說得很好。我也確實學到很多。

所以該是結合理論與實務的時候了。

致謝

首先感謝 John Russell 對本書及我其他作品的支援，你的體諒和耐心使我的創作之路輕鬆許多！也謝謝你坐鎮辦公室外避免我時常分心。再來謝謝我媽 Pamela Marrs 一直以來的支持鼓勵。Chris James 不僅是本書的靈感泉源，還願意讓我分析助人電話志工的腦袋如何運作，幫助太大實在感激不盡。

謝謝初稿讀者 Jim Ryan 和 Andrew Webber、文法女王 Kath Middleton 沒讓我出糗！也謝謝 Rhian Molloy 詳細解釋學校制度，還有 Rachael Molloy 幫忙訂正，否則我筆下的青少年都會變成老頭子語氣。

然後感謝 Carole Watson 指引我故事如何起頭，希望後續也令你滿意。

感謝 Tracy Fenton 支持引薦，也感謝 Facebook 上「THE Book Club」超過一千位成員。大家的熱情令我受寵若驚，期盼未來繼續攜手前行。

Thomas & Mercer 出版社的 Jane Snelgrove 是帶我入行的大恩人，本書編輯 Ian Pindar 不僅惠我良多還幫忙將蘿菈塑造得更惹人厭惡。

感謝帶我參觀太平間的 Margaret McCulloch-Keeble，講解警察辦案規則的 Karen-Lee Roberts。好友 Lyndsay Wiles 分享了養育特殊需求孩童的家長心情，我對妳的欽佩非筆墨所能形容。

謹以本書獻給世界各地數千萬善心志工。你們奉獻自己的時間，透過電話、網路或面對面幫助別人，是社會的無名英雄。

最後感謝購買本書的讀者。無論你是看著我成長或才剛認識我，謝謝你願意給我這個機會。

作者後記

全球有超過四百個志工組織為有自殺想法的人提供諮商服務。若有相關需求，可透過 www.befrienders.org 查詢最靠近自己地區的機構。

Storytella 139

客製化自殺
The Good Samaritan

客製化自殺 / 約翰.馬爾斯作 ; 陳岳辰譯. -- 初版. -- 臺北市 : 春天出版國際文化有限公司, 2022.10
面 ; 公分. -- (Storytella ; 139)
譯自 : The Good Samaritan
ISBN 978-957-741-592-9(平裝)

873.57 111014493

ISBN 978-957-741-592-9
Printed in Taiwan

作 者 約翰・馬爾斯
譯 者 陳岳辰
總編輯 莊宜勳
主 編 鍾靈

出版者 春天出版國際文化有限公司
地 址 台北市大安區忠孝東路四段303號4樓之1
電 話 02-7733-4070
傳 眞 02-7733-4069
E－mail bookspring@bookspring.com.tw
網 址 http://www.bookspring.com.tw
部落格 http://blog.pixnet.net/bookspring
郵政帳號 19705538
戶 名 春天出版國際文化有限公司
法律顧問 蕭顯忠律師事務所
出版日期 二〇二二年十月初版

定 價 399元

總經銷 楨德圖書事業有限公司
地 址 新北市新店區中興路二段196號8樓
電 話 02-8919-3186
傳 眞 02-8914-5524
香港總代理 一代匯集
地 址 九龍旺角塘尾道64號 龍駒企業大廈10 B&D室
電 話 852-2783-8102
傳 眞 852-2396-0050